有爱的青春陪伴者

“我是你失而复得的**小狗**。”

分手预告

红酒杯里装狗血 · 著

江苏凤凰文艺出版社
JIANGSU PHOENIX LITERATURE AND ART PUBLISHING

图书在版编目（CIP）数据

分手预告 / 红酒杯里装狗血著. -- 南京 : 江苏凤凰文艺出版社, 2023.12
ISBN 978-7-5594-8125-2

Ⅰ. ①分… Ⅱ. ①红… Ⅲ. ①言情小说－中国－当代
Ⅳ. ①I247.5

中国国家版本馆CIP数据核字(2023)第229734号

分手预告

红酒杯里装狗血 著

责任编辑　王昕宁
特约编辑　文佳慧
出版发行　江苏凤凰文艺出版社
南京市中央路165号，邮编：210009
网　　址　http://www.jswenyi.com
印　　刷　长沙鸿发印务实业有限公司
开　　本　880mm×1230mm　1/32
印　　张　9
字　　数　259千字
版　　次　2023年12月第1版
印　　次　2023年12月第1次印刷
书　　号　ISBN 978-7-5594-8125-2
定　　价　42.80元

目录

CONTENTS

目录
CONTENTS

第一章 预告

方晶晶走了。家里少了一个行李箱，若干件衣服，一件浴袍，她拿得最多的是护肤品和化妆品，洗手台上的物品几乎被她搬空了。

她怎么不把衣架也拿走呢？高垣想。他站在衣柜前，感觉一股火慢慢从脚底腾起来，很快就烧到了眼睫毛，他眼珠子发胀，突然拿起孤伶伶的衣架，用力往地上一砸。

结果砸完之后，高垣更气了。因为衣架弹起来抽在了他小腿上，他忍着没去揉，但人却着实恼火。他判定这衣架是站在方晶晶那边，于是一抬脚就把这不识相的衣架踩成了两截。

看着断了的衣架，高垣突然发现自己现在完全是个傻瓜，自己报复一个衣架干吗呢？

他醒悟过来，火急火燎地冲到客厅，抓起扔在沙发上的手机，决定和罪魁祸首好好吵一架。

可罪魁祸首没接他电话。

高垣不气馁，他一屁股坐在沙发上，接着打！

等他把屏幕戳得发烫，那边终于提示：“您拨打的电话已关机。”

高垣一把扔了手机。他站起来，在屋子里转了一圈，几次想砸点儿什么，可又怕和刚才那个衣架一样，让自己更狼狈。

谁能想到方晶晶有一天居然敢不接他的电话。

高垣气冲头顶，人突然就冷静下来了。

他开始思考了。

他想，到底发生了什么？什么事能让方晶晶生这么大的气，敢这么对自己？

高垣想来想去，觉得可能还是因为那件事。

他再仔细回忆了一下，越想越真，就是那件事！自从爬山回来后，方晶晶就对自己爱搭不理的，明显是还在生气。

半个月前，高垣带着方晶晶去爬山，同行里头有个女孩儿对他表现得很热情，他就和那女孩儿聊了两句。那女孩儿体力很不错，说自己常去健身房，还喜欢冲浪，最后一群人里他俩第一个爬到山顶，方晶晶就为这事不高兴，她怪他不等她。

高垣感觉很冤枉，他怎么没等方晶晶？他爬到山顶之后又下去接她了，她自己平时不锻炼现在爬个山就跟要断气一样，这怪谁？最后要不是他半拖半抱把方晶晶拉上来，她估计爬到半路就要放弃了。结果他汗流了一脸盆，方晶晶还给他摆脸色，那女孩儿最后都不敢和他说话了，连朋友们都看出来方晶晶在生气，搞得气氛非常尴尬。

他能怎么办？他只好忍气吞声去哄方晶晶，又和她解释那女孩儿是朋友带来的，他根本不认识。再说了，人家很有分寸，也没说什么，就是说喜欢看他演的电视剧，喜欢他那个角色，又不是喜欢他本人！他不理解方晶晶为什么这么小气，而且她早就应该习惯，他的工作就是如此，他就是靠别人的喜欢过活的。

想明白了前因后果，高垣的心里并没有舒服点儿，他不明白方晶晶到底想让他怎么做——半个月前的事她为什么现在才发作？她一天天到底在想什么呢？

高垣越想越头疼，他往沙发上一倒，脑子里一会儿想到昨天参加的聚会，里头有个很有名的导演……一会儿又想到下午刚醒，还准备带方晶晶出去吃饭，结果就发现她跑了……

高垣感觉自己的脑子都被塞爆了，太阳穴都被挤得突出来，他拿手指用力往里按了几下，又叹口气，觉得自己实在是又凄凉又委屈。

他凭什么落到这个处境？方晶晶太不懂事了，她总是只考虑自己，原来她不是这样的，是什么让她变了？和他有关吗？怪不得人家说，不能对女人太好！

高垣越想越不忿，他恨恨地捶了一下沙发，决心这回除非方晶晶自己主动来道歉，否则他绝对不搭理她！

“那你是要跟她分手吗？”胡覆辙问。他就是昨晚聚会的组织者，也参加了那次爬山活动。

高垣下定决心之后去了他家，对他全盘托出了方晶晶的叛逆行径。胡覆辙一听感觉事态严重，所以才有这么一问。

他问到了高垣心里，“分手”这个词一点儿都没吓到高垣。

高垣承认，这个词的确在他脑子里出现过。所以，他听了胡覆辙的话一点儿都不惊讶，还点了点头。

胡覆辙就劝高垣：“别冲动啊，你这是还在气头上，别重蹈我的覆辙。”

高垣笑了下，他就知道胡覆辙会这么说。

胡覆辙这人很有意思，因为离了三次婚，就把自己当成了情感专家。每当有人和他聊起感情问题，他都会来一句“别重蹈我的覆辙”，也因此才得了“覆辙”这个诨名。

胡覆辙劝得很动情：“我说真的，你别冲动。晶晶是个好姑娘，长得漂亮，对你又好，她在乎你才那样。你看我那位前前前妻，大度吧？从来不管我跟谁玩！”

“我知道她是在乎我。”高垣得意，他想起方晶晶平时看他的眼神，所有人都看得出她多在乎他，她就跟朵向日葵似的只围着他转，快把他转晕了。

“但是我们已经在一起这么久了，她还是这样，总是因为这种事和我生气，我觉得她一点儿都不相信我。”高垣抱怨。

胡覆辙听高垣这么一说又心有戚戚，忙说：“理解理解，你看我那个前前妻，有的女的就是这样，不管你怎么发誓怎么保证，她就是不满意，天生缺乏安全感，这种处起来确实累，心累。”

高垣一听这话感觉很舒服，他也是这个感觉，心累。他有时候觉得方晶晶就跟个手铐一样，他被她铐住了，失去了自由。他觉得胡覆辙说得没错，方晶晶对他来说已经是个负担了。高垣心想，看来他这次真的得和方晶晶分手了。

一天没过完，高垣就下了两次决心。

“我要和她分手。”高垣把第二次决心告诉了许玉银。

许玉银一听就赶到他家。

“分手？那可不容易。”许玉银告诉他。

高垣不满：“你能不能把手机放下。”

“当然可以。”许玉银迅速瞟了眼手机，而后将它盖在了腿上，“哦，明天的工作安排你清楚吗？是去动物园赶通告，要给老虎铲大便。”

高垣皱着脸：“你真会给我找活儿。”

许玉银半真半假道：“帅哥需要一些‘屎尿屁’，营造真实感。”

高垣心情好了点。

许玉银又习惯性地看了眼手机，接着问：“你俩在一起多久了？三年？”

高垣立刻回答：“五年。”

“你刚入行就和她在一起了。”许玉银为难，“这种情况……可不是说分就能分的。”

高垣听到这话不高兴了，许玉银又宽慰道：“当然，也不是肯定说分不了，做好准备就行。”

高垣问：“什么准备？”

许玉银说道：“公关的准备，让她签个协议，不能把你们之间的事往外说。”

高垣说：“有必要吗？”他觉得许玉银总是把事情弄得非常复杂，水不是水，山不是山。

但许玉银却说：“当然有必要。这回你得听我的，因为你不了解女人。”

高垣觉得这话特别耳熟，好像已经听过无数回了。

许玉银问：“你听没听过一首歌，叫《你没有好结果》。”

高垣摇头，许玉银就打开手机放给他听。

高垣一边听歌，一边听许玉银说：“这个协议其实和人品没关系，就是一个提醒。提醒你女朋友，就算午夜梦回恨你恨得牙痒痒，也不能头脑一热就上网发条微博，把你俩的情侣照给公之于众，那对谁都没有好处。”

情侣照？高垣想起来，方晶晶还真的拍过很多他睡觉时的模样。

她为什么拍呢？她说因为他睡着的时候最好看。她肯定没想过他们会分手。

高垣忽地一激灵，听见女歌手的惨叫：“仍相信有场好戏，命中已注定等你，报应日渐临近，来清算你罪行。”

“关了关了！”高垣叫。

许玉银按下暂停。

高垣悻悻抱着胳膊道：“这歌怨气太重，我劝你少听。”

许玉银说：“如果你要开始新恋爱，我劝你也要等一段时间，免得落人口实。”

高垣一愣，下一段恋爱？他还没想过这件事。如果有下一段恋爱，他要找个和方晶晶完全不一样的女人，她应该……

“要不你再想想？”许玉银忽然说。

“想什么？”高垣心猿意马。

“五年可不短。”

何止不短，简直是非常遥远，远得他已经什么都想不起来了，不仅想不起方晶晶当时的模样，连自己也模糊了。

高垣回过神，不满地说：“我怎么记得，你当时可叫我别这么早谈恋爱。”

许玉银的确是说过这话，她从容地回道：“那时候的情况和现在不一样嘛。”人也不一样了。

“我是希望你别太急着下判断。”许玉银劝道。

高垣却没有听进去，说：“你不老叫人要跟随自己的心走吗？我现在就是啊，我的心告诉我要分手。”

许玉银没再反驳，她微微一笑，看高垣的眼神跟看闹脾气的小孩儿似的，她从来不生他的气。

她拿起手机说：“好的，你就听你内心的。我就两个建议：一是如果要分就越快越好，二是当面去和她说。千万不要搞什么邮件分手、明信片分手，那太伤人了。”

邮件分手？明信片分手？这是哪个年代的人才能做出来的事。

高垣觉得自己和许玉银有代沟，他没有把她的话当真。不过，他倒是听进去一句，他是得亲自去和方晶晶谈一谈。

高垣思量再三，给方晶晶发了一条信息，就是那句特别经典的：我们谈一谈。

多用于离婚或分手。

幸好是分手，高垣突然想。

这句话高垣平时从来没说过，他觉得肯定能吓到方晶晶，让她知道事情的严重性。

果然，方晶晶回了信息。

高垣满意了，但方晶晶回的是：谈什么？

谈什么？高垣匪夷所思地看着手机，都这个情况了他俩还谈什么？

高垣深呼吸，迫不及待地回过去：谈分手！

这条发出后，方晶晶半天没动静。

高垣解气了，他没忍住打了个电话过去，本想再吓一吓方晶晶，但没想到她直接给他挂了。

高垣发现方晶晶还没搞清楚状况，他正要再打过去，又收到了一条信息。

方晶晶说：我在外面，不方便接电话，你明天晚上在家吗？我过去找你。

高垣数了数，一共二十三个字，挺长的，他就回了一个“嗯”。

看着那个“嗯”字嵌进绿框里他觉得很舒服，他知道方晶晶会被这个字气死。她最讨厌他回什么“嗯”“哦”“OK”之类的，她不接受所有三个字以内的答案，这些在她看来都是敷衍。她常常对他抱怨她说得太多，而他回答得太少。但高垣搞不懂，又不是他叫她说那么多的，他也很讨厌她的啰唆。

高垣忽然乐了，他想，下段恋情他可能要找个哑巴。

和方晶晶恋爱后，高垣觉得自己唯一的收获就是对所谓的男女差异感受得更深，他演起恋爱剧时得心应手，里头应该有方晶晶的一份功劳。

第二天工作完，高垣就回了家。他录了快十个小时的节目，但居然一点都不累，还莫名兴奋，跟要上台领奖似的。

他一会儿坐，一会儿站，开了音响，给自己的分手精挑细选了一个背景音乐，又拿来高脚杯，开了一瓶香槟。

高垣端着酒杯，在沙发上不断调整姿势。他想象自己待会儿要如何气定神闲地打量方晶晶，第一句话要说什么，要用什么样的口气说，还有最后他要用侧脸对着方晶晶，是用左边脸还是右边脸呢？他觉得他的左脸好看，但是也有人说他右脸更上镜。

方晶晶一定会措手不及！她肯定以为他是在说气话。她肯定会哭，会发脾气，会不断提起从前，会翻起那些未成形的承诺，会跟他说对不起。但他要狠心一点，他对这些都免疫了，他要表现得冷淡，但不能太绝情，他要宽容，但又不能看起来有留恋，就像他演过的角色一样……他演过很多这样的角色，积累了不少经验，他相信自己能应付得来。

“嘀！”

门开了！高垣激动得手颤，香槟从杯子里洒了点出来。

为了完美，他不得不放下杯子，接着赶紧把手在身上擦干净再次坐好。噢，对了，待会儿他还要把方晶晶的指纹从门锁里删掉。

方晶晶换上了拖鞋，踢踢踏踏地往客厅走来，这脚步声和从前一样，高垣紧张得不断眨眼，他不由自主地盯着门口。

方晶晶出现了，她和……前天看起来一样，但是她看上去居然也不太自在。高垣的感觉更奇怪了，突然有点忘词了。

方晶晶坐在了他对面的沙发凳上，她拨弄着自己的头发，手笼在袖子里，眼神并不是一直在他身上。

“怎么有股臭味？”方晶晶突然开口。

“什么臭味？”这句话说完，高垣突然想起了一切——他刚才的准备，以及他从昨天到今日的决心。

与此同时，高垣也想起了臭味的来源，他今天在动物园待了一天，至少铲了十斤的老虎大便！但他不准备和方晶晶讨论这个问题，他连忙说：“我什么都没闻到！”

方晶晶还要再纠缠，高垣就抢着说道：“你每次都这样，疑神疑鬼的。”

方晶晶闭上了嘴，眼睛往下瞟，背挺直了些。

高垣一直觉得她体态不够挺拔。

他接着控诉：“还有，你跟我说说，为什么穿着外衣就不能上床？每次我累得要死想休息会儿，你非要我先去洗澡，洗完我都不困了你知道吗？”

方晶晶嘴动了动，又忍住了。她抠着自己的手指，低下了头。

高垣越说越起劲：“你还爱吃醋，我跟别人多说两句话你就要摆脸色，一天到晚胡思乱想，有意思？我是个演员，我拍吻戏，将来说不定还要拍床戏，都是工作需要，你可以不看，但你不能要求我不拍！”

“我没有要求你不拍……”方晶晶连忙道。

“你明明说了！”

“那是气话，当时你……”

高垣又打断了她，说：“你太不讲道理了。”

方晶晶的肩膀垮了下去，背又塌了。她看着高垣，表情像是已经认输了。

但是迟了，高垣想，他一点儿都没心软，但是他突然希望方晶晶能对他笑一笑，在他说出下句话之前。

他酝酿了一番，缓缓说出至关重要的那句话："我们分手吧。"

高垣说完这句话都没去看方晶晶，他太满意自己说这句话的声线，比大提琴还有质感，还有余韵。

但方晶晶没空欣赏，她说了声"好"。

"好？好什么？"高垣没反应过来，嫌方晶晶打断了他的自我欣赏。

方晶晶解释："你不是说分手吗，我说好啊……"

高垣眨了眨眼，表情一点变化都没有。

方晶晶有点尴尬，她站了起来，不知道是该正式说声再见，还是直接走就行。不过以她对高垣的了解，他大概还是需要点仪式感的。

"那个……拜拜？"她折中了一下。

高垣没有回答，他一直看着她。

他还是很帅。方晶晶想，她对他挥了挥手，转身走了。

分手戏演完了。

走出小区大门，方晶晶长松了口气。

她叫了辆车，原本打算直接回家，但半路上接到表姐方永爱的电话，叫她过去吃饭。

方晶晶便改了目的地。

方晶晶到时，方永爱刚把孩子哄睡，她让方晶晶把手机调成静音，解释说："这孩子真难带，睡得浅，一点儿动静就醒。"

方晶晶只好照做。

她去看了婴儿一眼，回来去厨房和方永爱说他真可爱。

方永爱高兴道："小孩儿都可爱，你和高垣的孩子肯定更可爱。"

方晶晶随口道："我俩的孩子？想得真远。"

方永爱很敏感，立刻问："怎么，你俩又吵架了？"

方晶晶觉得这事也瞒不住，干脆坦白：“没吵架，分手了。”

方永爱大吃一惊，连忙关了火把方晶晶拉出了厨房，按着她坐下，一副要长谈的架势。

方晶晶有点后悔，但这会儿后悔也来不及了。

方永爱一脸严肃地问：“为什么分手？”

方晶晶半真半假道：“缘分尽了。”

方永爱无奈，又问：“那是谁提的分手？不是你吧？”

方晶晶答：“是高垣。”

方永爱叹口气：“我就猜是他。”

方晶晶没说话。

“他是不是出轨了？”方永爱忧心忡忡。

方晶晶哭笑不得：“不是。我俩又没结婚！”

方永爱不以为然：“你俩在一起那么久，也同居了，和结婚有什么分别。”

方晶晶说：“区别大了。你自己想想，要是结婚了，我现在还能有闲心来你这儿给你带娃、跟你聊天吗？还喝得下鸡汤？我早就忙着找律师打官司争财产去了！”

方永爱被逗笑了，她看出来方晶晶一点儿都不在意。她突然觉得有点奇怪，小心地问：“该不是你变心了吧？”

方晶晶一本正经地道：“是，是我变心了，我爱上了我们小区的保安。”

方永爱捂着嘴，笑得直颤。

方晶晶往沙发上一躺，浑身轻松。她和方永爱抱怨道：“我跟你说，高垣除了长得帅、身材好，没什么好的。”

“世上哪有十全十美的人，再说了，你不就喜欢帅哥吗？”方永爱笑话她。

方晶晶叹气：“我到现在还喜欢帅哥。”

方永爱道：“哦，那你是觉得高垣现在不帅了？”

方晶晶摇头：“帅，帅得我流口水，但帅不能解决一切问题。”

方永爱没空再理她，孩子在房间里叫了起来。

而方晶晶独自躺在沙发上，脑子里都是高垣的脸。他的脸在她的脑子里转来转去，三百六十五度，每个角度都好看。想到再也不能触摸这张脸，她确实有些遗憾，可除此之外，她只感觉……自在。

对，她感觉很自在，在和高垣分手后。

方晶晶突然想到那次爬山。其实她印象更深刻的是爬山前一晚，她和高垣躺在一张床上。在床上，她想抱他的腰，但怕他觉得重，她想翻个身靠着他，但又担心头发扫到他的背上，他觉得痒。所以她只能平躺着，和他隔着一根手指那么长的距离，听着他蜜蜂振翅般的鼾声，心里不知道是甜蜜还是烦躁。

后来她睡着了，但在最后将睡未睡的那几秒，她的眼前发起了光。她看到了一块招牌，那种老式理发店常用的霓虹招牌。她看到这块招牌是红色的，非常伤眼，这块招牌上头有两个大字，红得像被泼了一盆鸡血一样。

现在方晶晶明白，这块招牌就是她分手的预告。

“好，我愿意。”

电视里女主角满眼热泪地答应了求婚，高垣却不自觉的眉头一皱。

眼看 happy ending（喜剧结局）在即，高垣的脸色却越来越僵，眉毛越皱越紧，等到后头男女主抱在一起开始热吻，高垣似乎是忍无可忍，居然站起来走了。

一屋子人都面面相觑，大家纷纷猜测，他到底是和两位主角中的哪位有纠葛，竟然连剧都看不下去？

高垣不知道身后的纷纷扰扰，他走到院子里，夜风像层纱似的往人身上乱裹，他耳边还飘着那声“好”，人有点蒙。

胡覆辙从后头悄无声息地跟了过来，他观察了下高垣的脸色，这会儿倒是没再皱眉了，不过两眼茫茫然地看着前头，跟迷路了似的。

这是怎么了？胡覆辙心里嘀咕，他还没见过高垣这个样儿。

就在他准备开口关心一下时，高垣忽然说：“你说，我是不是上当了？”

胡覆辙一愣：“你上了啥当？你被人忽悠开火锅店了？”

“不是这个。”高垣不耐烦，“我是说，我上了方晶晶的当了。”

“方晶晶的当？”胡覆辙更糊涂了，“方晶晶能让你上什么当啊？你们不都分手了吗？”

高垣有点激动：“就是这个！她骗我跟她分手。”

胡覆辙还没听懂，说：“不是你想跟她分手的吗？”

高垣说：“是我提的，可是……反正她那个反应不对！”

“她什么反应？”

高垣话里有怨气：“她就说了个‘好’。”

胡覆辙差点翻了个白眼：“她说‘好’还不好？”

“你不懂。”高垣啃着手指，焦虑难言。

胡覆辙望着他直摇头：“我是不懂。”分都分了还纠结什么呢？难道他还指望人家姑娘死缠烂打一场才过瘾？

高垣还真是那么想的。

不说死缠烂打，起码得表示表示吧？他现在感觉就像辛辛苦苦演了半天，连哭带唱使了浑身本领，结果对手根本不接他的戏。方晶晶完全没按他的剧本走，她平平淡淡的一个“好”字就把他打蒙了。高手杀人只要一招，但方晶晶什么时候成了高手了？

她从来都是输给他的。

高垣细想当天的情形，越想越觉得有古怪，从方晶晶进门开始，她每个表情似乎都有深意，都不寻常！他说分手时她是不是还松了口气？她怎么完全不伤心、不挣扎？她连一句挽回的话都没说，连一滴眼泪都没掉，她根本一点都不在乎，她竟然真的舍得和他分手！

高垣突然感觉胸前刺挠地疼着，他低头一看，发现方晶晶吐出来的那个“好”字变成了把小刀插在他胸口上。

方晶晶伤了他的自尊心。

高垣咬牙切齿，他不能就这么放过方晶晶！

这事没完！

当晚，方晶晶就接到电话，高垣要求她现在、立刻就去把她留在他家的东西全部清理掉。

方晶晶不太想出门，问能不能明天去。高垣却威胁说她今天要不来他就全拿出去扔了。

方晶晶一听也明白了。她答应说马上到，让高垣等她，高垣却态度恶劣地挂了电话。

方晶晶觉得这事得怪她自己。她当时走得临时起意，东西都没收拾齐全，本来她打算等哪天高垣不在家再去一趟的，但现在看来她想多了，高垣根本一点都不尴尬，他打算当面监督她滚蛋。

方晶晶又好气又好笑，不明白高垣这么做是为什么，是怕她偷他的名牌包还是签名照啊？名牌包她还真不稀罕，签名照她倒可以拿去给方永爱送人。

方晶晶站在高垣的豪宅门口，她不情不愿的，本来打算按门铃，可想了想又把手指贴了上去。

门打开了。方晶晶心情复杂，换上鞋进了屋。

高垣人在卧室里，他抱着手臂，看着没上次高兴。她的衣服……嗯，扔了一地。

这是演哪出戏？方晶晶看向高垣，开玩笑道："你家进贼了，还是养狗了？"

高垣气急了，差点"汪汪"叫。

方晶晶也没在意，她蹲下去把衣服一件件捡起来折好，再塞进自己带来的行李箱里，动作不紧不慢，整个人非常平静。

她怎么不生气？高垣想不通，这要是以前方晶晶早就发火了，她最讨厌他乱放东西，过去总为这种事烦他。

高垣瞪着脚边的这个女人，都有点怀疑这不是方晶晶了。

收拾好衣服后，方晶晶拖起行李箱就要走，完全把身边的高垣当空气。

“等等！”高垣不甘心地叫住她。

方晶晶停下看他，一脸“我看你还要作什么妖”的表情。

高垣急得左看右看，突然指着她手里的行李箱说：“这个！我要检查一下。”

方晶晶没动，高垣强撑着气势瞪她。

两人对峙了几秒，方晶晶退了一步，把行李箱往地上一放，拉开，对高垣做了个“请”的手势。

她还没发火。

高垣只好硬着头皮蹲下去。他故意把衣服弄散打乱，而方晶晶还是站在边上安静地看着他。

高垣开始心不在焉，他瞟着身边方晶晶的脚，那脚尖在地上一点一点的。高垣开始感觉不对劲儿，明明他是来看方晶晶笑话的，怎么现在自己更像个笑话？

他忍不住抬头，一看，方晶晶果真笑眯眯地望着他。

高垣大怒，猛地站了起来，一脚把箱子踢开，箱子里的衣服又被甩了出来。

而方晶晶还是不慌不忙，她见高垣气得胸口起伏，脑子里只有一个想法：胸肌真大。

可惜她再也摸不到了。

高垣没看出方晶晶的龌龊心思，只看出她满不在乎，眼神乱飘。

她客客气气地问他：“检查完了吗？里头没夹带您的东西吧？”

高垣有点傻了，他不可置信地看着方晶晶，他不相信面前这个女人是方晶晶！

“你你你……你怎么这样！”他气得咆哮，恨不得抓着方晶晶摇一摇。

方晶晶却“扑哧”一声笑了。

高垣脸都气红了，看上去像刚从跑步机上下来。

方晶晶这才收起笑，无奈地看着他，眼神很柔软。高垣突然感觉很委屈，他看着方晶晶脱口而出：“那天我说分手，你为什么那么快就答应了？”

方晶晶又笑起来，高垣讨厌她在这种时候还笑得出来，现在她的每个笑容都让他觉得陌生，难受。

方晶晶没回答他的问题，而是问他："你不想我答应吗？"

"我当然想！"高垣不甘示弱。

方晶晶笑道："那不就两全其美了。"

两全其美？高垣终于抓住了关键词，他心想：啊，原来这是件两全其美的事。

高垣呆呆地看着方晶晶，总算明白了她脸上笑容的深意。

他问："你早就想分手了，是不是？"

方晶晶拉起行李箱，有点诧异地看着他。

"我以为你知道。"她说，"本来那天我走的时候就算是……我以为你明白的。"

原来那就是分手的意思，高垣恍然大悟。他现在特别想告诉许玉银，其实邮件分手、明信片分手根本不算什么，真正伤人的分手是不告而别，而她还觉得他该明白。

高垣突然想起了那个被自己踩断的衣架，想到自己被狠狠抽了的那一下，他现在感觉那个衣架又蹦起来抽了他一下，不过比上次更痛。

"为什么不直接和我说？"高垣说不清自己问这句话时的心情。

方晶晶没回答，她低头看着地上的衣服，神情恍惚。

高垣望着她，不相信过往的情感荡然无存："不敢吗？还是觉得我舍不得你？"

方晶晶摇头："不，是我舍不得你。"

高垣感觉很滑稽："舍不得你为什么还要分手？"

方晶晶很冷静："那是两回事。"

"怎么是两回事？你解释给我听听！"

方晶晶却没有这个心情，她困惑地看着高垣："解释什么？你不也想分手吗？现在你也如愿了，你还管这些干吗？"

高垣无言以对。她说得对，他们已经分手了，不管是谁先提的分手，总之，现在他们分手了，双方自愿，双方合谋。不对，也许是一方有预谋，一方只是……上了当。

但总归，他们还是分手了。

高垣没再说话，也没再为难方晶晶，他安安静静地站在那里，看上去是一位最温柔的天使。

方晶晶却没空欣赏，趁着高垣消停，她又开始捡地上的衣服。快捡完时，她放松了警惕，随口问了一句：“我的指纹你怎么还没删掉？”

天使立刻坠落凡尘。

高垣像只被踩到尾巴的野猫一样跳起来，他气急败坏地冲她喊：“不用你管，我马上就删！”

方晶晶不明所以地看他一眼，想了想还是觉得不开口为妙。

然而高垣的脾气来得快却去得慢，他催她离开，嘴里嚷嚷着：“我要睡觉了，你还没捡完？你可真有眼光，这几件破衣服白送我都不要！”

方晶晶一句话不说，沉默是金，完全不反击。

但高垣却更不知收敛，刻薄话说了一箩筐，但根本不解气，他看着方晶晶那张满不在乎的脸，胸口就像被人掏了个洞。

最后，方晶晶被他催得没办法，只好把所有衣服团一团就一股脑都塞进了箱子里。

高垣看着她走出大门，他不愿意承认，虽然那箱子又大又丑，虽然他知道那里头塞满了他看不起的东西，但方晶晶的背影依然很潇洒。

潇洒的那个人应该是我。

高垣来到镜子前，他眨眨眼，动动嘴，挤出笑容，故作恼怒。他又左右摆头，欣赏着自己的脸，脱下上衣，检查了一遍自己的腹肌，他感叹自己简直完美无瑕，毫无缺点，他不知道方晶晶还有什么不满意的？

高垣照了半天镜子，心里舒服了些。

他穿上衣服哼着歌：“分手快乐，祝我快乐，我可以找到更好的……我可以找到更好的！”

最后一句他唱了三遍，越唱越振奋，他相信自己很快就会把方晶晶忘了，然后他会找到一个比方晶晶更好的女朋友，一个更懂得欣赏他的女朋友，一个绝对不会想离开他的女朋友，一个……更爱他的女朋友。

高垣抱着这样的希望睡了一个好觉，第二天，许玉银见了他都说他状态出奇好。

然后，她就自作聪明地来了一句："看来你这个手分得没错。"

这句话让高垣的好状态像阳光下的泡沫一般消失了，他感觉胸口的那个洞又被挖开了。

他没忍住问了许玉银一个问题，一个他明知道不该问的问题。

他问："她为什么要和我分手？

"她为什么要和我分手？我对她还不够好吗？"

许玉银悄悄瞥了一眼手机，她只是提了"分手"这两个字，高垣就突然变成了一只蹿天猴，还对她抛出灵魂拷问，比如人为什么活着，还有女朋友为什么不爱我了。

说实话，许玉银有一瞬间很后悔。

她后悔自己当年没有选择去跟个女明星，起码女人绝对不会问另一个女人"他为什么不爱我了"这种问题，就算问了，她们心里也肯定知道答案。

而高垣是真不知道。他愤愤不平，好像不爱他就是犯罪。

许玉银听得很烦躁，她没兴趣给人家当感情顾问，即使是她的摇钱树也不行。

她只能假装关心地问："那你和她沟通过吗？"

高垣说："她说她舍不得我！但她还是要和我分手，她说这是两回事。"

好吧，他根本没在听她说话。许玉银有点痛苦，她很讨厌说废话，但偏偏就是不得不说。

其实她认为人这一辈子说的大部分都是废话，她还认为沟通无用，沟通只是一种不切实际的幻想。

许玉银稍稍提高音量道：“我建议！你直接去和她谈一谈。”

高垣这回终于听到了。

他瞪了她一眼，像是被她吵到了，他不耐烦地说：“还有什么好谈的，分都分了。”

就等这句话了！

许玉银松了口气，赶紧附和：“你说得对，确实没什么好谈的了，反正也……”

“你说，她是不是在吃醋？”高垣的表情很真挚。

许玉银不自觉把手机攥紧了，笑容发灰。

高垣还在说：“你说她是不是相信了前段时间我那个绯闻？”

许玉银仔细看他一眼，她扔下手机，摊开双手诚心诚意地道：“我真的觉得，你应该直接去问方晶晶。”

高垣马上又摇头：“分都分了，我才懒得理她。”

男人的嘴大概是他们全身上下唯一一个永远都很硬的部位了。

许玉银看着高垣，她考虑片刻后做出了决定：为了免去之后的麻烦，看来得把今年的“说句心里话”份额用掉了。

在开口前，她默默祈祷，但愿解决完眼前这个麻烦之后，下半年能平平安安。

而高垣只看见许玉银突然发起了呆，他越发焦躁，正要开口，许玉银就转头朝他看过来，她板着个脸，一扫之前的亲切和蔼，目光十足犀利，这才是她的真面目。

高垣感觉不妙，过往一些颇受打击的回忆在脑中浮现，他下意识地往后退了退。

许玉银却不手软，她连名带姓地叫他，语带批评。

她说：“高垣，我觉得你好像还是没接受这件事。”

“什么事？”高垣神情紧张，已经感觉到许玉银打算丢个炸弹过来，她不会再安慰他了。

果然，许玉银说："分手这件事。"

"砰！"

高垣被炸得一下从椅子上弹起来，他被炸烂半边脸皮，又痛又羞地喊："你胡说八……"

"坐下来听我说完。"许玉银抬起一只手，果断地打断了他的话，"我觉得你在后悔，也许你并不想分手。"

高垣这次没再大喊，他紧闭嘴唇，眼神透亮，他正在爆发边缘。

他的脾气变坏了，许玉银想，看来只能到此为止了。

许玉银立刻恢复常态，她再度笑容满面，将两只手都举起来了，做投降状。

高垣没买账，但怒火稍淡。他冷冷地看着她，俊脸结霜，叫人心颤。

许玉银只好柔声和他道歉，说："其实我就是这么一说，你可以不听。"

高垣诧异地看着她，好像被她如此迅速地变脸弄糊涂了。

许玉银赶紧又说："不过，无论你做什么决定，我都站在你这边。"

许玉银自认这句话很动人，但如此诚心的表白只换来高垣一声冷笑，他还没有原谅她刚才的冒犯。

许玉银打算再说两句好话哄哄他，高垣却懒得听了。

他推开椅子，椅子撞到桌上。他转身就走，样子比过往所有角色都来得潇洒和冷酷，他如今可不再需要从角色中找自信，那些角色不及他真人十分之一有魅力。

而许玉银望着高垣的背影，也明白了这个一年一度的"说句心里话"环节是时候取消了，很明显，高垣已经听不得什么"心里话"了。不过许玉银并不意外，她早就预料到了会有这么一天。

其实她也不爱说心里话，最重要的是，她在高垣身边的作用并不是说话，她干的主要是"锦上添花"里的那个"添"的活儿。

对于高垣个人，她没有任何意见或建议，只有一个美好的祝愿，她祝愿高垣天天开心，天天快乐，什么都别考虑，什么都别忧愁。

方晶晶直到第二天才打开箱子，昨晚回来她就睡了，箱子被她扔在客厅过夜。

上午，她见天气不错，就把里头的衣服拿出来全塞进了洗衣机，一共分了三桶才总算洗完。晾出去后，她的小阳台一下变成了个法事道场，那些薄透不一颜色斑斓的布料在半空中飘飘荡荡，好像一面面招魂幡。

方晶晶不知道自己为什么会起这种联想，她心里发毛，吓得逃出家门，去找方永爱做伴。

方永爱正在家哄孩子睡觉。

她抱着孩子在屋子转圈，方晶晶只得跟在她身后，说起昨晚高垣的所作所为。

方永爱听得连连摇头。她压低声音说："他怎么这样，真是对不起他那张脸。"

方晶晶不愿意点评前男友，只说："幸好以后再不用见面。"

"以后连他的电视剧我都不会看！"方永爱气呼呼的。

方晶晶望着婴儿的脸，态度便不自觉柔软，她轻声说："那也不至于，如果好看还是可以看的。"

方永爱奇怪地看着她："你现在怎么这么大方了？一点儿都不像你了。"

"我过去很小气吗？"方晶晶反问，她轻轻地握着婴儿的小手笑起来，"其实我也说不清，反正现在他做什么我都生不起气了，我在高垣那儿确实已经……气无可气了。"

方永爱轻轻晃着孩子，叹道："我还以为你和他在一起很开心。"

方晶晶不以为然："谁说不开心了，肯定也有开心的时候，高垣也不是个浑蛋。"

高垣不是个浑蛋。

方晶晶到现在还这么想，即使他做了一些浑蛋事，说了一些浑蛋话，但他还不是个浑蛋，也许他以后会变成个浑蛋，但起码现在，他还不是。

他顶多算是个……笨蛋。

方晶晶微微一笑。她想到自己挂在阳台上的衣服，里头还有不少是这个笨蛋给她买的。

高垣品位不错，出于职业习惯或者天性使然，他总是会精心打扮。他对自己的脸和身材都非常了解，懂得扬长避短，从不胡穿乱穿，算是帅而自知，帅而要求更帅，上进心非同一般。

但给她买衣服时，他的上进心就消失了，直男本性毕现，从不考虑她适不适合，只考虑自己喜欢不喜欢、顺不顺眼，方晶晶也因此收到了很多穿不出去的衣服。

最离谱的是，有段时间高垣很喜欢某个品牌，几乎买了全线，天天穿，但这个牌子没有女装，他就买了最小码的男装让她穿，还说她穿着和他同款不同色的男士衬衣非常性感。

其实的确是蛮性感，方晶晶也承认，穿上之后她站在镜子前欣赏，感觉自己像时刻在他怀中。

她给了高垣这样做的权利，让他将自己随意打扮成他喜欢的样子，她穿的衣服、戴的耳环都由他选。她穿高跟鞋和他去参加晚宴，穿运动鞋和他去爬山，她风格百变，几乎是一天一个模样，每个模样都是他悉心挑选，随口一说。

即便如此，高垣的眼神也不会在她身上停留太久，他的精力有限，目光越来越窄。

最后，方晶晶感觉自己变成了他投在湖面上的一片影子。

而她也渐渐地看出来，就算高垣的眼神再专注，他看的也只是他自己。

方晶晶刚认识高垣时其实很防备，因为高垣的长相，她对他有很多偏见。比如她认为他肯定“手握一把芳心，脚踩一地艳尸”，是个不把女人当回事的情场大盗，绝对的花花公子。他肯定无情无心，虚伪虚荣，夜夜都在猎艳，从不一个人过夜，每天清晨醒来时都想不起身边睡着的人叫什么名字。

后来证明，她的这些偏见……也不全是偏见。

高垣的确是过着一种与众不同的生活，但不是方晶晶想象的那种醉生梦死，灯红酒绿，而是另一种因为容貌得到诸多便利的快捷人生。

高垣刚开始只是个拍广告和平面的小模特，后来因为貌美开始在一些网剧里面演一些镶边角色，这些角色往往戏份都不会超过二十分钟，但仍然没法将他的优势埋没。他没有任何拿得出手的作品，但微博粉丝众多，全是“慕脸”而来，大家对着他的照片惋惜、焦急，追问为什么这样一个帅哥还没有红？资本瞎眼，老天不公！

老天是不公。

方晶晶同意这一句，那时候她已经和他在一起，便也天经地义地有了这种念头。

连她都如此，高垣却异常平静，他没有被这些话影响太多，可能他一直过得太安逸，也可能他太自信，知道只需要静静等待一个机会来临就行。

后来，一切如他所想，他抓住了机会，毫不犹豫地奔涌进大熔炉，烧得赤红。

以高垣现在的生活步调，方晶晶不信他会有闲暇有余力来为任何逝去哀悼。当然，她更不指望他能思考他们分手的原因。她认为高垣会很快将她忘记，然后继续大步向前，如日中天。

她也希望高垣能如日中天，她对高垣没有什么怨恨。

方晶晶承认，其实在很早之前，她就觉得自己和高垣迟早会分手。也许只是因为高垣太帅，也许还因为他身处在一个她完全无法融入也不能分担的环境。

但她觉得高垣应该比她先预料这件事，他是个直觉强劲的人，她偶尔会想，可能高垣只不过一直在等着她接受这个结局。

所以他不是个浑蛋，只是个笨蛋。

方晶晶在方永爱家吃完了午饭，两人聊会儿天，逗逗孩子，就又到了晚饭时间。吃完晚饭方晶晶说要走，结果正好碰到了方永爱的老公回来，他手里提了个西瓜，方晶晶就又留下和他们夫妻俩一起干完了一个西瓜，之后才终于告辞。

出门后，方晶晶没马上打车，她准备走一段路再说。她好久没有吃这么饱过，整个人就好像个被揉软的面团，只想找个地方静静发酵一会儿。

方晶晶一边吹着风，一边慢慢走着。

空气湿热，街上人不少，耳边熙熙攘攘，她出了汗，却有种真切的，踏实的“在活着”的感觉。

方晶晶很奇怪，明明她和高垣去过更多更好的地方，但那些地方总是叫她紧张，压力重重，而她在那种地方总是会被迫动用一种非常态人格，演绎一位毫不怯生，见人就聊，大笑时不会习惯性捂嘴，吃完一顿饭，小腹完全没有一点凸起的都市丽人，也可以说是新时代的女巫。

现在想想，方晶晶都不知道自己是怎么撑过这么多场“表演”的，也许每个人其实都有点演技天分在身上的，只是需要一些特定条件来激发。

方晶晶还常常有一种幻想，她想象自己坐在铺着白布的长桌旁，头顶晚灯娴静地照着，一桌人个个都面带微笑，优雅地微侧着身体看着前头弹钢琴的那个男的。大家都听懂了，都备受熏陶了，就她感觉这场所怪异得无聊。所以，她扔掉高脚酒杯，脱下高跟鞋，叉开双腿（没有走光，因为她还大逆不道地穿了安全裤）瘫坐在椅子上。她要用一种涣散的眼神看着这一切。大家是会对她视若无睹呢，还是窃窃私语？说她果然是个大土鳖，高垣为什么会和一个大土鳖谈恋爱呢？果然他也目光短浅，品位低下。

想到这儿，方晶晶没忍住笑出了声，把一个从她身边经过的路人吓了一跳，她在心里默默地给那人道了个歉，然后又给高垣道了歉。她不该这么诽谤他，他可是那啥，那啥和那啥啥的代言人，他怎么可能品位低下呢。品位低下的是她，目光短浅的也是她，否则她怎么可能和高垣分手？

“说得没错！”

胡覆辙仰着头张着嘴望着高垣，高垣跟上了发条似的在他眼前走来走去，一手叉腰，一手乱挥，神情激昂，语气不忿。

高垣说：“许玉银就是在胡说八道！她凭什么这么说？那是我的私事，她了解前因后果吗？她清楚事实吗？她什么都不知道就在这儿下判断，还用那种态度，你说，她这不是胡说八道是什么？”

胡覆辙忙道：“就是胡说八道就是胡说八道！好了，你快坐下，我脖子都仰酸了。”

高垣气息稍定，他大步过来坐下，抿着嘴木着脸，手搁在桌上，微微有点儿抖。

怎么脾气越来越坏了？胡覆辙悄悄皱了皱眉，而后他观察着高垣的脸色，试探地劝解：“许玉银这人你也知道，她一向是这种铁嘴钢牙的，她说她的，你千万别当真……”

高垣立刻反驳：“呵！我怎么可能当真！”

“对对对！你就当没听见。”胡覆辙大力点着头，欢天喜地举起杯子，但高垣没理会，他只好一仰脖子，自己全干了。

干完，两人都半天没说话，高垣坐在吧台前，还是一脸不开心。

胡覆辙大大地叹了口气，他想了想说：“许玉银就是这么个人，说话做事不留情面，有时候是挺没分寸，但是！”他一拍桌子，凑近高垣动之以情，“但是她能力强啊，办事放心，你看她跟你多久了，你俩合作多愉快！”

高垣冷冷地撇了下嘴。

这招已经没用了，这人也越来越冷情。

胡覆辙忙换了个思路：“其实她就是嘴上说得不好听，心里肯定是向着你的。你信不信，要是你跟我一起掉水里了，她肯定救你！”

高垣没好气道：“谁跟你一起掉水里她都不会救你。”

胡覆辙一愣，接着哈哈大笑：“你说得也对，不仅不救说不定还要踹一脚，免得我沉不下去。”

高垣瞥他一眼说：“你怎么把你前妻说得像个变态？”

胡覆辙一本正经地说：“不，我这是有自知之明。而且，她不是我前妻，她是我前前前妻。”

高垣无奈道：“谢谢指正，你还挺严谨。”

“那必须严谨！”胡覆辙咧嘴傻笑，又举起了杯子。

高垣这次终于拿起酒杯，跟他碰了碰。

两个杯子撞出“当”的一声响。

胡覆辙醉得很快，他酒量浅又不知道节制，两三杯就开始红脸，而高垣因为心里有事，一杯酒兜兜转转却还剩了点底。

醉了之后的胡覆辙就开始发疯，他酒品不太行，但很逗趣，人嘛，都爱看别人出丑，所以大家不烦他。

胡覆辙拉着高垣的手问：“你说，我是不是个浑蛋？”

高垣扯下他的手，随口说：“你当然是。但是又怎么了？男人不坏女人不爱，你不老把这话挂在嘴边吗？”

“我当然是？”胡覆辙听到这话不高兴了，他想和高垣理论两句，但醉得嘴歪了，眼也眯瞪了，想讲理讲不出来。

过了一会儿，他忽然又一拍大腿，大叫：“你说得对！没错！我怎么不是。我都结三次婚了你还说我不是浑蛋？我那三位前妻听了都想扇你！我要不是浑蛋，那这世上就没有浑蛋了。”

高垣听得都笑了，问：“那你后悔当个浑蛋吗？”

胡覆辙想都没想就摇头：“后悔？不后悔！怎么可能后悔，我人生里就没有‘后悔’这两个字！”

高垣把杯子里最后一点酒一饮而尽。

胡覆辙还在滔滔不绝，越说越没有头脑：“……我是个男人，我今年四十五岁，我吃过的盐比你放过的屁还多！我怎么可能后悔？我有什么好后悔的呀？你说，你说说……”

“我说啥！”高垣不耐烦。

胡覆辙却不理会，又巴上来，高垣把他推开，胡覆辙顺势往地上一躺，两眼一闭，不肯再动了。

高垣喊了两声，胡覆辙哼哼唧唧，像只要死的小鸡崽子。高垣冷眼看了会儿，这家伙竟然开始肆无忌惮地打鼾了。

高垣没再管他，他一个人坐在吧台边，感觉脑袋越来越沉，但他知道自己不是醉了，他就是……感觉不太好。

他盯着面前的杯子，拿手指头抹着杯壁上的小水珠，他把一滴滴水珠引到一起，让它们汇聚成雨。他乐此不疲，干脆趴了下来，脑袋搁在臂弯中，他望着杯子入神，透过淋漓的杯壁，他看到世界下起了酸雨，一切都在雨中融化，顺着他的手指往下淌。

高垣停下手，他突然明白自己怎么了，他已经很久没有这种感觉了——有什么正从他手中逝去，他却无法控制，无能为力。

“啪！”

胡覆辙被这一声炸响吓得一弹，他从地上半抬起头，看见高垣已经走出了老远。胡覆辙刚要喊高垣，却感觉自己踢到了什么东西，他转过头，看见自己脚边只剩下小半截的玻璃酒杯。

第二章 正片开始

高垣最近心情不好，所有人都看得出来。

化妆师说：“以前化妆的时候垣哥都会和我们开玩笑，最近他一句话都不说，还老皱着眉，我好担心他会长皱纹哦。”

助理抱怨：“他最近一下工就走得飞快，他腿那么长我又追不上，我就跑啊，结果那个伞就打在他脸上，他就发脾气……唉，我真的好想辞职。”

再加上胡覆辙大晚上打电话来和许玉银告状：“高垣居然拿杯子砸我！”

胡覆辙很委屈，许玉银听了这些“证言”很头疼，她想和高垣谈谈，但高垣对她是爱搭不理的。许玉银知道高垣还在记恨她上次说的那个“后悔”，她也好恨自己，没办法，她只好给方晶晶打了个电话，毕竟解铃还须系铃人嘛。

方晶晶接到许玉银的电话很惊讶。

她和许玉银的接触不多，高垣只带她和许玉银吃过几次饭，饭桌上两人话都没多说几句，许玉银对她的态度也不能说不好，但方晶晶还是感觉微妙，她问过高垣许玉银是不是讨厌自己，但高垣说她想得太多。后来方晶晶也明白，许玉银并不是对她个人有什么意见，只是对高垣身边的所有不稳定因素都很警惕。

不过现在她都已经和高垣分手了，许玉银应该挺乐见这个结果，方晶晶想不到许玉银如今找她会有什么事，难道是来替高垣再出出气？

方晶晶做好准备，结果许玉银的态度却很和善。许玉银不是来替高垣出气的，而是请她和高垣好好谈一谈。

方晶晶没明白，虽然她不觉得许玉银会不知道，但她还是重复了一遍：“我已经和高垣分手了。”

许玉银柔声说：“我知道，但是我觉得你最好再和他聊一聊。”

“我们已经聊过了，上周刚聊的。”方晶晶莫名心虚，许玉银总是给人一种没人能反抗得了她的感觉。

“我觉得你们之间好像还有一些误会。”许玉银说。她说话声音很好听，语气也很亲近，好像她们一直都关系不错一样。

“高垣最近的状态很不好，我们都很担心他，但他根本听不进别人的话，我希望你能和他聊聊，劝劝他还是怎么样，都好。当然我不会干涉你们的私事，我尊重你的任何选择。”许玉银每个字都说得清晰坚决，她能说服任何人。

方晶晶犹豫着，她不太敢拒绝许玉银，而且……这貌似是许玉银第一次请求她做什么事，她和高垣谈恋爱时许玉银也没有这么低声下气地对她说过话，方晶晶有一点爽，也有一点不忍心。

“我真不知道到底该做什么……”方晶晶很无奈，她自认最大的毛病就是心太软。

许玉银说：“你什么都不用做，只要和他见一面就好，你不知道你对他有多大影响。”

方晶晶听到这儿没忍住笑了一声，笑完，她又后悔，担心许玉银生气。

万幸，许玉银没跟她一般见识。方晶晶连忙往回找补，当然也有几分真心，她问：“高垣到底怎么了？他没事吧？”

许玉银说：“很不好，前所未有的不好，已经影响到了他的工作状态。”

“影响到了工作状态”这句才是重点。方晶晶心下了然，如果不是因为这个原因，许玉银也不会屈尊来找她。

方晶晶答应了许玉银的要求。

她同意后，许玉银又叮嘱道：“不要说我给你打了电话，他不喜欢我管太多，就像小孩子一样，越管越逆反。”

方晶晶同意：“他确实很幼稚。”

许玉银说：“也确实很单纯。”

方晶晶听不下去了：“……你说得好像高垣今年刚满九岁。”

许玉银在那边笑吟吟的：“你该比我了解他，晶晶。”

方晶晶被这句“晶晶”叫得起了鸡皮疙瘩，她不知道说什么好了。

许玉银应该是发觉了她的尴尬，也没再废话，道了声谢后就挂了电话。

这通来自许玉银的电话让方晶晶心情复杂。

其实她对许玉银并没有太多好感，她也在高垣面前抱怨过许玉银管得太多。高垣的所有事许玉银都知道，无论公事还是私事，连她和高垣之间吵个架都能传进许玉银的耳朵。方晶晶一直都对这点很不满，她觉得许玉银这么做毫无必要，但高垣说这就是许玉银的责任。

不光是许玉银，高垣身边的所有人都是如此，他们结成一层坚固的罩子，这个罩子保护着高垣，也隔绝了他。方晶晶知道，就连她自己都曾经是这层罩子的一部分。

高垣闷不作声地坐在休息室里，他望着镜子，镜子里的人既像他又不像他，他看久了觉得有些不耐烦，可周围人目光躲躲闪闪，都不敢和他对上视线，他更不耐烦看他们的脸，于是只好接着瞪着镜子。

屋子里明明有十来个人，却没有一点声音，但高垣还是心浮气躁，耳朵里有种电流声在滋滋地响。高垣被吵得头疼，正要发火的时候桌上的手机忽然响起来了，他扫了眼屏幕，整个人一下子坐直了。

其余人也都来了精神，齐刷刷朝他看过来。

高垣没理他们。

他两眼发亮，伸出手刚要拿起手机，却又突然停下，只脸色古怪地瞪着手机。

众人互相使着眼色，不明白这是怎么回事。

明明他看着……是想接的啊，怎么现在又不动了？

这下大家又摸不准了，没人敢说话，或者提醒一声，一屋子人都默默地听着手机铃声唱了一轮……又一轮……高垣脸色越来越严肃，就在大家要死心的时候，他拿起了手机！

接了！

众人都松了口气，屋子里的气氛为之一松。

感谢天感谢地感谢电话那头的天使！感谢她的耐心！

“什么事？”高垣的声音冷冰冰的，态度也很生硬，好像是被人逼得才接的电话。

方晶晶不好意思道：“我是不是打扰你了？你在录节目吗？”

高垣没有回答她的问题，只问：“你有什么事？”

果然许玉银在夸张，方晶晶心想，高垣明明和以前一样，和她离开他时一样。

方晶晶觉得自己这通电话可能很多余，她犹犹豫豫，不知道还要不要说点什么，高垣感觉也不是很想和她在这儿闲聊，他应该不怎么想听到她的声音吧？

“喂？喂？”高垣在那头等得不耐烦了。

方晶晶忙道：“其实我是来……我是来……嗯，我就想问问，你还好吗？”

那头安静了一阵，而后才响起高垣的声音，他说：“我好得很，不需要你假惺惺来关心。”

方晶晶一口气哽在喉头，她一下子觉得自己像个傻子，许玉银的话怎么能信！

方晶晶懒得再说，正打算挂掉电话，那头的高垣忽然开口。

他问：“你打电话来就是问我这个的？”

“不是我自己想打来的，是许姐说你最近不太好，叫我来跟你聊聊。”方晶晶毫不犹豫地卖了许玉银。

高垣听了声音更冷：“我就说……原来是她叫的，不是她来找你，你怎么可能想起我来。”

方晶晶听得一头雾水，她怎么觉得……高垣这话里好重的怨气，她哪儿对不起他吗？

“你什么意思？”方晶晶是真不懂。

“我什么意思你最清楚不过了。”男主角说。

方晶晶恍然大悟：“你是不是在背台词？”

高垣吼她：“方晶晶，你是不是有毛病！”

方晶晶深吸口气：“我不是来跟你吵架的。”

高垣咬牙道：“你现在说的每一个字我都不信！”

“你……算了。”方晶晶挂了电话。

“神经病。”

方晶晶放下手机，还是没忍住对着空气骂了一句，又挥拳捶了两下沙发。她大话说早了，原来高垣还是能气到她，这可能是他天生的本领。

她又想起刚才高垣的语气，不知道是她的错觉还是什么，她觉得高垣的脾气似乎变坏了。还是她撞上枪口了，他又在别处受了气朝她撒？

方晶晶正想着，手机又响起来，高垣居然给她打回来了。

方晶晶不敢接，直接挂掉了，但很快高垣又打了过来。

“没完没了是不是？”方晶晶自言自语。

她握着手机，在屋子里转了一圈，忽然看见角落里的冰箱，她灵机一动，也可能是气昏了头。她打开冰箱门，把响个不停的手机塞了进去。

她觉得高垣也该去冰箱里冻冻，他的脑子好像出了问题。

那边高垣不依不饶地打了十几通电话，每当那头响起“对不起，您拨打的电话无人接听”，他就按下重拨，就像上了发条一样，他感觉自己可能中了邪。

“对不起”，重拨。“对不起”，重拨。“对不起”……高垣最后一次按下重拨，然后把手机朝镜子砸了过去。

镜子碎了，手机也碎了，屋子里有人小小地尖叫了一声，而后一切又重新归于静寂。

高垣看着镜子里自己裂开数道缝隙的脸，心里突然轻松起来，他感觉好多了。

“呼！”他长长地吐出一口气，而后站了起来。

其他人也全都跟着起身，他们眼睛望着他，心里想的是被砸碎的镜子。

高垣环视众人一圈，笑道：“今晚我请大家吃烤肉。”

“谢谢垣哥。”有人答应。

大家一齐露出笑容，也许一顿烤肉就能解决一切问题。

高垣阔步挺胸地走了出去，助理动作迅速地在高垣背后捡起手机，他要把里头的卡给抠出来，然后赶紧再去买个新手机。

晚上的烤肉局高垣当然没有参与，他露个面付了钱就走了。

他去找了许玉银，本来打算对她兴师问罪，骂她多管闲事，但后头不知道怎的，他说起了别的。

“女人的话真是……一句都不能信！”高垣结结巴巴地叫唤，不知道是喝大了，还是气傻了。

“嗯嗯，你说得对。”许玉银边点头边看着手机，她瞟了一眼面前的酒杯，她真的好想端起杯子，然后往高垣脸上一泼……

“你为什么叫方晶晶打电话给我？”高垣问。

许玉银抬起头一脸惊讶，说：“我没有啊。”

高垣提高音量：“方晶晶亲口说的！说是你叫她打电话来和我聊一聊。”

“我真没有，我发誓。”许玉银举起了一只手，脸上笑嘻嘻的。

高垣半信半疑：“你意思是……这通电话是方晶晶自己想打的？”

许玉银点点头："估计是不好意思直说吧，其实她也很关心你。"

"鬼才要她关心！"

"那要不要我去和她说一下？叫她别打了？"许玉银问。

高垣看她一眼，没出声，又端起酒杯。

许玉银一脸认真地望着他。

高垣放下杯子说："你最好别去找方晶晶，她不喜欢你总插手我们之间的事。"

许玉银一笑："我理解。"

"但她对你这个人没有意见，她觉得你很厉害，她很羡慕你。"高垣又说。

许玉银笑道："我也觉得她很好。"

高垣又不乐意听了，他冷冷地说："她哪里好了！"

高垣想起自己刚认识方晶晶时，她还是短头发，对别人都笑眯眯的，唯独对他怀着敌意，看见他就只有冷脸。她对他说的第一句话是"你和照片上长得不太一样"。那时候他给一家网红服装店做模特，方晶晶替他修广告图，修视频。

高垣当时还是第一次听到这样的话，一般人见到他都说"你比照片上还好看"，而方晶晶这模棱两可的一句话，让他不知道是嘲讽还是夸奖，他因此记住了她。他本来想问问她到底是什么意思，但方晶晶对他似乎很警惕，好像被他骗过钱一样。

后面每次拍图，他都会想到方晶晶，想到她会在屏幕前挑剔地审视他，皱着眉用鼠标在他脸上戳来戳去，嫌弃他鼻子不够挺、眉毛不够浓、眼睛不够亮，他就觉得紧张，又紧张又期待，他希望自己在她眼里是完美无缺的，他希望她能渐渐发现他更多的好处。

后来他们在一起了，方晶晶承认，当初她对他有点偏见。

她说："其实你已经足够好了，根本不用在意别人的眼光。"

高垣想说他从来不在乎别人的眼光，他只在意她的，不知为什么，她的眼光格外有分量。

“她说我打鼾像小蜜蜂采蜜，你信吗？”高垣问。

“方晶晶说的吗？”许玉银笑道，“她真的很爱你。”

高垣嘲弄道：“那又怎么样，现在还不是要和我分手。女人谈恋爱时真是什么鬼话都说得出来！”

许玉银一笑：“男人也一样，恋爱时大家都一样，鬼话连篇。”

“她为什么和我分手？”高垣冷不丁又问。

许玉银回答：“我还是那句话：不如直接去问她。”

高垣苦苦思索着，宁愿自己胡乱猜测，也不愿意去和前女友当面聊一聊。

因为他并不是真的想知道答案，或者说，他接受不了那个真正的答案。

有时候，谜面就是谜底，问题即是答案。

许玉银轻点着手机，心思却有些飘远，那些爆炸的信息，那些压缩成一团的垃圾，虽然对她有益，但她偶尔也会想要逃避。

高垣还在想着方晶晶那个甜蜜的比喻，这句话是发生在多久以前呢？好像很近，又似乎很远。他当时无动于衷，只觉得方晶晶无聊，而呼噜声很吵，让他丢脸。后面方晶晶还说了什么话他全都没有听进去。他俩躺在床上，她说个不停，而他开始担心往日在片场休息的时候自己是不是也打了呼噜，别人是不是都听到了？怪不得有几个人总是用那种表情看他？他怎么能打呼噜呢？是不是他的心脏有问题？他该找个时间去医院看看，得让许玉银去安排一下……

“我是不是和你说过要去看医生？”高垣回过神，连忙问许玉银。

许玉银查了一下行程说：“给你安排在下个月三号了。”

高垣默不作声，端起酒杯，低头看了一眼又放下。

许玉银立刻明白，起身给他倒了杯白开水。

“多喝水，对皮肤好。”许玉银说。

高垣不置可否，接过水，抿了一口。

“前天晚上我在浴室里看见了一只蜘蛛。”高垣加重语气，“活的。害得我一晚上没睡着，到处喷杀虫药。”

许玉银安慰道：“别担心，我明天叫家政去给你做个大扫除。”

“蜘蛛会往人的嘴里和耳朵里爬。”

“那你睡觉时记得把嘴闭紧，再戴个耳塞就好了。”许玉银叮嘱道。

高垣说：“但我牙疼。”

“怎么回事？”

“我睡觉时牙咬得太紧，早上起来的时候后面两排槽牙都又酸又疼。”

许玉银轻描淡写道：“压力太大了，明天我带你去按个摩，放松一下。”

但高垣还没说完：“最近一段时间我每天都没有睡好，屋子里好像有股阴风，一到夜里就吹我的脚。”

“是不是空调开太大了？

高垣摇头：“不是，空调风不是那样的，我知道。”

许玉银又问：“那要不要给你换个房子？”

高垣想了想，却又摇了摇头。

许玉银终于松了口气。

高垣走后，许玉银马上给方晶晶打去电话。

方晶晶早有准备，她沉住呼吸，拿起手机，一声“喂”都饱含情绪，她要让许玉银以为她在生气。

在许玉银开口前，她抢先发难。

“以后高垣的事和我无关，不用再找我救火，我没这个本事，还惹他生气，他明明好得很，还能和我发火！”

许玉银慢悠悠道：“他不单和你发火，他刚才还来对我发了通火，骂我多管闲事。他还砸了镜子，摔了手机。”

方晶晶一下子安静了。

过了片刻，她小声问：“他到底怎么了？以前……”

许玉银问：“你和他说了什么？”

方晶晶带着几分焦躁，解释道：“我什么都没说！我根本没和他吵，他脾气太坏了。”

许玉银不在意道："他最近睡眠不好，神经衰弱。"

方晶晶在那头叹口气，忽然说："高垣好像恨我。"

许玉银还没来得及说话，方晶晶又急匆匆说："大概是我想太多了，他不至于恨我吧？没有那个必要。"

许玉银听了只想大笑，她坐在椅子上，快乐地转了一个圈儿。

说实话，有时候她挺想看高垣遭罪的，不用什么大罪，只要让他没那么好过就行。他的人生太简单太顺利了，他需要一点罪受，否则她就会难受。

一个男人，一个长得好看的男人，在这个世界上到底能享受多少优待呢？许玉银觉得高垣根本意识不到。

而且这对高垣也有好处。演员要不先天敏感，要不后天受罪，虽然她不指望高垣有朝一日做影帝，但她也希望他能在此地能混长久些、体面些，而一点情情爱爱正适合锻炼人。

方晶晶不知道许玉银的想法，她还在担心自己刚才那番话是不是显得太过自恋了，她想找补一下，但许玉银却轻巧地说："也许你想得没错，高垣是有可能恨你。"

方晶晶从未被人恨过。她听得震撼，心头空落落，恍恍惚惚问道："他有这个时间吗？"

许玉银回答："当然有，你对高垣来说不一样。"

哪儿不一样？

挂了电话后，方晶晶忍不住想。

是时间不一样吗？她和高垣在一起五年，的确很久。据她所知，她应该是高垣相处最长的一个女朋友了。当然，高垣也是她最久最认真的一次恋爱，不夸张地说，和高垣在一起后她才明白了谈恋爱到底是怎么回事。

之前她的两任男友都是无疾而终，她没有任何体验，感觉只是手握一只气球，然后看它慢慢蔫掉，她在恋爱方面着实没有什么天赋，总是随波逐流。高垣也没有天赋，不过他也不需要。

和高垣在一起这么多年，方晶晶感觉自己似乎什么长进都没有，她还是不懂得进退，不知道保留，面对问题的第一个念头总是“快逃”，而不是想办法解决。

比如说，分手这件事在她心里盘桓了那么久，她却不愿意面对，一拖再拖，最后头脑一热，就这么跑了，什么话都不敢说。高垣这点比她强得多，起码他敢当面对她说分手。

方晶晶突然明白高垣为什么恨她了，她恍然大悟。

她欠高垣一句分手。

高垣是个非常重视仪式感的人，那天她那句“拜拜”没能让他满意，还让感到了一种敷衍和慢待，他越想越气，越想越怨，所以才对她态度恶劣，过去他也没有这么斤斤计较过。

方晶晶想通了缘由后，当下决定，明天，或者过几天，她要好好地、正式地和高垣说声再见，这样他就会释怀了。

高垣没有睡好，他躺在床上后看见天花板上吊着一个小小的黑点，在虚空中晃来晃去地荡秋千，他不敢，也不打算细看那黑点的真面目，他也没有力气再从床上起来，只能闭上眼，再在承受不住时睁开眼，确认那个黑点仍在原处，而后再闭上眼，他也不清楚自己到底从中窃取了几分钟的睡眠。

有几个时刻，他想给方晶晶打电话，问她为什么口是心非，问她为什么舍不得却还要和他分手，问她现在是不是后悔了。但是他的注意力总是被那个黑点分走，他心头惴惴，不能专注，所以最后他什么都没做，就这么度过了一晚上，反正这一晚对他来说不算长。

第二天屋子一亮，高垣就起床了，他刷牙洗漱，并不觉得累，精神算好，照镜子时他情不自禁微笑，感觉今天会有好事发生。

果不其然。

出门后没有多久，他接到方晶晶的信息，她为昨天的事情和他道歉，又问他能不能见面聊一聊。

高垣很满意，他回复说可以，然后方晶晶就迫不及待问他明天有没有空。

高垣突然有点厌倦，他放下手机望着车窗外，感觉前几日那种难受劲儿消失了，一切重回轨道。他开始懒懒散散，打了个哈欠，闭上了眼，又想到了卧室里的那个小黑点，他记得家里有一把折叠梯，方晶晶爬上去，再拿个衣架，应该刚好够得着。

“够不够诚意？”方晶晶将信息给方永爱看，问她意见。她们俩此刻正站在街边，手里各端着一杯咖啡。

方永爱看完信息说：“诚意十足，甚至有点低声下气，你是不是做了什么对不起高垣的事？”

方晶晶飞快地回答：“没有。”

“看你这个反应，应该是有。”方永爱很犀利，也太了解方晶晶。

方晶晶只得承认：“昨天我太生气了，跑去给他的电视剧全打了两星……”

方永爱哈哈大笑，问她：“你怎么不干脆打一星？”

方晶晶说：“那也没必要，一星打多了容易封号。”

她们聊几句就赶紧去舀咖啡上的冰激凌吃，它化得很快。方永爱今天为了出来逛街，把孩子送到了婆婆家，结果逛了半天什么都没买，只吃了一堆垃圾食品。

方永爱心满意足：“好久没吃这些东西了。”

方晶晶说：“我也好久没吃了，这个热量太高。”和高垣在一起时，她几乎时时刻刻都在减肥、健身，她很怕会塞不进他买回来的那些最小码的漂亮衣服。

“偶尔吃一回没事的，又不是天天吃。”方永爱拍拍自己肚子鼓励道，“我都不怕，你担心什么？”

方晶晶笑起来，也摸了摸方永爱的肚子。

“像还怀着一个。”她说。

方永爱苦恼地道：“肚皮都撑松了，以前的裤子都穿不上了，烦死了。”

方晶晶问："有什么法子恢复吗？是不是要做运动？"

方永爱含着冰激凌说："法子肯定有，但是我懒得动，也没时间搞，等孩子大点儿再说吧。"

方晶晶没有说话，伸出手将方永爱歪到一边的衣领拉正。

一个女孩儿从她们身边走了过去，背影高挑苗条，头发披在背上闪闪发亮。

方永爱望着对方出神，问："你说她有没有九十斤？"

方晶晶认真地看了下女孩儿，回答："应该有，你看她腿上的肌肉线条，不是干瘦。"

方永爱羡慕道："现在年轻女孩儿就没有难看的，都是又高又白，身材又好，又会打扮。"

方晶晶说："她身上这条裙子挺好看的。"

方永爱说："我俩肯定穿不出来，这种绿色太挑人。"

方晶晶点头："确实，我有一件绿色的衬衣，我一穿脸就黑三个度，像只中了毒的蚱蜢精。"

方永爱笑得打她，方晶晶龇牙咧嘴揉着胳膊。

打完，方永爱抹着笑出来的眼泪说："我们好像在拍韩剧。"

"什么韩剧？"方晶晶问，"还有这种类型的韩剧？"方晶晶不怎么看韩剧，她对韩剧的印象还留在"白血病"那个阶段。

方永爱是资深韩剧迷，她说："就是那种日常类韩剧，里头一般都会有这种桥段，上了年纪的女主角和朋友边吃路边摊，边对街上走过的年轻女孩儿品头论足。"

方晶晶随口说："听起来还挺有意思。"

方永爱见方晶晶感兴趣就顺势给她推荐了几部剧，让她务必去看，看完再来讨论，方永爱憋了许多感想，一直找不到人听。

把方永爱送回家之后，方晶晶终于收到了高垣的回音，他发来信息说："明晚我没空，要见就今晚见。"

可天气预报说今晚有暴雨。

方晶晶没有说这些，因为高垣不会在乎，他懒得跟她废话，只想要速战速决。

方晶晶叹口气，她回了个“好”，附赠一个笑脸。

高垣没有回复。

晚上九点，方晶晶带了一把伞出门，到高垣家时是晚上九点四十。

她按下门铃，高垣替她开了门。他看上去比短信里流露出的态度稍微温和些，穿着一件长袖衫，大概是刚洗过澡，头发还是湿的，脖子上挂着毛巾。

开门后，高垣朝她看了一眼，方晶晶刚想打个招呼，高垣就转身走了。

屋子里冷气开得很足，进门后方晶晶抖了一下，她有心要说两句，但又闭上了嘴。

她提醒自己谨慎，吸取教训，多余的话一句都别说，多余的事一件都别做，她要牢记，这间屋子对她已经是陌生地界，她要恪守做客人的本分。不，她连客人都算不上。

高垣一言不发，他边擦着头发边走到沙发上坐下，电视机开着，他看得目不转睛。

方晶晶坐在他对面，望着他，考虑着要如何开口，她要直接说分手吗？会不会太傻？

“你吃了吗？”高垣忽然问。

方晶晶忙答：“吃过了。”

高垣又不说话，他突然站起来走到她身边。方晶晶还没反应过来，他就把脖子上的毛巾扔到了她身上，而后人也坐到了她脚边，背密密贴在她的腿上。他后背滚烫，方晶晶都疑心他发烧了。

“我手没劲儿了。”高垣说。

方晶晶明白了他的意思，她觉得很奇怪，可还是拿起毛巾替他擦起了头发，可能是过去的习惯使然。

也许高垣现在这样也只是习惯？

方晶晶默默擦了一阵儿，心里什么都没想，人像陷了回去。等她回过神时连忙朝高垣望去，他神色宁静，闭着眼睛，像是睡着了。

方晶晶迟疑了片刻还是开口叫醒了他，她可不是来给他做头皮按摩的。

“高垣？高垣？”

“嗯？”高垣睁开了眼，回头看她，“擦干了吗？”

方晶晶放下毛巾：“我有事要跟你说。”

“你说吧。”高垣摸了摸头发，“边擦边说。”

他还靠着她，方晶晶感觉自己的腿快被他压麻了，她推了他一下，说：“你去沙发上坐吧。”

高垣没理她，他还往下滑了点，方便把头枕在她膝上。

高垣湿漉漉的脑袋格外重，方晶晶的膝盖也湿了，加上冷风一吹，她起了鸡皮疙瘩。

“你带伞来干吗？外面下雨了？”高垣问。

“……天气预报说晚上有雨。”

“家里有伞。”

方晶晶愣了下：“我们聊聊吧。”

“这不是在聊吗？”高垣在她的膝盖上蹭了蹭。

方晶晶忍了忍，还是把他推起来了。

高垣又回过头来，脸上带着点不满。

方晶晶看着他的眼睛，一鼓作气地说：“我们分手吧。”

高垣定在原处，他盯紧她，两眼的光变暗，凝聚。

方晶晶听见了自己的呼吸声，还有一种“咻咻”的风声，仿佛一段失败的口哨。

“你说什么？”高垣问。

方晶晶只好又说了一遍：“我们分手吧。”

高垣猛然从下方凑近，方晶晶不得不仰起脸，这姿势高垣可以扑上来咬她喉管。

“你是不是在跟我开玩笑？”高垣问，脸上还真带着一点笑。

方晶晶摇头：“我很认真。”

“你很认真。”高垣重复，微微点头，“你很认真地来再甩我一回，你是这意思吗？”

方晶晶弄不懂了。她当然看出来高垣生气了，但她不知道自己做错了什么。

她解释："我不是这个意思，我是来……我是来把事情说清楚的，上次我那样不告而别你不是很生气吗？我知道我那样做不对，你是个需要仪式感的人，无论什么事情你都希望弄得清清楚楚，所以我才来和你说的，你到底想怎么样……"

方晶晶的声音越来越轻，高垣一直望着她，胸口起伏得越来越厉害，但脸色却越来越静。

方晶晶觉得自己该走了，她刚动了一下，高垣就腾地站了起来，差点把她撞翻。

方晶晶吓了一跳，她稳住身形，仰头望着高垣。

"滚出去。"高垣指着门口，声音镇定，手却在抖。

方晶晶站了起来，但她没有走，仍然看着高垣。

"滚！"高垣大吼，他声嘶力竭，面孔扭曲。

方晶晶深深地看着他，像是要把他看透、看清，而后她握紧的拳头慢慢松开了。

高垣的怒火在她的目光中慢慢地化作了茫然，他不明白，他们为什么会变成现在这样。

而方晶晶显然明白，她比他想得多、想得早。

她语气平和地对他说："高垣，谢谢你，谢谢你让我明白，和你分手是我这辈子做过的最正确的决定。"

"和你分手是我这辈子做过的最正确的事。"

这当然只是句气话，方晶晶很清楚。毕竟她这辈子还没过完呢，现在做这种论断还为时过早。说不定呢？说不定她将来要犯更大的错呢，人不能太相信自己。

不过这回总体而言还是得不偿失了，方晶晶回来后很懊恼，懊恼的不仅是她放了一句轻浮的狠话，还丢了一把伞。她走的时候太匆忙，把带去的伞落在高垣家了。

高垣不会善待那把伞的，方晶晶肯定，他会把它扔进垃圾桶里，就像处理她一样。

高垣的确是这么干的。

他把伞丢进垃圾桶，但伞直撅撅地挺在那里，像根旗，碍眼至极。他又把它抽出来扔到地上，在地上它横躺着，黑乌乌，很不吉利。他气不过飞踢一脚，但它飞不远，仍然是在他的家里，在他的眼前。

高垣恨极了，想放火烧了它，想把它从楼上抛下去，但是他不能那么干，他的脑子里乱糟糟的，就像沸水里泡着一团头发，他不能多看那把伞，只好连夜逃走了。

高垣逃去了胡覆辙家里，胡覆辙被他的脸色吓得不轻，连声问他怎么了。

“家里闹鬼。”高垣回答。他想起方晶晶，她的脸白白的，眼珠子黑漆漆的，嘴唇擦得血红，可不就是女鬼吗，专门来索他的命。可他害她了吗？他害了她什么？

高垣呆站在原地，脸色难看，恨得头疼。

胡覆辙被高垣的话和脸色吓得立刻往后退了小步，他看高垣脸上的确有点儿黑气，心里打鼓。他强笑着问：“你别开玩笑了，到底怎么了？”

高垣没说话，他死气沉沉地眨着眼，目光平滑地从胡覆辙脸上扫过，转身就走了。胡覆辙也不想再问，跟在后头看着高垣的背影，越看越觉得他确实是一副倒霉衰样儿。

不会是真撞鬼了吧？

高垣去了客房，这客房他从没住过，便有些犹豫。

胡覆辙跟他保证没人住过，拍着床说：“你看，这上头的塑料膜都没撕。”

高垣听完就把胡覆辙赶了出去，而后往床上一躺。起先他还以为今晚会很漫长，他盯着天花板，上头干干净净，接着他就感觉自己的身体慢慢软了下来，他的腰贴着床，舒服得忍不住叹气。不久后，他接二连三地打起了哈欠，脑子里的乱相全都消失了，眼皮也越来越重。

高垣没想到，在没有一点熟悉气息的地方他反而睡了个好觉。

只是苦了胡覆辙，他被高垣一番鬼话吓得睡不着，干脆就在客厅开着电视熬了一夜。

第二天早晨，高垣醒得很早，照镜子时他很满意，感觉特别脚踏实地，他一秒也没想起方晶晶来，那把伞沉进了他脚底，再不能在他脑子里兴风作浪。

高垣穿好衣服，出来和顶着黑眼圈的胡覆辙打了个招呼。胡覆辙裹着个毯子躺在沙发上，只有气无力地哼唧了一声。

高垣望着他笑得很惬意，说："我昨晚突然想起你跟我说过一句话，挺有意思的。"

胡覆辙关了电视，勉强打起精神问："什么话？"

高垣转着手腕答："你说人和牛一样，会反刍，牛反刍草，人反刍坏情绪，糟心事儿，一遍一遍地想，这很正常，反刍得好的人呢，可以演戏，反刍得特别好的就会生病。"

那会儿高垣刚入行，正是青涩时，因为一些评价很苦恼，胡覆辙就这么劝他。胡覆辙走歪门邪道，叫他别听、别想、别感受。

胡覆辙回忆了一下承认："这种金玉良言像是我说的。"

高垣敷衍地点了点头，没有作声。

胡覆辙看出来，高垣已经越来越得心应手，他把这句话听进去了。

高垣走后，胡覆辙连忙给许玉银打去电话，他把昨晚高垣的反常都说了。谁知许玉银听完却不当回事，胡覆辙不放心："但我觉得高垣状态不对，你有没有再和他聊聊？"

许玉银回道："当然聊了，但是没用。"

胡覆辙着急："他最近到底怎么了？是不是出了什么事啊？"

许玉银反问道："他出了什么事你不知道吗？他不是什么都和你说吗？"

胡覆辙理直气壮道："说是说，但我又不是女的，我听了就忘了。"

许玉银说：“你不光不是女的，你更不是人。”

胡覆辙抗议：“你别迁怒于人啊。”

许玉银在那边笑了一声：“我这是夸你，我夸你不是普通人，你想得开，凡事都雁过不留痕，豁达，乐观，高垣要有你一半，我的事儿就少多了。”

胡覆辙被她夸得只会“吭哧吭哧”喘气，他还没想好要回夸点啥，许玉银就把电话挂了。

甩开胡覆辙之后，许玉银又给高垣打电话，他人已经到了录节目的地方，正在化妆。

今天是个棚内综艺，要录十几个小时，高垣和许玉银抱怨空调开得太低，冻得他直起鸡皮疙瘩。许玉银安抚了几句。她听着高垣的语气挺正常，便也稍稍放了心，只叮嘱了几句就挂了电话。

之后，她又打给助理，叫他多留心，时刻把眼睛放在高垣身上，千万别让高垣不高兴。

助理说：“我看垣哥今天心情还不错，好像天空放晴，特别和蔼可亲。”

许玉银笑道：“你少作诗，多看人。”

高垣最近其实很忙，他新剧刚上，连着几天都在跑综艺宣传，又要拍杂志，过两天还有个和女主角的合体直播，行程满满，所以许玉银很怕他在这种时候闹脾气，他状态一不对，所有人都要跟着战战兢兢。

幸好，高垣发了一次大神经之后就安分下来了。

后面许玉银陆续收到反馈，说高垣最近状态奇佳，不仅工作敬业负责，就连帅度也更上一层，就像开了光的美玉，叫人挪不开眼。更喜人的是，新剧也节节高升，各种邀约纷至沓来，许玉银忙得脚不沾地，只能感叹大家对帅哥总是宠爱。

“错！高垣不是帅哥，他是大帅哥。”胡覆辙乐呵呵地说。

许玉银很不雅观地翻了个白眼。

胡覆辙当作没看见，说：“哎，你说我眼光怎么那么好？当初那么多人，我慧眼识珠，一眼就相中了他……”

“停！”许玉银举起手，制止胡覆辙接下来的自吹自擂，“好汉不提当年勇，要吹牛你就另找听众，我只是来喝酒的。”

胡覆辙只得悻悻闭嘴。

许玉银也不管他，仰起脖子就先干了一杯。

胡覆辙唬了一跳，嚷道：“你慢点喝！跟谁学的……真是。”

许玉银根本不理会他，又给自己倒了一杯。

“你别又一口气干了。”胡覆辙忙按住她的杯子。

许玉银却不领情，她不客气地拍掉他的手嘲笑道：“我看你是真老了，又忆当年，又劝人别喝酒。”

胡覆辙叫屈：“我那是关心你！”

许玉银晃荡着酒杯道：“我真谢谢你。”

胡覆辙无可奈何，许玉银看都不看他，自己喝得挺美。胡覆辙还记得他们刚认识的时候许玉银几乎是滴酒不沾的，现在却成了个“千杯不倒”。

胡覆辙看着许玉银这个样子实在是不舒服，为了转移注意力，他只好和她聊起公司的事，现在她就只关心这个而已。

“你以后对高垣有什么规划？”胡覆辙问。

许玉银闻言立刻放下了酒杯，终于正正经经地看着他了。她皱着精致的眉毛说：“规划赶不上变化，现在他明显势头越来越好，我觉得我们就维持他目前这个路线就行。”

胡覆辙点头：“说得对，目前这个路线最适合，等再过几年再考虑转型也来得及，反正男演员的演艺生命长得很……”

“呵……”胡覆辙正一本正经地分析着，许玉银却突然笑了起来，她一脸戏谑地看着他，“你觉得他能转到哪儿去？你不会还指望他拿个戛纳影帝吧？”

“我可没这么想过。”胡覆辙有些尴尬。

许玉银冷笑道：“你要是这么想就趁早把公司卖了，我也好另寻去处。”

胡覆辙脸色有点为难，说：“可他也不能一辈子演偶像剧吧？”

许玉银却根本不在意，说：“怎么不能？又不是没有这样的先例。”

胡覆辙纠结得很：“可那样有什么意思？那样……”

许玉银漫不经心地打断他的话：“你想得太远了。又不是让你演，高垣乐意就行，只要高垣红一天，我们就赚一天。我们虽然靠他吃饭，但又不是他爹妈，你没法儿左右他的人生。”

胡覆辙听了这话有点难受，但他不是替高垣难受，而是替许玉银难受。

他望着她没忍住又发感慨：“你变了很多。”

许玉银诧异地看着他，嘴上半真半假地说：“怎么还伤春悲秋上了，症状越来越严重了，要不要我给你介绍个心理医生？”

胡覆辙没笑，只给自己倒了杯酒。

后头胡覆辙没再说什么，两杯酒下肚后他就嬉皮笑脸起来，他举起酒杯激昂道：“祝我俩蒸蒸日上，越来越棒。”

“这才对。”许玉银满意，笑着和他碰了碰杯。

方晶晶买了把新伞后就把旧伞抛开了，连同那晚发生的事也不再让她烦恼，但是高垣却没这么容易摆脱，除非她彻底告别当代生活。

这也算是和明星恋爱的坏处之一。普通人分手后删了联系方式就能宣告故事彻底完结，双方只有极微小的概率在街头偶遇，大家合理逃避，有充足空间恢复精神，不受干扰地反复润色往事，怨恨痛诉，或者自艾自怜，最后彻底将对方涂灰。

但方晶晶显然丧失了这种权利，她没法儿逃避，简直无处可躲，高垣的脸狂轰滥炸在她的生活里，这种频率已经不是折磨，反而成为了一种激励：全世界都变成一个惊人的纪念品汇集，处处提醒她高垣是存在的，而她已经失去了他，且他在他们分开后过得越来越好，越来越红，你再看看你自己？

方晶晶看了看自己，恨不得立刻去找个班上，而且必须是那种每天八点出门，十二点回家，周末只休息一天，五险一金都不给缴的班，因为她不图钱，只图一个在奋斗的感觉。

当然，她只是想想，光想想她就一身冷汗，快要厥过去。

方晶晶已经几年没上过班了，毕业之后她进了一家设计公司，那公司不大不小，没什么值得细说的，不过她在那儿认识了高垣。干了一年她就辞了职，后面一直是自己接活儿干，没存下什么钱，但养活自己没问题。后来，高垣红了，他说要给她投资开个店，她研究了一阵儿，还是拿不定主意要开个什么店，这事也就不了了之。

现在想想这店幸好没开成，不然她和高垣估计也不能这么好聚好散。

一声刺耳的婴儿啼哭将方晶晶的思绪拉了回来，她连忙起身，方永爱却先一步从厨房跑了出来，朝方晶晶摆了摆手，方晶晶就坐回了沙发上，方永爱进了卧室。

方晶晶听见表姐哄孩子的声音，就像梦话一样轻，她央求他再睡一会儿，又问他怎么这么爱哭，是在怕什么？

方晶晶听到这儿忍不住笑起来，她转头看向阳台外，太阳高悬，天蓝得人发慌。

天气越来越热。

高垣的新剧播完了，平台举办了一个庆功会，舞台下站满了他的粉丝。她们举着写着他名字和应援口号的灯牌，尖叫着，脸颊因为幸福而粉红，她们亮晶晶的眼睛望着他，将他的模样在其中一再加深，深到即使他人站在台上依然能看到她们眼里自己的影子，他对着她们微笑、挥手，她们便像被抽走了水的鱼儿一样躁动起来。

高垣只好掉转目光，他看向舞台最前侧的一排摄影机，今天这个活动是全程直播的，他知道还有百万人正在屏幕前观赏他的一举一动，他自信昂扬，每个动作都精心揣度，每个目光都不会落空，他想让所有人都开心，更希望所有人都爱他，更爱他。

高垣正笑着，突然感到自己左边的嘴角猛然往下坠了一下，像被一根坠着重量的绳子猛地往下拉了一把，他险险提住，维持住笑容，手不由得在身后握成了拳头。他心里觉得有点怪异，又害怕被人注意到，便不由得又向台下看去。

众人仍是对他尖叫欢呼，有人尖声说爱他一辈子，他看到自己的脸贴在霓虹灯装裱的方框里，他一会儿红光满面，一会儿又幽蓝幽蓝的，没有人看出他刚才那一刹那的失常。

庆功会结束后，高垣连剧组的聚餐都没参加就走了。他直接回了家，本打算好好休息一会儿，可往床上一躺却怎么也睡不着，明明身体很累，可脑子异常兴奋，他耳边仿佛有“咔嚓咔嚓”的快门声不停地响，脑海中也不断闪现画面，每一幅画面都只停留三秒，他还没看清它就快速划过去了。

高垣勉强闭着眼睛忍了一会儿，最后还是从床上起来了。他觉得可能是自己最近累过了头，以至于出现这种怪症状，他不愿意想得太深，也没精力，他现在就只想睡觉，既然自然睡睡不着他就只能想办法。

高垣风风火火地来到厨房，他打开冰箱门，在最深处找到了两罐啤酒。他怀疑这是方晶晶背着他藏的，因为他自己是不可能在家里放酒的，除了社交场合，他是绝对不喝酒的，他也想不起方晶晶什么时候在他面前喝过酒。也许她是个隐藏得很好的酒鬼，高垣突然冒出这个念头。那样就能解释很多事了，比如她为什么总是在生气，为什么总是不满意，还有，她为什么会和他分手。

一切都是因为她不清醒。

高垣打开啤酒，灌了一大口。

他很久没有喝过这玩意儿了，原来也这么苦吗？但是苦过之后嘴里又泛起一阵回甘，这股甘甜让前头的苦变得微不足道，他不知不觉就喝完了一罐。

第二罐的滋味变得更好。很快，高垣就趴在了桌子上。他没有醉，只是不想再把背挺得那么直，他岔开双腿瘫在椅子上，头枕着自己的手臂，一只手拨弄着桌子上的空罐子，他用手指推着罐子滚来滚去，乐此不疲，残留的酒液流到了桌上他也不在乎，他觉得高兴，头脑轻飘飘的，脑子里那“咔嚓咔嚓”的快门声也消失了，他满足地闭上了眼睛。

“嘶！”

助理一惊，悄悄朝边上看了一眼，高垣在车上也坐得端端正正，身形挺拔，脸也够帅，就是眉头皱得死紧。

助理不敢搭话，忙低下头手忙脚乱地划拉着手机。

高垣看出了助理在装忙，但他没空戳穿，昨晚他在餐桌上趴着睡了一夜，现在浑身都疼，他用力地揉着腿，小声地吸着气。他的感觉不太好，不知道是因为身体的原因，还是因为天气。今天的温度很高，天上连朵云都没有。

进入休息室之后，助理先飞快地将手机调成了静音，然后找了个稍远的角落站着，他一边从镜子里留心着高垣的脸色，一边不忘朝周围同事使眼色，要他们小心，不要撞到枪口上。

大家接收到信息，很快明白过来，休息室里一下安静下来，众人轻手轻脚，只恨不能逃出去。

化好妆换上衣服之后，高垣进了棚里开始拍摄，所有人都松了口气，只有助理还不得解脱，他朝人咧咧嘴，做了个哭脸，跟在高垣身后。

今天的活儿是拍杂志，并不太累，最费时间的是化妆和换衣服，高垣一向对这两件事很没耐心，但这回他的反应却不同以往，他闷不吭声，大家越发忐忑。

“高老师，麻烦您往左边稍微侧一点身。”摄影师说。

高垣依言照做，摄影师蹲下来拍了几张，高垣听见那种快门声连着响了好几下，他眼皮直跳，感觉直犯恶心。他闭紧嘴，竭力维持若无其事的模样。

摄影师要他酷，要他左转右转，正脸侧脸，高垣一一照做。

最后，他要他笑。

高垣一点儿都不想笑，他觉得嘴角又沉又酸，但他还是深吸一口气，弯起嘴角。

场外的助理盯着高垣的脸，突然感觉到一丝不对劲儿。

摄影师拍了一张说："很棒，高老师，您能笑得再开一点吗？"

笑得再开一点儿？

高垣扯开嘴角，他觉得自己脸颊肉都挤出来了，但这回摄影师却像被吓到了一样，他回头和工作人员对视，双方都是一脸尴尬和不知所措。

助理此时冲了出来，他高声道："垣哥给大家买了咖啡，大家快去拿！"

高垣愣在原地，他还没反应过来又听见摄影师说："谢谢高老师！那您先去休息一下吧，我们待会儿再拍。"

高垣莫名其妙，助理慌里慌张的样子让他明白出了事，但不知道到底出了什么事，还有那个摄影师，那是什么表情？

高垣憋着一肚子火回了休息室，进门后他还什么都没说，助理就把所有人都赶走了。

而后，助理跟要去徒手喂鳄鱼似的走到高垣面前，高垣完全被他搞蒙了。

"你到底搞什么鬼？"高垣好声好气地问。

助理又仔细看了高垣几眼，以防弄错，而后他小声说："垣哥……您先看……先看一下镜子……"

"镜子？镜子怎么了？"高垣回过头。他对面就是个化妆镜，又亮又大又干净，镜子里映出一张熟悉的脸，那是他的脸……他的脸和往常有什么不一样吗？

高垣突然眯了下眼，他猛然凑近镜子，像要撞进去似的，镜子内外的两张脸逼得极近，两双眼睛同时检视着彼此，高垣终于发现哪里出了问题。

高垣的右脸被一根看不见的绳子捆住了，他感觉到嘴角的坠和沉并不是幻觉，而是实在的困境。

他明白了刚才那个摄影师为什么那样看他了——他努力微笑着，看起来却面目狰狞。

杂志拍摄取消了，助理打电话给许玉银，两人带着高垣赶去了医院。

从医院出来后，高垣就直接被送回了家，一回家他就躲进了卧室，把门重重一甩。

许玉银示意助理别去打扰，她则踱到客厅开始打电话，高垣能躺下，她还有一摊子事要安排呢。

把外头安定好后，她又马不停蹄地去安慰当事人，免得他多想，虽然她觉得这件事最受罪的人其实是她。

许玉银打开卧室的门，看见高垣靠在床头，身上盖着毛毯，手里还捧着一个镜子，他目不转睛地盯着镜子看，活像在拍鬼片。

许玉银柔声道："别照了，今天就早点睡吧。"

"这样谁睡得着！"许玉银话音刚落，高垣就发火了。

许玉银忙安慰道："医生说了，只是压力过大引起的面神经发炎，发现得早，症状还不算太严重，好好休息就行，没什么好担心的。"

许玉银说了一长串，而躺在床上的高垣只捧着个镜子傻看，他突然同情白雪公主她后妈了，镜子实在太诚实了，他从来没这么难看过。

高垣摔了镜子，他不理解："压力过大？我有什么压力啊？我拍的电视剧那么火，我又不缺钱又不缺爱，那么多人喜欢我我有什么压……"

高垣突然停下来了。

许玉银在边上挑了挑眉。

"我知道了！"高垣语气冷静，"我知道我的压力是哪儿来的了。"

第三章 噪点

“他要见她。”

“谁？”

许玉银翻了个白眼：“方晶晶！他说她就是他的病因。”

胡覆辙此时才恍然大悟：“原来是情伤。”

许玉银嘲弄地看了他一眼。

胡覆辙还没反应过来，说：“哎，这也不对啊，不是他自己要和人家分手的吗？”

许玉银懒得跟他废话，直接拿起手机。

胡覆辙只能闭上嘴。

许玉银这通电话是打给方晶晶的，胡覆辙在旁安静地听着，许玉银请方晶晶来看高垣，方晶晶的话从手机里漏了点出来，但很轻，他没听清她到底说了什么。

电话一挂，胡覆辙就连忙问：“她怎么说？”

“她不愿意来。”许玉银满不在乎的语气。

胡覆辙嘀咕：“怎么这么狠心……”

“这就叫狠心了？”许玉银语气颇有深意。

胡覆辙不敢搭话，忙问：“她不肯来高垣怎么办？他不得难受啊？”

许玉银故作惊讶：“原来你这么关心他。”

胡覆辙讪笑：“我当然关心他，我不关心他我关心谁，你不也关心他吗？”

许玉银说：“我是关心我自己。”

胡覆辙不满：“干吗说这种话……好像没人关心你似的。说真的，怎么办？要不我去劝劝高垣？我有经验。”

许玉银冷笑，拎着包站起来说：“你那些经验怕不适用他。”

“你就这么走了？不想个办法？”胡覆辙忙拦她。

许玉银直接推开了他：“放心吧，方晶晶会来的。”

胡覆辙傻了：“你刚不是说她不愿意来！”

许玉银头也不回地道：“你以为我是谁。”

第二天一大早，许玉银亲自开车去接方晶晶。

这待遇不可谓不隆重，全因为高垣实在是太折腾人，连胡覆辙都说受不了，不断催她赶快把方晶晶找来救火。

路上两人寒暄了两句，许玉银看出方晶晶没有谈兴，脸色也不佳，许玉银突然有种不太妙的预感。

高垣已经等得心头冒火，但在听见外头传来熟悉的脚步声时，他突然又冷静下来。

“请进！”敲门声响起后，他又默数了三秒才答应。

而外头的人又拖了几秒才打开门。

她是不是故意的？高垣怀疑，继而振奋。

方晶晶终于走了进来。

“你还好吧？”她先问，而后才把门轻轻掩上。

“关上。”高垣说。他望着方晶晶，自从那晚之后他们已经有两个多月没见面了。

方晶晶关上了门，然后走到了床边。

她又问：“你还好吧？许姐说你病了，是什么病？”

高垣看她一脸心不在焉，说话有气无力，他知道她根本不关心他。但他还是回答了：“面神经发炎。”

“没听说过。”

“就是面瘫。”

“啊……”方晶晶露出惊讶的表情来，她又走近了些，直接看着他的脸。

“是哪边脸？”她问。

“你看不出来？”高垣语气不善。

方晶晶又仔细看了看，接着说：“是左边脸吗？”

高垣“嗯”了一声。

“是完全没感觉吗？”方晶晶举起手，似乎想摸一下他的脸，但高垣冷冷一瞥，她就放下了手。

她直起腰问：“怎么会突然得这个病？”

“医生说是压力太大导致的。”

方晶晶望着他小小地叹了口气，她低下头说：“你需要休息，让许姐给你放个假吧，工作……”

“跟工作无关。”高垣打断她。

方晶晶望向他，眼神飘忽，人在心不在。

“你太自私了。”高垣忍无可忍。

“你说什么？”

“你从来没为我考虑过。”高垣盯着她，“你不知道我在想什么，你知道我天天都在担心什么吗？你以为我没有烦恼？你是不是觉得我每天都开心得不得了？”

方晶晶茫然地看着他。

高垣问：“明明是你要分手的，但你却故意把责任推到我头上，你让我来做这个坏人，然后又让我觉得自己犯了错，你为什么非得这么做？”

高垣说：“你这是恶人先告状！”

方晶晶听到这儿突然笑了。

而高垣眼眶发热，他恼羞成怒，摸出枕头下的镜子朝方晶晶扔了过去。

镜子砸到了方晶晶身上，接着掉落在地，不过没有碎。

方晶晶把它捡了起来。

趁着方晶晶弯腰的时候，高垣迅速地擦了擦眼睛。

方晶晶没看他，只盯着手里的镜子。

空气在她的目光中凝固了，高垣的胸口干得发疼，他快要不能呼吸了。

他突然明白，原来方晶晶过去从来没有真的对他发过脾气，那些都只是情人间的小把戏。

现在她才是真的要折磨他了。

方晶晶脸上仍然有一丝笑意，不过毫无温度。她说：“你永远都是这样，高垣，我真的没看错，你永远都只关心你自己，你只看得到你自己，所有人都是你的镜子。”

说到这儿，方晶晶顺势将手中的镜子抛回床上，她没往他身上砸。

“就算我就站在你面前，就算我和你睡在一张床上，你也看不见我，你只把我当成一面镜子，人型镜子，会说话，会拍马屁，你只需要我把你哄得开心，你不在乎我开不开心。我知道，你觉得自己很了不起，有本事傍身，但其实你靠的就是一张脸，我实话实说，你就是个花瓶，根本毫无演技，演什么都是一个样儿，你只能在偶像剧里混混日子，其余的梦就别做了，趁早认清自己。”

“那你又有多了不起？”高垣问。

他耳朵里突然疼起来，脑袋里电光爆闪，他才明白方晶晶原来一直看不起他，可她凭什么？

“你长得不如人，家境也一般，你觉得自己聪明还是有才华？不过是满瓶不晃半瓶子响叮当。你连个口哨都吹不响！如果不是和我在一起，不会有人多看你一眼，你就是个普通人，你以为我真的在乎你？我当初和你在一起只是因为你够主动，我贪新鲜而已。”

方晶晶愣了下：“你真的病了高垣，你脑子有病，不过我也没什么建议，只希望你能放过我，我治不了你。”

“我要你治？你别自抬身价了。”

方晶晶摇摇头，不知道还要说什么，转身就走。

高垣抓起枕头又往她那边扔。

枕头飞到方晶晶脚边，她低头一看，一脚就给踢开了。

踢完，她站在原地忽然转头瞪着高垣，说：“你再扔个试试。”

高垣就又扔了个，这个枕头砸到了她脸上。

方晶晶二话没说捡起枕头就朝他扑来。

高垣猝不及防，方晶晶比他狠多了，她半跪在床上挥着枕头，每一下全照着他头上招呼。

高垣耳边全是刚烈的“枕头风”，呼呼地，扇得他脸疼。

“方晶晶你疯了！”高垣怒斥，狼狈不堪。

方晶晶咬紧牙关，一言不发地揍他。

高垣被打得嘴都麻了，最后他也懒得躲了，迎头而上，豁出脸去，这才算抓住了她。

高垣撇开枕头，双手擒住了方晶晶，两人在床上扭打起来。高垣膝盖都跪疼了，方晶晶还在他手下跟鱼似的扭。

高垣骂道：“你得疯牛病了！”

“你才是牛！你才有病！”方晶晶一头撞了上来。

高垣反应很快，身子一偏，躲过了这一记头槌。

结果，方晶晶不肯放弃，还故技重施。

高垣烦了，他抱住方晶晶一起摔到了床上，他压在她身上咬牙切齿地问：“你是不是真要弄死我才甘心！”

方晶晶一下子安分了，她静静地看着他，似乎耗尽了力气。

高垣刚要开口，她突然冒出一句：“方永爱死了。”

“谁？”高垣问。

方晶晶一点也不意外。

“我表姐，你见过的。”

高垣想不起来，他连这个名字都觉得很陌生。

方晶晶将他的反应尽收眼底，她说：“她被车撞死了。她在这儿火化的，骨灰送回了老家，我前几天才回来，然后就接到了许姐的电话，她说你病了。本来上次之后我就下定决心，再不见你了，我觉得那样对我们都好。但一听说你病了，我就又忍不住担心，我怕你死了……我最近确实想太多了……所以我就来了。”

方晶晶停顿了一下，她望着他，忽然露出了一个笑来。

高垣的心像被人用力握了一下。

“许姐今天看见我还说我瘦了，问我是不是昨晚没睡好，她都看出来我不好了，你还是跟瞎了一样。所以你看，真不是我故意找你的碴儿，实在是你……唉……”方晶晶叹了口气。

高垣愣愣地看着她。

方晶晶脸色很温和，她说：“高垣，你眼里没我了，你看不见我，不只是我，所有人你都看不见了，你只看得见你自己，再这样下去会出问题的。”

高垣突然觉得有点害怕，他不敢看方晶晶，只默默地放开了她，默默坐到了床边。

方晶晶起来后也没有说话，她在他身边坐了会儿，而后只在要走的时候手搭住了他的肩膀，那一下让高垣整个人都往下一沉。他不敢再去拦她，虽然他想，他还有很多问题要问她，但他知道，她现在没有心情再来解答。

他就这么让她走了。她走后，他就一个人躺在床上一直想着她说的那些话。

他想，她说的那些话里头哪些是真的，哪些假的，哪些是对的，哪些是错的。

方晶晶原来常听一句话：你永远不知道明天和意外哪一个先来。

现在她知道了，原来这两个是一起来的，因为这样比较方便。

方便？

方晶晶被自己的奇怪念头逗笑了，她低头若无其事地揉了揉眼睛，而后朝前头开车的许玉银望去。

许玉银似乎是感觉到了她的目光，突然开口，说：“要不，我们一起去按个摩？”

方晶晶对这个邀请很意外。一是因为许玉银从没和她单独相处过，二是——她怎么会想到按摩？

如果许玉银说一起去吃饭，方晶晶肯定不会答应，但许玉银偏偏选的是按摩，这个邀请就着实让人无法拒绝了。方晶晶不得不佩服许玉银，她确实是厉害、有本事，竟然能一眼看出来别人此刻最想要的是什么。

对，方晶晶承认，她现在就是想按摩，想得不得了，她就是想躺下来，想让人拍拍她的背，揉揉她的肩，最后再摸摸她的头，把她摇醒，告诉她一切都是幻觉，一切都是她因为太舒适而做的一个梦。

可惜厉害如许玉银也做不到这些，她只是单纯地邀请她去按个摩而已，可能是出于好意，也可能是出于好奇，但无论她是什么目的，方晶晶此刻都只有感激。

而许玉银并未看出方晶晶内心的激荡，她说完那句话后其实有些后悔，她觉得自己冲动了，可能是因为方晶晶看着太让人难受了，而高垣只叫人心烦，她觉得高垣似乎要对方晶晶这糟糕至极的状态负一部分责任。

至于另一部分责任——没有高垣之后，许玉银有些不知如何和方晶晶相处，她们根本不算是朋友，但她居然不能对方晶晶的难过视而不见，她以为自己能做到的。

许玉银忽然有了个很荒唐的想法，她觉得自己和方晶晶的关系完全可以用一首歌来形容——《最熟悉的陌生人》，她们居然完美贴合！

许玉银越细琢磨越头疼，现下她将自己置入了一个怪异的情境中，她带着方晶晶去了自己最熟悉的一家按摩店，而后她们默默对望一眼，宽衣解带，半裸着趴在了床上，把脸塞进一个洞里，各自盯着地面。

许玉银感觉不太自然，方晶晶却一点儿都不尴尬，就好像她们不是第一次这么干似的，方晶晶发出长长的呼吸声，像一只正被抚摸着的小狗。方晶晶听上去实在太享受了，许玉银感叹着慢慢放松下来。

在许玉银快睡着时，方晶晶开口说话了，她的声音从地面升起来。

“许姐，谢谢你。”她说。

“谢我？”许玉银开始打哈欠，她才发现自己累了。

“谢谢你带我来按摩。”

“不用谢，你能来看高垣也算是帮我忙了。”

方晶晶迟疑了一下还是说：“我可能没帮上忙，我说了很多难听话，他很生气。”

许玉银一点儿都不惊讶：“我听到了，你们吵起来了。”

方晶晶解释道：“我真没打算和他吵架，你说他病了，我就是想来看看他怎么样，结果……”

许玉银接过她的话：“结果被他气着了。他很在意你，你看得出来吧。”

方晶晶说：“那只是一种惯性，毕竟我们在一起这么久，分开也需要时间适应。”

许玉银问：“那你呢？你适应了吗？”

方晶晶答：“我很早开始就在适应了。”

许玉银一时不知道该说点什么，她知道方晶晶已经不需要提醒，更不需要安慰。

方晶晶犹豫了一下又说：“许姐，我能问你一个问题吗？”

“你问。”

“你为什么突然带我来按摩？”

许玉银想了想最后还是决定实话实说，她回答：“我也不知道，我就是觉得我得陪你待一会儿。”

许玉银说完之后，方晶晶安静了好一会儿才开口，她的声音有点抖：“我刚才还和高垣说，他是个瞎子。”

许玉银没太明白这句话的前因后果，但她仍然同意：“他的确是，所有男人都是。”

许玉银不在，只剩下胡覆辙陪着高垣，胡覆辙刚才在外头听到了一点吵嚷，本以为高垣又要折腾，但对方却出乎意料地安分。

方晶晶走了之后，高垣也不说话，也不睡觉，就坐在床上发呆，像被抽走了魂，又像被人打傻了。

难道方晶晶真打他了？这都生病了怎么下得去手！

胡覆辙瞧着高垣的模样暗地里直摇头，他想安慰两句，又担心惹高垣生气，只好一直干坐着，不多会儿就无聊透顶，硬是憋了许久，见高垣也没有要倾诉的意思，干脆就跑出来了。

当然，他也没敢跑远，就在客厅里坐着，等许玉银回来。

这一等就等到了天黑。

许玉银一进门，胡覆辙就开始抱怨："你去哪儿了？天都快黑了，我屁股都坐麻了。"

许玉银很困惑："谁叫你一直坐着，你站不起来吗？"

胡覆辙委委屈屈，许玉银根本不听，只问他："高垣在干吗呢？你怎么不在里头陪他？"

"他不用我陪。"

"他怎么样？"

"不怎么样。"胡覆辙说，"不该叫方晶晶来，她来了他情绪更不好了。"

"人是他自己非要见的。"

"你说他想和方晶晶复合？"胡覆辙问。

"不然他这么折腾是为什么？"

"你不知道，男人偶尔想见见前女友也不一定就是余情未了，可能是心情不好？加上又生病了，想找个知根知底的人聊聊天儿？排解一下孤独。"胡覆辙分析得头头是道。

许玉银听完笑眯眯地看着他。

胡覆辙心虚道："你看我干什么……其实，我是觉得他俩现在不合适。"

许玉银皮笑肉不笑，说："下次有恋综邀约我一定推你去上。"

胡覆辙不甘心："难道你不这么想？"

许玉银道："我怎么想不重要。"

"我知道，我知道，但我们也是为他好……"

"少我们我们的！"许玉银冷冷道。

胡覆辙一下闭上嘴，许玉银也不作声了，两人坐着不动，屋子就像根本没有人在。

过了半晌，许玉银突然站了起来，胡覆辙迅速抬眼望去。

直到看着她进了高垣的卧室，胡覆辙才松口气，他慢悠悠地站起来伸了个懒腰，而后就独自离开了。

许玉银一推开卧室的门就看见掉在地上的枕头，高垣背对着她蜷在床的最边缘，许玉银没理他，径直走到了窗边。

她一过来，高垣就把毯子拉到了脸上。

“我把她送到家了。”许玉银坐到了飘窗上，顺手把窗帘拉开了一道缝。

高垣动了动，许玉银朝窗外望了眼又回过头来看他。

“她说我是个花瓶。”高垣的声音从毯子底下透出来，听着就憋人。

这算什么难听话？

许玉银安慰道：“那当然是她的气话，你不能当真。”

高垣拉下毯子，只露出了一双眼睛：“她还说你看出来了。”

“我看出什么了？”

“她不开心。”

许玉银反应过来：“我是看她在车上也不说话，脸色不好，眼睛红红的，看着像没怎么睡觉。”

高垣听着听着眼里有几分怨气。

许玉银苦笑道：“这难道能怪我？”

当然不能，高垣明白，他只是必须责怪谁，心里才能好受些。

高垣又问：“你送她回去的时候，她哭了吗？”

为什么要哭，难道谁哭了就代表谁输了？

许玉银心里大为不屑，但嘴里仍回答道：“她没哭，但是我看她也不好受，你们吵架了？”

高垣立刻道：“她难受不是因为我，她表姐前段时间去世了。”

许玉银愣住了，她和高垣对望了一会儿，才慢慢转过头去。

"怪不得呢。"许玉银望着窗外轻声说。

"什么？"高垣没听清。

"没什么。"许玉银不想解释，她转向高垣问，"你真想和方晶晶复合吗？"

"……鬼才想。"

"真不想？"

高垣没回答，又拉上毯子把脸蒙住了。

许玉银却不放过他："既然你没那个意思那找方晶晶来干什么？难道真的是来给你看病的？她又不是医生。"

高垣扯下毯子不耐烦道："我说了……"

"你说她是你的病因。"许玉银抢过他的话。

高垣有点恼火，却无法反驳。

许玉银气定神闲，说："其实之前我和胡磊讨论过，我们都希望你现阶段不要谈恋爱。你可以交朋友，但最好不要有女朋友。虽然你目前势头很好，但将来怎么样谁都说不准，我们都希望能让你再上一层楼，不要成为一颗流星。"

"呵，我怀疑你们连流星都造不出来。"高垣嘲讽道，显然他对这番话不买账也不受用。

许玉银早就发现，不知道从何时起，高垣对身边人总是怀着一种不能稀释的猜疑和审视，平时并不显露，但一旦涉及他在意的，他就会叫人难堪。

许玉银笑道："没必要这么冲，难道你以为我喜欢做大棒？我是真的替你考虑，现在你和方晶晶的确不合适，你们已经不是一路人了，你理解不了她，她也不能满足你，与其闹到不欢而散，现在早点分开对你和她都是好事。"

"好事？"高垣软硬不吃，"你怎么知道对她是好事？我说过这话吗？还是方晶晶亲口告诉你的？"

许玉银否认："她没说过。"

"呵，那你就是全靠猜，这就是你的本事？"

"好，那我不猜了。"许玉银从善如流，"我直接问你，我想知道你现在怎么想？你对未来有什么规划？还有，就是此时此刻，你最想要的是什么？”

此时此刻，方晶晶最想要的是睡觉，她想在梦里见一见再也见不到的人。

但是她没想到自己会梦见高垣。

高垣和方永爱一起出现在她面前，他们仨坐在方永爱家的沙发上，屋子里特别亮，房间里凉爽而带着水汽。方永爱表情很淡然，一点都不像她自己当初预想的那么激动。

方晶晶问她：“你不是说喜欢他吗？怎么反应这么冷淡？”

方永爱回答：“因为他对你不好，我再也不喜欢他了。”

方晶晶听得又感动又尴尬，因为被当面议论的人就在她身边，她担心高垣发火骂人，但梦里的高垣只吸取了现实中的优点，他一句话也没说，只带着笑容倾听，完美地扮演一个花瓶。

真是难得一见的场面。

清醒之后，方晶晶仍然很感慨，其实方永爱一直很喜欢高垣，却只见过他一面，还是在他们刚谈恋爱的时候，那时候高垣还不红，只是个帅哥罢了。后来方晶晶想过什么时候能带高垣去见一见方永爱，也顺便满足一下方永爱的好奇心。但不知不觉高垣离这种烟火家常越来越远，她几乎都想象不出来，高垣坐在方永爱家里吃饭的画面，更别提他会和方永爱相谈甚欢。之后方永爱也再不提想见高垣的事，她说起高垣时口气和说其他她不认识但短暂迷恋的明星没有什么差别。

方晶晶现在想起来觉得有点遗憾，当时如果她大胆一点、果断一点，也许方永爱早就积累了一摞合影了，也不至于现在只能在梦里相见，见也不是当时的心情了，只是因为对她还放不下心，所以才要见一见，见一见，骂一骂，也算为她出气。

“别担心了，姐。”方晶晶心里默默道，“不用你替我出气，我早就把他骂了，骂得可难听了……但骂完了又有点后悔。”

想到这儿，方晶晶忍不住叹口气。

她想起几天前见到高垣的情景。高垣脸也僵了，人也瘦了，躺在床上像朵蔫花儿。他肯定是受了点打击的，她还把他一顿臭骂，这算不算是痛打落水狗啊？她怎么能干这种事，她可一直自诩是位爱狗人士。

方晶晶越想越感觉不安。她回忆那天，其实见高垣之前她就心里有气，那气原因很复杂，但完全和高垣无关，只是高垣实在太没眼力见儿，见面后又单独给她添了把柴，她就把所有的气都冲他撒了，这就是城楼失火殃及池鱼，这就是高垣过去对她干过的事，她当时可难受了，她不想变成和高垣一样的人。

方晶晶对自己是有要求，她觉得自己不算是个好人，但起码从没想过要去害人。她每日三省吾身，一省自己有没有无意间出口伤人，二省有没有为讨他人欢心而放一些空屁，三省有没有扮演成另一个角色来矫饰自己。

方晶晶感觉自己原来没有这么爱反省的，但现在不知道怎么就变成这样了，好像每天不这么反省反省就会瞬间误入歧途迷失自我一样。

可能是因为眼前有个活生生血淋淋的例子吧。

人不反省就会一条道走到讨人厌还不自知还挺美的盲道上。

方晶晶想清楚了，她果断拿起手机打了出去。

“啪！”

又摔了！助理无声哀号，他迅速瞟了一眼手机，判断是去买个新的还是去修，刚买的保修期还没过呢。

但，当然是去买新的！他干吗替人省钱，省下来又不给他花！

“我都说了不准发不准发！”高垣怒气冲冲，又把镜子摔了出去。

许玉银平心静气道：“必须发，我们不发别人就会发。”

高垣喊：“那发那个诊断证明就行了，为什么非得发照片！”

许玉银解释：“不发照片别人不信。”

高垣胸膛起伏，突然绝望地往床上一扑：“可是太难看了！我不想让别人看到这么难看的样子……”

许玉银安慰道：“哪儿难看，你看评论都是在夸你帅。”

助理连忙打开手机，凑到高垣跟前。

高垣却还把脸埋在枕头上，动也不动一下。

“真的，大家都在夸你帅，你看看呀。”许玉银轻声道。

“出去。”高垣声音很轻，全闷在枕头里。

助理不安地朝许玉银看了一眼，许玉银冲他摆摆手，助理连忙捡起手机出去了。

许玉银朝高垣看了一眼，又安慰了几句。可高垣不给反应，她也无计可施，只能走了。

她一出来就听见里头响起脚步声，接着门后传来“咔哒”一声。

高垣把门反锁了。

助理和许玉银站在门外面面相觑。

许玉银最近几天忙得脚不沾地，整觉都没睡过几个，高垣生病的消息刚刚公布了出去，虽然高垣本人很不愿意，因为不想发自己不好看的照片到网上，但是媒体已经拍到了他去医院的照片，八卦从传他去整容到去看孩子的升级速度令许玉银只能罔顾他的意愿，她将一张他的全脸照，还有医院的诊断书一起发上了微博。

结果现在情况就成这样了。

“许姐，这怎么办啊？您要不要去哄哄垣哥……”助理其实很想逃跑，他感觉屋子里关着只“哥斯拉”，再不走他就要完蛋了。

许玉银淡定如常：“门都锁了怎么进去。”

助理快哭了：“那我们就在这儿干等着？我想回家，昨天都熬了一晚上了，我感觉我的心脏已经不跳了，我才二十七岁……”

许玉银面无表情道：“我记得你上次体检不是说自己啥毛病都没有，健壮如牛。”

助理苦着脸嘟囔道：“就算是头真牛也禁不起这么磨啊……”

许玉银笑起来：“好了，真累了你就在沙发上躺会儿吧，忙完了这阵就给你带薪假，今晚绝对让你回家，行了吧？”

助理只得同意了，但他也没真往沙发上躺，毕竟许玉银还在干活儿呢，他怎么敢休息。

助理打开手机，一边看着高垣微博下的评论，一边在各个公共论坛里穿梭。他得时时关注着这些信息，一旦嗅到不对味儿的言论就要及时采取措施。

“啧……有‘内部人士’开帖说，垣哥是打玻尿酸把脸打坏了，还说垣哥脸上不止一个地方整了。”助理看得津津有味，“已经讨论了几百楼了！”

许玉银随口道：“啥内部人士，先截图，再点举报。”

“了解。”助理嘴里果断答应着，手上还恋恋不舍地往下划拉屏幕，他得赶紧看完。

炸完这栋楼，还有下一栋，标题更加惊悚。

“嗯？‘悄悄爆个料，爱信不信，我爸是高垣去看病的那个医院的医生，高垣是去切痔疮’……”助理不敢再往下念了，忍笑忍得脸变形。

“这个倒是挺有创意，也够毁形象，”许玉银点评了一句，“这个得马上举报掉，再往下编就快要到肛裂了。”

助理接着往下翻，惊呼道：“已经有了！肛裂，还有……哇喔！”

许玉银接过手机看了一眼，淡定地说道：“看来你垣哥是插翅难逃了。”

助理终于笑出声来。

论坛逛到最后，助理感觉自己快受工伤，他眼睛酸，手也酸，心灵也受到了伤害。

“炸太多帖了，有人写打油诗嘲讽了。”

“不理。”

助理无奈道：“感觉我们这样搞完全是伤敌一千自损八百，对面人多，谁都没占到便宜。”

许玉银想了想，说：“那就先收手，等过了风头再来。先去联系营销号，发点软文，把高垣的病因归结于工作努力上，再暗示一下外面的各种谣言是有人故意放出来，不用明确说是谁，粉丝自己会去找靶子打的。”

助理表示明白。

许玉银看看表，已经过了午饭点了，她点了份外卖给助理，自己只喝了杯咖啡。

“对了，你先去给高垣买个手机。”许玉银突然想起了被高垣摔碎的手机。

“差点忘了！”助理领命而去。

助理走后，许玉银继续慢悠悠地喝咖啡，喝完咖啡之后她来到卧室门口，敲响了房门。

她敲了好几下，还喊了高垣几声，问他想不想吃东西，但一直没有人应声，她又轻轻转了转门把手，还是锁着的。

看来他还在生气。

许玉银转身正要走，手机忽然响了，屏幕上显示的来电人，让她有一点意外。

许玉银忽然想起自己几天前问高垣的那个问题。

她问他，此时此刻最想要的是什么。

当时高垣想了好一会儿才回答她，他很诚实，他说他也不知道。

那会儿他看上去是少见的沉静，他说：“我脑子里首先想到的是我自己，但是接着就是一片空白，连我自己的脸都看不见了，只有一片白，白得像月亮一样。”

“喂？”

“许姐，是我。”方晶晶觉得自己语气有点过分殷勤了，但这次不是因为高垣，是因为按摩。

“没打扰到你吧？”她问。

“没有，有什么事？”许玉银语气和原来一样，那次按摩对她来说并没有什么效力。

毕竟付钱的人是她，而且她走的时候方晶晶都没醒。

方晶晶说道：“没什么，就是我给高垣打了电话，但是一直没人接……”

许玉银道：“他手机坏了，你找他有事？”

“也没什么……”

方晶晶话还没说完就听到了“咚咚”的敲门声，许玉银边敲边说：“你等等，我帮你叫他。”

方晶晶忙道：“不用了！”

但许玉银已经在喊了：“高垣，晶晶找你！”

方晶晶拿着手机听着那头的动静，感觉现在挂掉也不对，接也不对，她就感觉自己好像上了个当，而且这个当还是她自己给自己套上的。

“喂。”安静了几秒后，方晶晶的耳边终于传来了高垣闷闷不乐的声音。

他当然乐不起来。方晶晶想到他的脸，也不计较他这个态度了。

她就是觉得自己这通电话有点儿……多余，她就该默默反省算了，干吗还来烦他，他又不在乎她在想什么。

但打都打了，多少还是得说点什么。

“那个……你手机怎么一直打不通？”方晶晶问。

高垣答：“坏了。”

方晶晶扯着这个话头接着问怎么坏的，她就是不想聊正事，她又准备逃避。

但高垣不给她机会，他一句话把她堵了回来。

高垣在那头安静了一会儿，才说：“你是不是想再骂我一回？”

方晶晶突然发现原来高垣还是有点演员功底的！

他居然能瞬间把气质从嚣张切换到可怜，他是怎么做到让声音听起来又小又轻又柔又抖的？让人感觉这句话他是含着泪咬着唇说的。

方晶晶边感叹边诚惶诚恐地解释：“不不不！我绝对不是这个目的！我这次是来给你道歉的！真的！实话！”

高垣听完又静了几秒，然后说：“那你道吧。”

方晶晶一噎。

“道啊。”

他还开始催了。

方晶晶深吸一口气，调整好心态，正式开始道歉：“那天，我当你面说你是花瓶，是有点过分了哈，事后想想，我也是有点后悔，所以今天才打了个电话来跟你说声对不起……”

“等一下。”高垣打断了她的话，“你这是在道歉？”

方晶晶立刻答：“是啊。”

“我怎么没听出来？”高垣又开始讨人厌了。

“因为你没仔细听。”方晶晶的愧疚也快消耗完。

“你这是道歉的态度？”高垣质问。

听到这句，方晶晶很想回他一句：别整得跟你很了解道歉似的，你这辈子道过几回歉啊？你凭什么定义道歉啊？“对不起”这三个字的拼音你能完整打出来吗？

但她是来道歉的，她不是结仇的。

所以，她只能说：“好吧，那我再给你道一遍，你再听听。”

“方晶晶！”高垣开始狮子吼，“你还说你是来给我道歉的？你就是来气我的！”

方晶晶觉得很冤枉：“我真是来道歉的！你能不能听我说完？”

“我不听！”高垣喊。

方晶晶也急了：“你不听！你不听……你不听我就挂了！”

那头一下没声了，方晶晶愣了，这个威胁居然……还真有用啊？

“太奇怪了……”方晶晶不禁道出心声。她迷路了，迷失在高垣的脑回路里。

“唉。”方晶晶又叹气，“高垣，我真的是来跟你道歉的，我很怕我当时说的那些话会伤害到你，虽然我知道你肯定不在乎……”

“你知道什么！”

“啊？”

“你当时说的那些，是你的真心话吗？”高垣问。

方晶晶踌躇了一下，最后还是回答：“有一些气话……有一些，是真心的。”

高垣觉得自己另外半边脸也快麻了，被方晶晶扇的，刚才他差点就要笑了，结果下一秒她就一巴掌扇过来。

“那哪句是真心的？”高垣问，他怀疑自己可能是吃巴掌上瘾，简称犯贱。

“你真想听？”方晶晶在那头问，声音听上去很雀跃。高垣都能想象得到她此刻脸上的表情，肯定是笑嘻嘻的。

高垣咬牙答：“嗯，想听。”

“听了绝对不生气？”

“不生气。”

“我不信。”

高垣从来没觉得方晶晶这么可恶过，自从他们分手后，她就变得肆无忌惮、无法无天，每次和她说话他都觉得胸口猫挠一样，又痒又疼，他真想把这只猫抓住关进笼子里再放只狗进去，就得这么治它！

“我只是想听真话。”高垣沉住气道，“尤其是你的！”

方晶晶笑道：“我的？你以前从来不在乎我的话，现在这样还真让我有点受宠若惊。”

高垣不知道说什么，他只想认真地听方晶晶接下来的话，每句话他都想听。

但高垣没搞明白，往往你想听的时候，那个人反而不想说了。

“其实你不用在乎我的话，我只是个普通人，我对娱乐圈不了解，我对你所处的环境也不了解。你可以去问许姐！她是你的经纪人，能力强，人也很好，如果你真的想听一些中肯又对你有帮助的意见，我真的建议你去问她，她一定会帮你的，她人真的不错……”

方晶晶侃侃而谈，她一点都没觉得自己这番话有什么毛病。高垣却越听越气，甚至比那些难听的“真话”更让他生气。

“我问你，你叫我去问许玉银？”高垣觉得方晶晶是故意气他。

方晶晶却很有理地说：“许姐是专业人士啊，她的意见肯定比我重要。”

“我不需要她的意见！”

“那你去问胡总。”

“我也不需要他的！我需要的是……”

高垣突然哑住了。他的脑袋里突然出现了一个圆圆的月亮，无边无际，将他整个头脑都占据了，那么大的一个月亮，上头居然空无一人。

方晶晶在那边一头雾水，问：“怎么了？怎么说一半不说了？你需要什么？”

我需要什么？高垣在心头重复着这句话。

方晶晶也替他感到困惑，说：“不要许姐，也不要胡总，那还有谁能帮你？除了他们，你身边也没别人了啊。”

“你。”高垣脱口而出。

“什么？”

“我说，还有你。”

方晶晶不解地沉默着，高垣委屈道：“你自己说的，你说你会一直陪着我。”

方晶晶恍然大悟，总算想起来自己以前说过的情话，这句话当然是真的。

却再不适用于此时此刻。

“哈哈。”方晶晶干笑，“当年我还挺肉麻。”

“这句话，现在……还有用吗？”高垣问。他听到手机里方晶晶的呼吸一波一波传来，他想起过去很长一段时间，这股浪潮就在他耳边，裹着他，托着他，他从没真的沉到底。

但现在，她彻底放开了他。

“当然有用，这句是真话。”方晶晶回答，“虽然我们已经分手了，但我仍然把你当朋友，我知道你不缺朋友，但多个朋友也没什么坏处，对吧？而且我自认算是个不错的朋友，得到的评价也一直不错，我可能就善于跟人做朋友，而不是做情人。也许我们一开始就该只当朋友，友谊地久天长。”

她现在怎么总用最温柔的语气说最残酷的话？就像电影里邪恶的反派，永远能找到一个最荒唐的理由来炸掉地球。

“友谊天长地久……”高垣喃喃，他听见方晶晶在那头笑。

她仿佛真是他的老朋友一样喋喋不休：“这首歌很好听，下次去参加晚会，你可以唱，我觉得你适合唱这……”

高垣闭了闭眼，挂掉了电话。

客厅里，助理伸了个懒腰，他捏着又酸又胀的脖子，正准备站起来活动一下，身后忽然飘来一阵若有似无的声响。

“啥动静呀？”助理边嘀咕边竖起耳朵听。

许玉银也听到了，她从电脑前抬起头，静静地听了一会儿，而后才站起来。

“是不是垣哥在唱歌？”助理连忙跟上。

“你没听过他唱歌吗？”许玉银匆匆说了一句，而后她来到了声音源头——高垣的卧室。

门半掩着，她轻轻推开。

助理挤在门边，看见了里头的情境，这歌确实不是垣哥唱的。

垣哥这会儿正背对着他们站在窗户边，不知道在看啥，那歌是从床上的手机里放出来的，声音很大，在屋子里都撞出回声了。

怎能忘记旧日朋友，心中能不欢笑。

旧日朋友岂能相忘，友谊地久天长。

“这是什么歌呀？听着挺耳熟的。”助理悄声问。

许玉银朝高垣看了几眼，把门关上后才回答了他的问题。

她说这歌叫《分手快乐》。

“不对吧，我前女友给我唱过《分手快乐》啊？这歌词……不太像。”助理将信将疑。

许玉银没理他，只带着一脸神秘莫测的微笑转身离开了。

#高垣#

#高垣面瘫#

#面神经发炎#

#高垣敬业#

…………

“这一长溜儿，啧啧，都是荣誉啊！”胡覆辙看着热搜榜笑得见牙不见眼。

许玉银则相当淡定，说：“医生说再做两次针灸就行了。”

胡覆辙忙问：“高垣好点了吗？”

许玉银没好气道：“那么多针扎脸上，还没感觉就废了。”

胡覆辙没敢看高垣扎针的场面，他一直怕这种尖东西。

“那他现在能笑了吗？”

“能，但是他笑不出来。”

胡覆辙很懂：“还是因为方晶晶？”

许玉银点点头。

胡覆辙忽然鬼祟起来，说：“要不，我去让他散散心？转移一下注意力说不定就好了。”

许玉银转头，斜着眼瞟他：“怎么转移？手段合法吗？”

胡覆辙见她这样赶紧解释：“你可别瞎说！我的意思是，我带他出去玩，找几个朋友陪他唠唠嗑儿，绝对合法健康！”

许玉银嗤笑道：“行了，你那些朋友我又不是不认识，还唠嗑儿，别说得他们多么‘纯朴’似的。我提醒你，少带高垣去找他们，来往多了总有天会惹上麻烦，而且高垣他不缺朋友，他的朋友，呵呵，比你多。”

胡覆辙被说得面红耳赤，往事涌上心头，他不敢看许玉银，只能说：“好好好，朋友多好，多个朋友多条路嘛。”

许玉银没说话，冷笑着看了他一眼，起身走了。

多个朋友多条路。

这句话胡覆辙过去也经常对高垣说，在高垣对层出不穷的酒会和充斥着陌生人的盛典感到厌倦时，胡覆辙就这么劝他。

这话其实没错，高垣知道，多个朋友多条路，他现在朋友多得要命，能走的路也数不胜数。

但方晶晶能给他带到哪条路上去呢？

她更像个路标，提醒他此路不通。

高垣从床上一跃而起，他摸了摸自己的脸，又在镜子前照了半天，试着摆了几个表情。

嗯，跟从前一样。

高垣松了口气。他想了想，又凑到镜子跟前仔细看了几遍，最后拿起手机，自拍了大概几十张，最后精心挑选了其中看起来最随意最自然，当然也是最好看的一张，发给了他的“新朋友”。

高垣给自己找了理由，既然是朋友当然就该多联系，不然怎么维持友谊呢？

“朋友一生一起走，那些日子不再有！”

方晶晶边唱着歌边拖地，她专心劳动，一点儿都没想起自己的新朋友来。她一向认为哪怕是再好的朋友也该适当保持距离，君子之交淡如水嘛，淡淡的才能长长久久。

但这只是她个人的想法，高垣对友谊的理解显然不是这样。

方晶晶拿起手机，望着高垣发过来的高清大头照有点蒙。

这人昨天挂了她的电话，今天又来这一出，还真是……一如既往的任性啊。

但发张自拍来是什么意思啊？方晶晶有点糊涂了，就一张自拍什么话也没有？是要她点评几句打个分吗？

这要她说什么？

高垣盯着手机，感觉时间过得很慢，方晶晶原来不总是秒回消息的吗？现在怎么这么拖拖拉拉的。

高垣有点不满，他决定再等十秒，再没回音他就把照片撤回来。

他在心里默数：一，二，三，四，五……

回了！

高垣一惊，连忙点开对话框。

方晶晶：挺帅的

连个句号都没有。

高垣垮着个脸，把这三个字翻来覆去地看了好久。

挺、帅、的。

有点勉强的感觉，好像不是很真心，为什么不能再直接、再热情一点？她过去是怎么夸他来着？

高垣想起来，过去方晶晶都是直接捧着他的脸，笑眯眯地望着他的眼睛说：真不错，来，给爷笑一个。

高垣收回思绪，思考了一会儿又举起手机，拍了起来。

方晶晶抱着拖把，点开了高垣发来的第二张照片。

还是自拍，和上一张角度相同，高垣微微偏着头，脸上露出了一点笑容。

方晶晶看了有点发怵，这怎么皮笑肉不笑的啊？

噢！方晶晶一拍大腿想起来了，高垣的病还没好呢！

他还能笑出来就不错了，方晶晶想，她得再说点好话鼓励鼓励他。

她想了想，说了一句自认为高垣最想听的话发了过去。

方晶晶：很有故事感。

高垣盯着这几个字沉思了半天。

故事感？什么故事？是他刚才想的那个故事吗？那都是真事，不是故事。

高垣心里毛毛糙糙的，他觉得比起第一次那个不走心的评价，这个“很有故事感”更让他不满意。

虽然乍一看让他很振奋，但再一细想就莫名觉得很敷衍和怪，很不像方晶晶说出来的话。

她又不是他的粉丝，还故事感，她看戏呢！

厨房还没拖完手机就又响了，这回来的不是信息，是视频邀请。

方晶晶接了起来。

高垣的脸出现在屏幕里，即使他看上去不太高兴，也不太自然，但这张脸还是很有冲击力的。

不过，他怎么不说话？方晶晶有些纳闷，要不是看见他的眼睛还在眨啊眨的，她都以为他卡了。

“怎么了？”她问。

高垣没回答，他望着屏幕里的人只有一个感觉。

怎么她离他……那么远？他突然有种在谈异地恋的感觉。

“你的脸好点了吗？”方晶晶又问。

高垣感觉到她的目光在他脸上缓缓地转了一圈儿，留下几行又乱又深的脚印。

高垣突然感觉麻麻的，就像刚才扎针时那种脸皮过电一样，他又觉得有点不受控了，一边用力压住发抖的嘴角，一边目不转睛地盯着方晶晶。

“咳咳，我快好了。”高垣终于开口。他表情看上去有些凶，嘴一直往下沉。

方晶晶也不在意，说：“那就好。”

敷衍，没话找话，故作关心，假得要命。

高垣张了张嘴，正准备想到什么说什么，却突然想起了方晶晶说的那句“友谊地久天长”。

现在她不把他当男朋友了，只愿意认他做朋友。

高垣望着方晶晶的眼睛，第一次看出来里头的变化。

她眼里的他，不是他以为的那样。

“你……”高垣吞吞吐吐，第一次没在方晶晶面前随心所欲。

“什么？”方晶晶有所察觉，她认真地望着他，但和从前再不相同。

高垣又冒出一个想法，分手不是从他说出这个词开始的，甚至不是从方晶晶走的那天开始的。

那是从哪天开始的呢？他很想问问方晶晶。

但他不敢。

“高垣，你网卡了吗？”方晶晶问。

“没有……”高垣心不在焉，语气低落。

方晶晶的语气变得无奈，说：“高垣，你真觉得我们能做朋友吗？”

高垣化忧为喜："不是你说要和我做朋友吗？"

方晶晶想了想，诚实道："那是当时情境所迫。"

"什么意思？"高垣愣住，喜又化为忧了，比刚才更忧。

方晶晶慢慢解释道："我的意思是，当时我是真的那么想的，我想和你做朋友，但今天我发现，也许这是我自己的一厢情愿，对你来说，和我做朋友可能并不是件好事。"

"……你想太多。"高垣没好气地反驳。

方晶晶一笑："我看得出来，你不太舒服。"

"跟你没关系。"

但又有关系，高垣想。

"那是为什么？"

"我不知道。"

方晶晶开玩笑道："那你好好想想，想明白再来找我。"

高垣垂下眼："我不想想。"

"为什么？"方晶晶还要问。

高垣终于不耐烦，说："你现在怎么老问为什么？哪有这么多为什么？"

方晶晶笑了笑，没再说话。

高垣飞快地看她一眼，不情不愿地说："方晶晶，你是不是真想和我做朋友？"

"真的。"方晶晶点头，"但你要是不想的话我也没有意见。"

"你别老说你没有意见。"高垣有意见了。

方晶晶不解地看着他，她不知道这句话怎么惹到他了。

"做朋友的意思是，你并不讨厌我？"高垣问。

方晶晶谨慎回答："是的。"

"也不恨我？"

"为什么要恨你？"方晶晶哭笑不得。

高垣"哼"了一声："我就是随便一问。"

"恨也需要能量的，我现在都没这么多力气了。"方晶晶说。

高垣刚冒头的一点喜悦就被这话打没了。

方晶晶还在笑，说："我觉得现在这样挺好的，我现在既不爱谁，也不恨谁，心里只有平静。平静才是最难得的。"

她没骗他，她现在看上去真的很轻松。

高垣气急："那你干脆出家算了！保证你静一辈子！"

方晶晶一本正经："那不行，我不能不吃肉。"

高垣正要开口，方晶晶突然靠近屏幕，脸被照得变形，但她笑得很开心。

她说："高垣，你觉没觉得，我们已经很久没有这样聊过天了。"

高垣一愣，她说得没错，上一次他们这样安静聊天的时刻，他已经想不起来了。

"你也很久没有问过我这么多问题了。"方晶晶若有所思，"和你做朋友跟谈恋爱的区别原来这么大。"

"哪个更好？"高垣问了个注定让自己难受的问题。

"做朋友好。"方晶晶答。

高垣闷闷不乐："为什么？"

"因为做朋友我们更开心。"

我一点儿都不开心。高垣心想，他看着方晶晶的笑脸，心里又酸又苦。

他发现自己原来这么喜欢这位朋友，这么在乎这位朋友。

但他还是想和她绝交。

第四章 回退

和前男友做好朋友这件事，对方晶晶来说其实也很新鲜。

在高垣之前，她没这么干过，在高垣之后，她也不打算再发这个慈悲心。

因为她没有那么渴望友谊，她有朋友。

比如说，许玉银现在就是她的朋友。方晶晶没想到，在和高垣分手后自己反而收获更多。

许玉银现在会时不时地和她聊天，约她单独出去吃饭，当然，少不了按摩——她们友谊的开始。

“早知道这样，我该早点分手。”后来按摩按舒服了的方晶晶说。

许玉银笑问：“至于吗？难道高垣没带你去按过摩？”

方晶晶叹道：“那肯定没有跟你一起自在，每次和他出门干点什么都是偷偷摸摸、躲躲藏藏的，生怕被人发现，没意思。”

许玉银颇有深意道：“但有人反而觉得这样很刺激。”

方晶晶随口道：“那把这人介绍给高垣吧，他们肯定合适。”

许玉银听了没说话，眉头却突然皱起来了。

方晶晶忙问：“怎么了？不舒服？”

许玉银摇摇头，苦笑说：“没什么，就是突然想起个脏东西。”

“什么脏东西？”方晶晶好奇。

许玉银却不肯详细说，只没头没尾地提起她前段时间看了一篇文章，她评价说写得不错，但带毒，看完后她就开始倒霉，先丢了两把钥匙，后头又崴了三次脚，最后眼睛还连着痛了好几天。

“造孽啊！”胡覆辙捂着脸低着头喊，声音发抖，带着哭腔。

医生忍无可忍地瞪了他一眼，而后轻轻地将高垣脸上最后一根针拔了下来。

一旁的助理见状赶紧戳了戳胡覆辙，通知他结束了，又赶紧把还在冒着热气儿的毛巾捞起来盖在高垣脸上。

高垣全程没睁开眼，静静地躺在那儿任人摆布。

助理忍不住想：要是平时也这么听话就好了。

“敷一会儿就可以了，明天不用来了，有问题让许姑娘来问。”医生说完这句话就沉着脸，不再搭理人。

胡覆辙听着感觉耳朵疼，他边瞅着医生边小声问助理：“这老先生说话一直这个味儿吗？跟锉刀一样？”

助理不敢搭话，赶紧送医生出门。

胡覆辙又看向高垣，他平平地躺在那儿，双手放在肚子上，脸上还盖着块白毛巾，看着特别瘆人。

胡覆辙看了一会儿，默默地从裤兜里掏出了手机。

“不准拍。”床上的高垣突然出声。

胡覆辙吓得一抖，手机差点摔了。

“我没拍！”他赶紧喊，又凑过去看高垣，“你这毛巾上是不是有缝儿啊？”

“没有。”高垣没好气地答，接着又说，“你别挨这么近。”

胡覆辙将信将疑地坐到了床边的沙发上，眼睛还盯着高垣，那毛巾上面绝对留了眼儿！

“许姐呢？”高垣问。

胡覆辙答：“休息去了。”

“明天不是要开工了吗？”高垣问。

胡覆辙笑道：“所以她给自己放了半天假，说是地狱开启之前的最后一次放松。”

“就她下地狱？我不也要下吗？我还得敷着毛巾下呢！”高垣越说越不高兴。

胡覆辙忙转移话题：“什么地狱不地狱的，太不吉利了，咱说开工大吉，讨个彩头，好不好？”

高垣不说话，胡覆辙承诺道：“明天等你忙活完，我一定组个局，把朋友都叫来让你好好玩个痛快！绝对让你忘却烦恼，忘却所有忧愁，连自己叫啥都给忘了……”

“我不想去。”高垣打断了他的话。

“什么？”

“懒得去，没意思。”

胡覆辙一惊，品出不对来了，高垣很久没说过这种话了。

他急急地道:“怎么会没意思呢？你是在家关久了才有这种想法！”

胡覆辙极力煽动，高垣最后松了口，他承认自己可能真的是因为个把月没出门，心理受到点影响。

“想到明天要出门见人，我有点害怕。”高垣承认。

胡覆辙忙安慰道：“你现在就是太长时间没工作了有点紧张、焦虑！等你真正见了人就会觉得，哎！还是这样好，还是这样舒服，这才是你该过的日子！”

“我该过什么样的日子？”高垣听上去有点迷茫。

胡覆辙却无比笃定道：“烈火烹油，鲜花簇拥的日子呀！人人都爱你！”

“人人都爱我？”高垣脑中闪过一张脸。

“是啊！这种日子你不喜欢吗？”

高垣没回答，但他当然喜欢，没有人会不喜欢接受欢呼和掌声，没有人能拒绝毫无来由、不需要回报的偏爱，他当然喜欢，留恋，舍不得放下。

“哎？”胡覆辙忽然叫了一声。

高垣回过神来。

“怎么了？”他问。

胡覆辙看他一眼说：“小玉给我发了张照片。”

高垣莫名心头一颤，立刻问：“什么照片？”

胡覆辙走到床边，举起了手机。

高垣一下掀了毛巾，从床上坐了起来。

胡覆辙赶紧捡起毛巾翻看，喊道：“这毛巾上果然有道缝儿！我就说……”

他话还没说完，高垣就把手机抢去了。

胡覆辙悻悻地丢开毛巾，看着高垣盯着手机目不转睛地看，眼里都快放光了，就像老猫见了小耗子一样。

有这么好看吗？胡覆辙心想。

“她俩什么时候走这么近了？”他随口问道。

谁知道高垣却发火了，他气呼呼地冲胡覆辙嚷嚷：“我怎么知道！我还想问你呢？许玉银不是说去放松了吗？怎么会和晶晶在一起？她们还一起吃饭！”

高垣看着这张其乐融融的照片，突然觉得很委屈。

晶晶？都成前女友了还叫得这么亲热，丢不丢人啊？

胡覆辙心里嘀咕着，嘴上却说：“我也不知道，她没说是去见方晶晶啊，可能是恰巧碰上了吧，就一起吃了个饭。”

“怎么可能那么巧……”高垣不太信。他放大照片，看清了方晶晶脸上的笑。

她很开心，以前见到许玉银时她可从来没这么笑过。

“你们还有联系吗？”胡覆辙问。

高垣哼了一声。

胡覆辙试探道：“有？”

高垣话里有气：“有！怎么了，她自己说要和我做朋友的！”

和前女友做朋友？奇耻大辱！

“你笑什么？”高垣冷不丁问。

胡覆辙忙道：“我没笑啊，我笑了吗？”

高垣脸色不善地盯着他。

胡覆辙连忙把手机从他手里夺过来，又解释道：“我真没笑，我是脸抽筋……那个，你要是不愿意，待会儿等许玉银回来我就跟她说，叫她以后别再去跟方晶晶见面，有什么好见的，她都跟你没关系了……”

“谁说没关系了！”高垣急了。

“不都分手了吗？还有啥关系？”胡覆辙装傻充愣，心里乐开了花。

别说，高垣这种又憋屈又没法儿说的样子看着真是解气！他能不能拍个视频留念啊？

“朋友关系行不行！”高垣没好气道。

胡覆辙赶紧点头：“行！当然行！”他竖起大拇指夸张道，“还能和前女友交朋友，真了不起。”

“你什么意思？”高垣问。

胡覆辙忍着笑说：“这说明你是个好人。”

高垣脸色阴森：“好人？”

胡覆辙得意扬扬，越说越刺激：“分手后还能做朋友说明当时你们爱得不够深，我前女友都恨不得我去死。”

高垣冷冷道：“原来如此，那看来许姐现在还留在你身边，可能是想亲眼看着你死。”

胡覆辙愣在原地。

高垣又补了一刀，他不怀好意地笑道：“噢，我想起来了，许姐前段时间还给我推荐了一首歌，叫《你没有好结果》，怪不得她那么喜欢呢，原来是唱出了她的心声。”

“呼……”许玉银往椅子上一坐就觉得自己再也站不起来了。今天早上五点钟她就起床了，陪着高垣化妆、选衣服、拍摄、彩排，一直忙到现在……许玉银看了看表，已经晚上七点半了，还有半个小时，粉丝见面会就结束了。

许玉银歪着身子朝台前望去。

高垣正在台上唱歌，实话实说唱得非常一般，许玉银刚刚上微博看了一眼，# 难听 # 一词已经上了热搜。

但不妨碍台下观众如痴如醉，她们花钱主要是来欣赏一些“美”。

高垣站在台上的画面真的十分养眼，这点许玉银也不得不承认。他在台上总是精力满满，丝毫不见疲态，笑容闪亮比肩太阳，少年感兼具适度成熟，一举手一投足能轻松惹起波涛，他看上去也极其享受自己挑逗起的山呼海啸，整个人气质非常自在。

许玉银觉得高垣似乎是把这段时间攒的劲儿、受的委屈，以及其他所有新鲜的体验全都转化成了荷尔蒙，然后今天在舞台上散发出来了。这就是天生大明星，不干这行实属浪费。

许玉银想起来，刚才还有人打电话来问她，说高垣怎么看上去比以前更帅了？不单单是帅，看上去还聪明了，沉淀了。

“是不是做了什么新项目呢？”那人仗着一点圈子里的狗屁资历，问得特别不客气。

可许玉银笑着说：“哎呀，真没做什么。就是在家休息的时候读了很多书。《卡拉马佐夫兄弟》看过吗？还看了一些纪录片，《天地玄皇》挺不错的推荐给你哦。噢！还看了不少老电影，他特别喜欢英格玛·伯格曼，你看过吗？总之特别受启发，受益匪浅啊。”

她加重语气特别强调：“高垣其实一直是个对自己有要求的人，他说了，原地踏步就等于退步，他就想天天进步。”

人家听完这段话就“呵呵”笑了几声把电话挂了，估计心里骂她吹牛吹得脸都不要了。

但她总不能说，因为分手了、被甩了，终于知道自己不是人民币人见人爱了，所以看上去有点人样儿了。

这话她就算说了人家肯定也不会信，信了肯定也不会试，试了，也不一定有效。

所以就随便吧，反正红不红都是看命。

哦，现在可以加一条，许玉银想，除了命，可能还要看前女友。

粉丝见面会之后就是庆功宴，来的人不少，高垣没去，胡覆辙和许玉银一起去撑了场面。他俩都喝了不少，尤其是胡覆辙，他高兴得很，越喝越有，来者不拒，还要上赶着去，满场乱飞，名副其实的花花蝴蝶。

最后散场的时候，胡覆辙已经走不了直线了，人一走他就彻底垮了。几个同事一起扶着他去地下车库，许玉银走在旁边，她还很清醒，只是脸有点白。

“走路别看手机！”走到半路上，胡覆辙突然吼了一声。

许玉银抬起头，他趴在别人肩膀上眯缝着眼望她。

“危险危险危险！”胡覆辙唱了起来，笑得像个二傻子。

许玉银转头对几个同事笑道：“看见了吗？丢不丢人，你们以后可千万别跟他一起傻喝。”

众人一起笑起来，胡总的酒品在公司也不是啥新鲜事儿，好多人亲眼见过。

“小玉！”胡覆辙中气十足地大喊了一声。

“完了，开始发酒疯了。”许玉银嫌弃地撇下嘴，没理会他，只加快脚步，一下走到了前头。

“走太快了，走太快了！慢点儿，慢点儿！”胡覆辙急得直甩手，差点把搀着他的同事甩飞，“你走慢点儿嘛！”

同事们看着前头逃难似的许玉银，这场面……他们也不是第一次见了。

“你们知道胡总车在哪儿吧？小于你送他回去，我先走了。”许玉银又回头对他们叮嘱了几句，脚步慢了下来。

胡覆辙见状又踉踉跄跄地想追上去，但两条腿各有意见，眼看道儿越走越歪，许玉银越来越远，他无计可施，只会瞎叫唤：“小玉！小玉！你别走那么快嘛！你等等我！你再等我一会儿嘛！”

许玉银再也没回头，她彻底不见了。胡覆辙安静下来，醉成这样他也好像明白，小玉是不可能再等他了。

“等，寂寞到夜深，夜已渐荒凉，夜已经昏暗，莫道你在选择人，人亦能选择你，公平，原没有半点偏心……”

方晶晶皱着眉，听了两句就立刻关了视频。

这就是她点进 # 难听 # 这个热搜的报应，想看热闹结果受伤的只有自己。

不过这歌儿她好像听过，当然不是听高垣唱的，好像是哪个电影的插曲。

方晶晶打开手机，按着歌词搜索到了原唱，听了三遍，安抚了遭受到无妄之灾的耳朵。

高垣在粉丝见面会上唱歌这个事儿，在方晶晶看来用四个字就可以概括——不如不唱。

这个粉丝见面会她也只有四个字点评——没有必要。

但这些都是她的个人想法。她也知道，这个活动主要是为了那些个把月没见到高垣，且非常思念担心他的粉丝弄的，她显然不在目标人群里，所以她的想法也是四个字——没人在乎。

方晶晶和高垣分手后并没有断了联系，甚至最近联系得都有点频繁了。高垣现在天天都给她发照片，全是自拍，又帅又怪的自拍，每张都笑得又难看，又让人看得移不开眼。看多了，方晶晶都有种感觉，高垣好像在一个很复杂的故事里演一个很不聪明的角色，然后还觉得自己很聪明。

真的叫人摸不着头脑。

方晶晶心里有点发毛，她暗示了高垣几回，也试着冷落过他。

但是高垣非常自我，不管她什么反应，有没有回应，他都照发不误。

方晶晶一度怀疑高垣是把她当成备忘录，但是高垣也和她说话，问两句“吃饭没”“睡了没”“在干吗”。

太奇怪了。

方晶晶想，可能他还是太闲了，病了，出不了门，又没事儿干，只能来她这儿打发打发时间了。毕竟她算是他知根知底的老熟人，所以在她面前他没必要装模作样，就怎么舒服怎么来。

许玉银跟她说，恋爱谈久了就是会这样，没有距离感，失去神秘美，哪怕分开了，也没那么容易就退到一个有分寸的位置。

“那我能直接把他删了吗？”方晶晶问。

许玉银说：“你试试就知道了。”

然后，方晶晶就试了。

再然后，高垣就把她加了回来，顺便发了一通脾气和一个视频。

视频里他在跑步机上锻炼，只穿了一条短裤。

挥汗如雨，真是挥汗如雨。

方晶晶感觉高垣可能还是有点了解她的，不过他自己大概不知道。

说高垣，高垣就到。

方晶晶没想到他这时候还有时间给她发视频。

“我累瘫了。”他就露脸了一秒，说了这么一句话，然后人就往地上一躺，手机覆在肚子上。方晶晶就只能看见总统套房的天花板了，很干净。

高垣也不说话了，方晶晶只好“喂喂”了两句。

他就又重复一声：“好累。”

“粉丝见面会结束了？”方晶晶问。

“早结束了。你看了？”

“没看。”方晶晶想忘掉那首歌，“你感觉怎么样？开心吗？”

高垣回答：“现在我除了累什么都感觉不到。”

方晶晶提议：“要不你先休息会儿吧，都累成这样了。”

高垣又不说话了。

方晶晶等了一会儿，小声问：“喂，睡着了吗？”

“没有。”高垣回答。

方晶晶默默叹口气。

她想起了以前他俩在一起的时候，每次高垣工作特别累特别难受的时候，他就是这样，喜欢随便往哪儿一躺，除了床。有一回，他就躺在了厕所里，幸好家里厕所大，没怎么碍事儿。

他就躺在那儿，一动不动，就像死了一样，还睁着眼，死不瞑目。方晶晶刚开始还理他，想法儿让他起来，拖他抱他陪他一起躺着，希望他别这么崩溃。但后来，这个行为已经成了他的常规，她的安慰手段也用尽了，实在是没有招了，最后也就只能让他躺着，如果这样他才舒服的话。反正他躺他的，她干她的，互不干扰，只是尽量注意，不要踩到他就行。

“我累。”高垣又哼唧了一声。

方晶晶无奈：“那你自己想想办法吧。”

“我想不出来办法。”

“为什么？”

“因为……我蠢吧。”

方晶晶表扬高垣：“不不不，真蠢的都不会觉得自己蠢，你有进步了。”

高垣哼了一声，又说：“这房间也太静了，跟真空的一样，我一闭上眼，就觉得自己飘在太空中，就像那部电影……”他试图回忆电影名字。

方晶晶不肯等他，说：“那是，酒店的隔音效果肯定好。”

高垣又问：“你在干什么？”

方晶晶回答：“我不在陪你聊天吗？”

“你坐着吗？”

“我躺着呢。”

“躺在哪儿？”

“沙发上。”

“大吗？”

“什么？”

“沙发，大吗？”

方晶晶仰起头看了看自己的脚说：“不大，没你家的大。”

高垣想起家里的沙发，那个沙发的确大，又大又贵，他俩一起躺上头还有空余地方。

“我想回家。”高垣自言自语。

方晶晶随口应道：“那就回去啊？在家躺着多舒服，你想躺哪儿都行。”

“我以前好像也经常这样。”高垣说。

“是，你在家经常就是随地大小‘躺’。”

“每次我躺在地上，就听见你在我身边走来走去，穿着双拖鞋，啪嗒啪嗒，像海豹鼓掌。”

方晶晶大笑：“哈哈，现在海豹走了，你可以安心躺着了，想躺多久躺多久。”

高垣说：“我现在想听海豹鼓掌。”

方晶晶笑道：“海洋馆有的是。”

“你快给我鼓一个。”

“不可能。”

“我就想听你鼓。”

“你是不是在骂我？”

高垣静了静说：“原来你不是最爱吵我吗？叽叽喳喳、噼里啪啦的，你在我身边的时候，我就没静下来过。”

“唉……”方晶晶感觉再叹下去自己快长白头发了。

高垣问她：“你现在怎么文静了？你怎么说变就变？”

方晶晶说：“……其实你也变了不少。”

“我哪儿变了？”

“不想一一细数。”

“不行，必须数，我听听你说得对不对。”

完了，方晶晶觉得自己起错话头了。

她求饶：“你还是快去睡觉吧，我感觉你快不行了，有点儿吓人。”

“我要听海豹鼓掌。”

“我要听……”

“挂了。”

“嘟——”

手机从高垣肚子上滑了下去，他还睁着眼睛，天花板上出现了星星，他觉得自己掉进了无垠的虚空里。

复工之后，高垣的工作比以前更多了，现在是除了睡觉的时候，他身边永远有人，造成的影响是，就算他一个人待着，也感觉耳朵里有杂音，像台信号不好的老收音机，时不时尖叫一声。他和方晶晶说了这个烦恼，方晶晶叫他戴降噪耳机，这明明是头疼医脚的主意，但高垣还真就去买了耳机回来。

晚上睡觉的时候，高垣就戴上了，结果静是静了，却更睡不着了。

他摘了耳机就给方晶晶打电话，他说："耳机没用。"

那头方晶晶将将有点睡意就被吵醒了，她还没弄清楚情况。

高垣说："戴上耳机后感觉太静了，一点儿声音都没有，太不自然了。"

方晶晶总算醒了神，恍恍惚惚地问："什么？"

高垣说："我有点害怕。"

方晶晶头疼了起来，问："你怎么还不睡觉？都几点了？"

"两点半。你睡着了？"

方晶晶不想回答，她知道只要一搭话就没完了。

她说："那你就别戴了，就这么睡吧。"

"那样又吵。"

"怎么可能会吵？你家还有别人吗？"

"没有，你要不要过来玩？"

方晶晶在那头长长地叹口气："你早点睡吧，要是怕就去客厅睡，把电视机打开，再戴上耳机，戴一半就行，晚安。"

高垣正要说话，方晶晶又补了一句："以后别这么晚给我打电话，我不会再接了。"

挂了电话，高垣就按照方晶晶的嘱咐去做，他抱着毯子和枕头去了客厅，先开了电视，而后躺在沙发上，戴上了耳机，留出一只耳朵，让电视声音若有似无地飘进来，另一半则仿佛沉进了水里，沙发轻飘飘地承着他，他慢慢地睡着了。

第二天，方晶晶一觉睡到下午才醒。

手机上有几条信息，她打开来看，是许玉银发来的，问她晚上有没有时间，要不要出来一起吃个饭。

方晶晶答应了。

晚上见面后，两人聊了几句，方晶晶就把高垣半夜给她打电话的事告诉了许玉银。

方晶晶撑着下巴说："要不你带高垣去看看心理医生吧？我看他是有点不对劲。"

许玉银笑道："怪了，我看他今天状态明明好得很，神采奕奕，跟大家都有说有笑的。"

方晶晶一听更不忿："那都是献祭我的睡眠换来的！"

许玉银忙安抚道："行，那我来补偿你。走，咱按摩去！"

按完方晶晶心理舒服了些，许玉银又送来了一份大礼，她说自己有个朋友正在招设计师，问方晶晶想不想去。

方晶晶很警惕，问："哪个朋友？不会是胡覆辙吧？我不想给他干活儿。"

"为什么？"许玉银很惊讶。

方晶晶道："他感觉会在酒桌上开会，我不行。"

许玉银忍笑道："他还没有那么离谱，但他手底下的确有很多酒鬼。"

方晶晶说："高垣也是认识他之后才学会喝酒的。"

许玉银笑道："放心吧，不是胡磊，是其他人，你不认识的。虽然是个小公司，但是待遇还不错，我觉得挺适合你的，你要不要去？"

方晶晶没多犹豫："去啊，在家待久了也有点无聊，去上班感受一下痛苦，找找活着的感觉。"

许玉银看着她忽然想起往事，笑道："我像你这么大的时候已经结婚了。"

方晶晶不好意思接话，她当然知道许玉银当时是跟谁结的婚了。

许玉银自顾自地说了下去："但是很快就离了，离了之后我就出来工作，刚开始很辛苦，但后来我就觉得，还是上班好，上班比结婚开心多了。"

方晶晶忽然脸色一暗，说："我表姐也说过这话，她也是生了孩子之后就辞职了。"

方晶晶叹息，她望向许玉银，想到方永爱，她俩截然不同，但又都是女人，都对她很关怀。

“我听说她老公已经在相亲了。”方晶晶不由得说出一件心事。

许玉银没说话，只给自己倒了杯茶。

方晶晶难受得很：“他父母催他，但我看他自己……应该也没什么意见。”

许玉银喝了口茶，脸色平静。

方晶晶很苦闷：“我这样想是不是有点自私？人都该向前看的，他这么做也没错，但我想到我表姐，我又……替她不值。”

“是不值。”许玉银语气有点僵，“但是也没办法了，她人都已经不在了。”

方晶晶握住双手，生怕自己贸然哭出来，那也太丢脸了。她也不怪许玉银，这只是她的家事，又啰唆又无趣，的确不是许玉银这样的女强人能共情的……

方晶晶正安慰着自己，忽然听见“砰”的一声，她慌忙抬头。

只见许玉银的杯子在茶几上颤，她本人则一脸怒火，她骂道：“但她老公也太不是个东西了！居然这么快就去相亲，如果是我，我做鬼也得吓死他！”

很久之后，方晶晶才知道，许玉银原来是《我的老舅娘》《婚姻保卫战但赢不了》，以及《1919 白银眼》的忠实观众，这就是她的上不了台面的隐秘爱好。

胡覆辙就没有什么隐秘爱好，因为他本人就上不了台面。他手腕上常年戴着一串珠子，没事儿他就捻捻，觉得能静心，但是偶尔也有不管用的时候。

比如说现在。

“我睡沙发，你睡床。”高垣说。他深更半夜跑到胡覆辙家，毫无眼力见儿地把胡覆辙带回来的女伴吓走了，继而提出这么荒唐而有礼貌的要求。胡覆辙怎么能拒绝？他拒绝不了，但他好想叫高垣滚啊！

胡覆辙忍着气道：“这样好不好，我去睡床，你也去睡床，大家都睡床，怎么样？”

高垣毫不动摇：“不行，我就想试试你家沙发。”

胡覆辙一边眉毛不受控制地开始抖，他问：“你家没沙发吗？”

高垣不耐烦了，说：“你怎么这么啰唆？快去睡吧。”

胡覆辙好想把高垣塞沙发底下，然后他再跳上沙发在上面蹦个三天三夜！

高垣没理胡覆辙，他坐了下来，先用手四处拍打一番，又颠了颠，试了试软硬度——比他们家沙发稍微硬一点，不过还行。高垣矜持地点了点头，然后就准备躺下了。

“你别真躺啊！”

胡覆辙见状大喊，伸手来拉高垣。他真不想早上起床的时候发现客厅里躺个人，那人还是高垣，简直比蟑螂还可怕，他会忍不住拿脚踩他的。

结果，胡覆辙的手还没碰到高垣，高垣就自己刹住了，此时，高垣的脸离沙发坐垫只有一寸。

“哎，你核心练得不错嘛。”胡覆辙夸了一句。

高垣一下坐直，而后抽了张纸，包住手，在他刚才差点就挨着脸的位置捻起一根头发。

特别特别长的头发，还放金光呢。

高垣提溜着头发看向胡覆辙，胡覆辙呵呵傻笑。

高垣深吸口气，一把将头发连带着手里的纸都朝他甩过去。

纸轻飘飘地落在地上，胡覆辙一点儿羞耻之心都没有地说：“所以我叫你别睡这儿嘛，这儿好多人都坐过。”

高垣眉头一皱，见胡覆辙挠着鼻子，样子很虚，就问：“只是坐过？”

胡覆辙露出白牙道：“不都一样嘛。”

高垣“噌”地就从沙发上跳起来了，好了，这下沙发变铁板烧。

“你家没床吗！”高垣又气又恶心，他无助地抱着双臂，感觉自己脏了。

胡覆辙委屈道：“有啊，但是有时候来不及……”

高垣脸色一变忙伸出手大声制止：“好了，你别说了！我不想听，带我去客房，要没人住过的那间！”

洗了个澡之后，高垣的睡意也彻底没了，胡覆辙只好陪着他干坐。

高垣不肯再坐在客厅，胡覆辙就搬了两张凳子到厨房里。胡覆辙说这是他家最干净的地方，除了清洁阿姨平时再没人来。

两杯酒下肚后，高垣恶狠狠地说："我跟你说，你那个沙发迟早烂掉。"

胡覆辙摇头："怎么可能！那么贵，我烂了它都烂不了。"

高垣冷冷道："那等你死了，我就烧了它给你陪葬。"

胡覆辙笑道："可以，随便烧。"

高垣随口问："刚才那个是你的新女友吗？"

胡覆辙想了想回答："算是。"

"这次会结婚吗？"高垣开着玩笑。

胡覆辙摇头："应该不会，但谁又说得准呢，我是个喜欢重蹈覆辙的结婚狂。"

高垣笑道："说得对。"

胡覆辙说："你是万人迷，魅力四射，追求者众多，但总觉得天边还有一个更好的，后来发现，最好的那个其实……"

高垣脸色郁郁地打断了他："少看电视剧，影响智商。"

胡覆辙不服："那你还演呢？"

高垣朝他的凳子踹了一脚，胡覆辙手一歪，酒洒了大半。

这一踹倒把胡覆辙的脑子踹回来了。

他赶紧放下酒杯，正色道："发过来的新剧本你看了吗？"

高垣点点头。

"你觉得怎么样？"

高垣说："和过去的本子大同小异，角色也差不多。"

胡覆辙道："你许姐说很好，建议你接，说接了绝对火，她眼光没偏过。"

胡覆辙循循善诱："唉，其实我也知道这个本子没啥特别的，故事很老套，但是你看看这个班底！绝对是一流的了，再比它牛的我们也够不上了。"

“为什么够不上？因为我只能演个花瓶？”高垣冷不丁道。

胡覆辙一听急道：“这谁说的？”

高垣没回答。

胡覆辙安慰道：“你少上网，别看那些评论，那都是胡说八道。”

“说就说吧。”高垣脸上忽地有了斗志，“我不在乎，花瓶也不是人人都能当的！”

“说得好。”胡覆辙热情地鼓起了掌，又跟他碰了几杯。

看高垣脸上泛红，胡覆辙试探地问：“那这个戏咱们就接了哈？”

高垣重重地点了点头：“接！这谁不接谁就是傻子！”

“说出去的话如同泼出去的水，收不回来。”

“做人要言而有信，不能半途而废。”

“成年人要为自己说过的话负责任。”

这些道理方晶晶都听过，也都觉得说得没错。

但在上了三天的班之后，她还是后悔了，她悔不当初，她好想回家。

原来家才是她永远的港湾。

家真的是她的风水宝地，不骗人。同样的活儿在家开着电脑，她轻轻松松，不费多大劲儿就能干完，搬到了公司她就效率锐减，对着公司的电脑坐十分钟她太阳穴就开始疼，手也开始酸，眼珠子也胀，这个状态她干十分钟得歇五分半，整个人感觉像背着巨石的西西弗斯，肉体跟精神都是又沉重又麻木，几乎就是个废物了。

唉，方晶晶叹气，有点儿难受啊。别人上班是找到自己的价值，她上班就是发现自己原来没有价值。也许上班对她来说就只有一个作用，就是让她发现自己是个废物。

但是她这个废物还得咬牙坚持。

因为这工作毕竟是许玉银介绍的，她干了这么几天就走实在太不像话了，而且这儿的老板也特别好，连试用期都没定就直接让她上班了，她实在是不忍心辜负人家。

不能辜负人家，只能折腾自己了。方晶晶现在确定了天上果然不会掉馅饼儿，就算掉了，这饼里头包着的肯定也是你不爱吃的馅儿。

太难了。

方晶晶正趴在桌上默默哀号，有人走过来拍了拍她的肩膀。

方晶晶抬起头，看见老板正一脸关切地看着她。

万恶的资本家……方晶晶盯着他想，但对方目前还保有百分之八十的人性，可能因为年轻，或者资本积累得不够，没露出真实面目来。

“你怎么了？不舒服吗？”“资本家预备役”问她。

方晶晶有气无力地摇头：“没有。”

“那怎么趴着？”

“吸吸地气。”

老板听了一笑，给她留下一句“那你多趴会儿吧”就走了。

这是威胁吧？

方晶晶目送老板进了办公室，后面就不敢也不好意思再趴了，只能强打起精神，背上石头，继续爬坡。

坡总是很难爬的，尤其是上坡路，越爬越费劲儿。

许玉银在酒店和人谈完事一口东西都没吃，出来就直奔公司，进去就先跟十几个人开了个大会，而后胡覆辙又找来，两人把办公室门一关单独开了个小会。

许玉银把情况如实相告：“那边说现在就是一个女二和一个女三，叫我们自己去试。”

胡覆辙听了不太高兴：“什么意思？不是已经说定了吗？高垣演男主，我们这边再出一个女二，现在怎么成了女三？还要试？”

许玉银道：“这个戏多少人盯着，总要走个流程。”

胡覆辙问：“那两个都去试？”

许玉银点头。

胡覆辙突然叹口气：“我还以为我们今非昔比，做大做强了呢。”

许玉银道：“做大做强的只是高垣。”

胡覆辙硬着脖子说：“那没有我们能有高垣？”

许玉银笑道：“怎么，你生的他？”

胡覆辙脖子又软了，嘟囔道：“就是这个意思嘛……高垣也不是生下来就红的。”

许玉银说：“但咱们这小庙现在也就红了一个高垣，这也不怪人家不把我们当回事儿。”

胡覆辙苦笑：“呵，这样看来高垣还真是棵独苗啊。”

许玉银笑道：“所以我们得多爱护他。”

而许玉银爱护一个人的方式就是让他无休无止地工作。备受爱护的独苗目前的工作计划已经排到了明年年末。

高垣此刻正在某节目的化妆间里看剧本，答应接下这个戏之后他就把剧本打印出来，天天带在身边，没事儿就翻出来看，看了好几遍，还没看到结局。

这次他又勉强翻了几页，还是没法儿专心，怎么越看越烦？

终于，高垣忍无可忍丢开剧本，整个人在椅子上扭来扭去。他抱怨这椅子太硬，硌人，助理立刻给他换了把新椅子；他又说这屋子灯太亮，照得他毛毛糙糙的，助理又立刻关了两盏灯。

但高垣还是不舒适。

他抬头看着镜子，盯着里头的人皱起眉。他问：“我是不是和过去有点不一样啊？”

助理立刻道：“没变化啊，比以前更好看了！”说完，他朝化妆师眨眨眼。

化妆师更上道，她以专业眼光欣赏了一番高垣的脸，然后公正地说：“变化可能是五官更立体了，垣哥你是不是又瘦了？”

助理悄悄朝她比了个大拇指。

但这些话都没打动高垣，他面无表情地听完，而后一句话没说，低头拿起了手机。

助理立刻警觉，赶紧朝几人使了个眼色，示意大家靠后。

但高垣啥也没干，他就是……玩手机而已。

高垣没注意到气氛的紧张，他对着镜子拍了几张照片，全发给了方晶晶。

他知道周围人都在哄他开心，但他就是越听越不爽，可能因为他不想听他们说。

但他想听的那个人现在也会敷衍他了，他给她发送精心挑选的照片，她只回个笑脸来。

没有诚意！高垣恶狠狠地打出这四个字……然后又删了，没敢发过去，发过去显得他太在意，他是在意，但是他还不太想让她知道。

高垣呆呆地戳着和方晶晶的对话框，反反复复，点进去又退出来。

原来和她做朋友是这种感觉？好像在演一场独角戏，他患得患失，她却一无所知，他稍一越界，她就冷得像冰。

一点面子都不给，一点旧情都不念。

太绝情了！高垣怒气冲冲，又犹犹豫豫，最后还是不死心，又发了一条信息过去。

他问：吃没吃饭？

高垣看着自己发出去的这句话，想到一个词，叫走投无路。

就算是在和方晶晶谈恋爱时，他也没有发过这句话，他不需要用这种问题来打开场面，别人给他发这句话他都觉得傻。

太傻了。

幸好，方晶晶回了他的傻话。

她说：没吃，你呢。

可能因为现在他在她眼里就是个傻子，高垣想，那就傻到底吧。

高垣拨通了方晶晶的电话。

“喂？”

高垣没作声，他望着手机，屏幕上显示的是她名字的缩写：fjj。

这是他改的，原来是一个星星的符号，那是方晶晶当时自己存的。

方晶晶说：“因为‘一闪一闪亮晶晶，满天都是小星星’……多特别啊。”

他却不喜欢这么特别，于是给她改成了缩写，她还为这个不高兴。

她原来还想做他身边最特别的那个，现在却连朋友都当得漫不经心。

高垣从回忆里出来，尽量自然道：“是我。”

“我知道是你。”方晶晶在那头笑，“你打电话来干吗？”

高垣被她问得哽住，他有点儿恼：“不干吗，就打来……试试。”

“试什么？”

“试……试试你换没换号码。”

方晶晶嘲笑他：“我看你是闲得慌。”

高垣正要说话，忽然听见手机那头传来一个声音。

那人说：“晶晶，走吧，一起去吃饭饭。”

是个男的。

高垣情不自禁皱起眉，嘴角往下一撇。

饭饭？恶不恶心，一个男的还装可爱。

但方晶晶似乎吃这套，他听见她笑得可欢了。

“晶晶？”高垣故意学那男人的语气，意在嘲笑。

但方晶晶没听出来，她“啊”了一声还以为他在叫自己，但她也没理会他，而是先回答了身边那个人。

高垣听见她说：“好，等我一下。”

高垣适时冷哼一声，发出了点动静。

他感觉方晶晶有点双标了，怎么和别人说话都比和他说话活泼？

他也可以带她去吃饭，他原来也常常带她出去吃饭。

他们已经多久没有一起吃饭了？高垣有点想不起来。

“喂？我要去吃饭了。”方晶晶急匆匆地说。

高垣都听得见她推动椅子站起来的声音。

高垣忙道：“等一下，我……”

但方晶晶没等，她把电话挂了。

她现在挂他电话真是……又快又狠。

但高垣不能生气，虽然他很想，也不能抱怨，因为没人听，他只能自己消化掉所有复杂的情绪。

他愤愤不平地想：不就是一顿饭吗！有什么了不起的！

他也能带她去啊！对！今晚就去！他要带她去最好的餐厅，吃最贵的饭饭！边吃饭饭边看夜景！

高垣下了决定，连忙又打了个电话过去，这次却没人接，还提示：

您拨打的电话暂时无法接通。

就几分钟就无法接通了？

高垣正要再打，偏偏工作人员进来催他去录影了，他无奈，只好把手机交给了助理。

待会儿再打就行。高垣边想，边跟着工作人员走进棚里。

一露面他就得到呼声和尖叫声，他也自觉地端出笑脸，朝观众席挥手招呼，状态无懈可击。

可是怎么会突然没人接？

高垣分了神，那声“晶晶”又在耳边响起。

才隔了几分钟就打不通？怎么会这么巧？而且……叫她的那个人是谁？她不在家吗？不在家她又在哪儿？外面？街上？地铁里？还是十字路口上，红绿灯交接，他打去电话，手机响起她正要接，然后一辆车冲过来，就像她表姐……

高垣突然愣在了原地。

底下的助理不知道发生了什么，怎么好好地笑着笑着突然发起呆来，脸色还特别难看，录制已经开始了，他又不能提醒，只能干着急。

不过幸好，观众替他喊了。

“高垣！啊啊啊——高垣！”

这两声尖叫让高垣回过了神，他看向台下，惯性地挤出一个笑容来，心却在猛跳。此时，所有呼声都让他心惊。

看着台上的高垣恢复常态，助理也松了口气，唉，虽然笑得有点假，但笑了就行。

高垣一直觉得自己没什么想象力，但今天他才发现，原来他有。

两个小时的录影里他想出了一部电影，名字就叫《方晶晶的一百种死法》。

车祸最平常最有可能，天上掉花盆的概率也不低，摔一跤头刚好磕到石墩子上？还是摔进了没盖盖子的井窖里……

高垣看过的恐怖电影不多，但部部都给他留下了阴影，他还记得有个情节是一个人被从天而降的玻璃压成了肉饼……他当时在旁边捂着眼睛不敢喘气，方晶晶在边上却嗤之以鼻，大骂假得要命。

“只有世界级的倒霉蛋才会遇上这种事。”方晶晶当时放下狂言，言下之意是她属于幸运儿的那一阵营。

高垣同意这个观点，因为方晶晶能遇到他确实算幸运，但现在不同了，方晶晶和他分手了，她的生命线已经长出了他的手心，他也不知道她要走到哪儿去，更不知道她会在何处终止。

但高垣愿意对天发誓，无论过去他说了什么话，那些都不是真心的，如果有糊涂的老神仙听到了他当时的气话，请千万不要当真。他的真心是，他希望方晶晶健健康康、平平安安，哪怕今后和他……再无交集。

“阿嚏！”

睡得迷迷糊糊的方晶晶被这个惊天动地的大喷嚏震醒了。

好家伙，这是打雷吧。

方晶晶抬头茫然四顾，除了几张和她同样愤怒且迷茫的脸，一无所获，她正准备再睡会儿，手机忽然紧跟着振动起来。

方晶晶皱着眉看了一眼来电显示，果断挂了。

午休时间打什么电话啊？扰人清梦，没有公德。

方晶晶看了看时间，把手机倒扣在桌面上，她还能睡十分钟，她得抓紧。

但是……

“嗡！嗡！”

手机又振动了。

方晶晶拿起来一看，还是他打的。

方晶晶恼火至极，马上就给挂了，同时把手机调成了静音模式。

方晶晶想，看来以后她还得加一条，以后除了晚上睡觉时间，中午午休时间也请不要给她打电话！午休是很宝贵的，一分钟都不能浪费！

十分钟后，方晶晶睁开了眼。她先在座位上发了会儿呆，而后去洗手间排队上了个厕所，洗了把脸，接着又拿杯子去茶水间冲了杯咖啡，咖啡喝完后她才想起来看看手机。

十三个未接电话，全是高垣打来的。

方晶晶往下划拉了一下，简直是触目惊心，这是出了什么事啊？

她来不及犹豫，赶紧打了回去。

“您好，请不要挂机，您拨打的电话正在通话中……”

听到这个提示，方晶晶正打算挂掉，但下一秒那边就忽然传来人声。

“喂？晶晶？”高垣的声音很轻。

方晶晶忙应道：“是我，那个，你有什么事吗？怎么给我打了那么多电话？”

高垣没回答。

方晶晶心里忽然有些不安，她抬头朝周围看了看，拿着手机走出了办公室。

她一路来到楼梯口，才终于放心叫出他的名字。

她说：“高垣，你怎么了？是不是出什么事了？”

高垣慢慢问：“……你怎么一直不接电话？”

方晶晶道：“我静音了，没听见。”

“上午我给你打也没人接。”

“你上午还打过？什么时候？”

“就在你说去吃饭之后，我又给你打了，但手机里提示说打不通。”

“哦，可能在电梯里。”

“这么巧。”

方晶晶想起自己挂断的两个电话，突然有点心虚。

她忙问：“到底出了什么事啊？”

高垣那边安静了一会儿，说：“其实……是我病了。”

方晶晶一愣：“你又病了？这次是什么病？和上次一样吗？”

高垣回答：“对，和上次一样，算是旧病复发。”

方晶晶无奈：“那你给我打电话也没用啊，你去找医生，他不是都说给你治好了吗？”

高垣却说：“我不想见医生，我就想见你。”

方晶晶愣住了，她怎么觉得高垣好像在求她，但他什么时候求过她啊……

“你……”方晶晶仍然没明白发生了什么，她只觉得对面的高垣不像他。

高垣打断她的话，他的声音在抖，他说：“来看看我，就看一眼，行吗？”

…………

“唉……”许玉银挂掉电话就叹了口气。

她转头埋怨地看着高垣，半真半假道：“这是我这辈子撒过最坏的一个谎，你准备怎么回报我？”

高垣不理，只问：“是她打来的吗？”

许玉银点头：“她问我你好不好，你跟她说你旧病复发了？”

高垣嘴硬道：“本来就没好全。”

许玉银冷笑道：“那我再约医生来给你扎几针？”

“好，你让他来吧！”高垣咬牙道，“今晚就来，正好晶晶晚上也在。”

这话把许玉银吓了一跳，她连忙伸手去触他的脸：“怎么，你真病了？”

高垣躲开她的手说：“我没事，只是做戏要做全。”

许玉银哭笑不得，她望着一脸坚毅的高垣不知道该说什么好了。

为什么他犯傻的时候能这么大义凛然？他是不是从来不觉得自己傻。

她想，可能是他还年轻，年轻人有犯傻的资本。

“叫医生晚上来。”高垣还在殷殷叮咛，像是怕她反悔。

许玉银笑道：“来不了，人家是名医，找他需要提前一周预约。”

高垣脸色有些可惜，问：“那怎么办？”

许玉银脸色古怪，说：“怎么办？难道你非要带着满脸针和方晶晶约会？”

高垣重申：“不是约会，只是见面，她来探病。”

许玉银提醒：“探你已经好了的病。”

高垣靠在沙发上微微笑，好像说“那又怎么样”。

许玉银看着却不觉得他得意，只想嘲笑他活该，早知如此，当初何必要跟人分手？

但是这话她不能说，说了高垣会恨她。

“晶晶是个好人。”她只能说。可惜好人总是被无赖缠上。

高垣立刻说：“她是很好。”

他话说得斩钉截铁，但脸色却莫名迟疑。

许玉银默默看着他，她几乎能猜出高垣此刻在想什么。

“她是很好。”高垣又说了一遍，语气很认真，“她一直都很好，我早就知道。”

但是后来他还是把这件事忘了，他还是把她看作了别人。

因为他身边的人实在太多了，他便自然也把她抛入其中，一视同仁，以为这样会比较容易。他不想再为她产生波动，他只想过更顺遂，更肆意的人生。

再后来，他发现自己的顺遂人生平滑得连个脚印都留不下，他不再年轻，失去激情，隐隐后悔，却又瞻前顾后。

许玉银掩住嘴打了个哈欠，她想，她对这类故事真是再也提不起兴趣了。

“又站在你家的门口，我们重复沉默。”

方晶晶突然想到这句歌词，很符合此时此景了——她又站在高垣的家门口，对着他家的大门体会到了一种熟悉的眩晕，这场景已经发生过不止一回了。

自从分手后，每次再到这里，方晶晶的感觉都很矛盾，她说不清自己站在这扇门前到底在想什么。她当然知道这扇门背后有什么，她在里头住了两年，她不能说她对里头还有好奇心，也不想假装她身处在内时会感觉到不自在，那里也曾经算是她的家。

但另一边，她还是会时不时地想起，如今这扇门背后的一切都和她没有关系了，当她在这里时她不应该太舒服，她得注视着那道她自己划下的线才能做到真正的自如。

可事情本来不用那么麻烦。

方晶晶忍不住感慨，其实在和高垣分手的时候，她就已经和这个地方好好告别过了，但可笑的是，在告别之后她却又被一遍遍地邀请进入到门背后的世界里。

就像是在考验她，方晶晶怀疑，是在考验她是否真的能走出去。

但也有可能是某种戏弄。

方晶晶懒得再想，她按住门铃，等了一会儿，又按了一遍，门还是没有开。

真是逗她玩呢？怎么没人开门？

方晶晶边嘀咕边拿出手机拨打屋主电话，屋主虽然不开门但接电话倒是很快，她说自己此刻就在门外，谁想到竟然得到意外答案。

屋主说："我不在家，你自己开门进去，你的指纹没删。"

"还没删？"方晶晶很惊讶。

屋主语气一顿，"嗯"了一声也没解释。

方晶晶又说："既然你不在家我就不进去了。"

屋主不解："为什么？"

方晶晶更不解："你不在家我进去干吗？"

屋主很大方："你想干吗就干吗。"

方晶晶开玩笑道："你是不是故意诱惑我闯空门？"

屋主却很认真，说："你先进去，进去等我。"

方晶晶感觉有诈，忙道："算了，我还是走吧。"

屋主恼了："你先进去，我马上就回来！"

说完这句话，屋主就把电话挂了，留下方晶晶一个人在门口为难。

方晶晶看了看门，又看了看自己的手。

这空门……她是闯还是不闯呢？

"嘀！"

门打开了。

高垣走了进来，他先看向玄关，没有见到另一双鞋，他神色一黯，心里又恨又酸，方晶晶居然真的走了。

高垣低着头看着地板，他感觉精疲力竭，只想往地上一躺了之。

但他膝盖刚软，就听到有人说话。

“这是什么风格，古惑仔再出江湖吗？”

高垣猛地抬头，看见方晶晶站在几步外笑吟吟地看着他。

这空门……闯得值。

方晶晶看着高垣想。他穿一身黑，颧骨上有红红的擦伤，眼皮上有亮亮的珠光，嘴唇发白干得起皮，半湿的头发全耷拉在额头上。

“好看。”她欣赏完大方称赞。

高垣没笑，看她一眼就安安静静低下头。方晶晶一直看着他，直到他换上拖鞋才转身走开。

高垣踢踢踏踏地跟在她身后，一言不发，望着她的后背。

方晶晶直奔沙发坐下，高垣坐在她旁边。方晶晶不想偏着头看他，于是往后挪了挪，挪到后背直接挨着沙发扶手，两人终于面对面。

高垣感觉得到方晶晶的目光在他脸上慢慢地挪，他终于想起自己撒的谎。

“你吃饭了吗？”他连忙问。

方晶晶没有被他转移注意力，她盯着他的脸说：“你看着……好像还好？”

高垣忙道：“是妆化得浓。”

方晶晶的眼神坚定，她说：“但你看着真的挺好的。”

“真的是妆化得浓！”高垣死不松口。

方晶晶见他这么坚持也不再和他争，说：“你……”

她突然泄气，一时不知道该说什么。

高垣还在眼巴巴地望着她。

方晶晶觉得好笑，难道时至今日他还需要她的安慰？

方晶晶想起许玉银的话，问：“许姐说你不愿意看医生？”

高垣点点头：“对。”

“为什么？”

其实她不想知道。

高垣听出来了，虽然方晶晶在问“为什么”，但她一点儿都不好奇。

你看她的样子就知道，她侧身坐着，脸虽然对着他，脚尖却朝着门口，目光飘啊飘，随时都能起身就走。

“我也不知道为什么。”高垣小声道。

方晶晶看着他，张了张嘴，却还是一个字都没有吐出来。

高垣心里忽然起了一点怨恨，脱口而出：“可能我就是不想治了。”

“那可不行。”方晶晶随口道，态度还很懒散。

“怎么不行？”高垣问。

他的语气已经有点绷紧了，方晶晶却没有听出来。

她笑着说：“因为你的脸太宝贵了。”

高垣冷笑：“宝贵？因为我是个花瓶，只能靠脸吃饭？”

方晶晶终于发现不对劲儿了，她收起嬉笑，正经道：“我不是这个意思。”

“你就是这个意思。”高垣说。

是也不能承认啊！

方晶晶假笑：“真不是。”

高垣赌气道：“我毁容算了。”

“啊？”

“我毁容了你就开心了。”

“我开心什么？”方晶晶担忧地望着高垣。不知道是她多心还是什么，她觉得高垣好像越来越脆弱了，就像块糖玻璃，轻轻一碰就碎。

方晶晶好心问道：“你最近是怎么了？是工作不顺利吗？还是这个病……”

方晶晶住嘴了，她看见高垣泪眼蒙眬地望着她。

方晶晶心头一紧。

他问：“你还在乎吗？”

好抽象的问题。

方晶晶手不自觉去抠沙发，她看着高垣，祈求他千万别哭。

高垣也不愿意哭，他深吸口气问：“如果我毁容了，如果我这个病再也好不了了，你是高兴还是可惜？”

方晶晶苦笑，反问道："你觉得呢？"

高垣说："我不知道。"

方晶晶皱起眉，她向他那侧倾身，是一种质问的姿态，她说："你就把我想得那么坏？你觉得我想看你完蛋？是吗？"

"不是！"高垣急急反驳。

方晶晶淡淡地道："那你为什么这么问？你问出这个问题心里其实就已经有了答案。"

"我……"高垣结巴了一下。他望着方晶晶冷淡的脸色，心里知道自己又做错了件事，但是他说不出他真正想说的话，他一直都是这样，哪怕所有的想法和情绪都堵在他的胸口，满得几乎要溢出来了，他还是说不出。

方晶晶站了起来，她困惑又失望地俯视着高垣，说："可能，我也不了解你，我真搞不懂你到底在想什么。"

说完这句话，方晶晶转身就要走，高垣什么都来不及想，伸手抓住了她……的包。

她背了个斜挎包，甩在腰后，目标也大，比较好抓，他一伸手就抓住了。

方晶晶被扯得一个趔趄，人往后退了一步才站稳，她立刻回头恶狠狠地瞪他，怒道："干吗？你还要翻我的包？"

高垣不答话，眼睛还直勾勾盯着她的包，像在发怔。

方晶晶气得去抠他的手，边抠边骂："你给我松开，再不松开别怪我不客气！"

高垣还不松手，方晶晶被他拽得火气都起来了，她正准备甩了包揍他，高垣忽然松开了包，转而抱住了她。

方晶晶又被他撞得往后仰，包一下就荡到了后头，高垣双手牢牢地环在她腰上。

"你是不是有病！"方晶晶气得大骂，右手顺势狠狠地扇在了他的后脑勺上，拍出好清脆一声响。

打完后，方晶晶愣住了，高垣倒是没叫一声，但她能感觉到高垣被打得浑身一抖……

好像……下手是重了点？方晶晶瞟了眼自己的手心，都发红了……

方晶晶又看向高垣，他的脸还贴在她的肚子上，也不说话。

方晶晶有些解气，又有些不安。她叹口气，忍不住拨了下高垣的头发。

高垣此时终于开口了，他的声音又沉又低。

他说：“我不是那么想的。”

方晶晶低下头看着他的发旋儿，他连发旋儿都长得很规整，在脑袋顶正中央。

高垣说：“我就想听你亲口说，你在乎我，你想我好。”

方晶晶想了想，终于说：“你能不能先放开我？”

“……你不在乎我的死活了，对不对？”高垣问。

方晶晶有苦说不出，隔着一层薄衣服，高垣这么贴着她，真是叫她挺难受的，谁夏天贴暖宝宝啊？

“你先放开我……”

“不放。”

“你！放开！”

“不。”

“高垣！你是不是想再挨一巴掌？”

高垣毫不畏惧，抱得更紧：“你打吧！打成脑震荡你就来照顾我。”

方晶晶无话可说，干脆用手去掰他的头。

高垣这回倒是没怎么反抗，她轻轻一推就把他的头推开了。

他仰起脸望着她。

方晶晶一看，情况很复杂，他脸上湿湿的，眼线都晕开了。

方晶晶一怔，连忙去查看自己的衣服。

“沾上去了！”她惨叫，指着两团小小的黑印。

高垣一脸无辜。

“你怎么往我衣服上蹭啊？”方晶晶气愤地指责他。

高垣别开眼，心虚道歉：“对不起。”

方晶晶瞪了他一眼，又趁机推他。

但高垣就是不松手，像个无赖。

方晶晶都快被他磨得没脾气了，她问：“你到底想怎么样？”

高垣的眼下糊成一团，黑黑灰灰，脸颊上的血妆也已被眼泪冲得像拍了只死蚊子在脸上，头发也是翘的翘，塌的塌。

真难看，方晶晶想。但是他的眼睛为什么还那么亮？他戴了哪款美瞳？

方晶晶分了心，但高垣清亮的双眼仍注视着她。

他说：“我不想怎么样，我就是想你。”

第五章 中场休息

不能回头，多年前早明言不能回头。

可恨在前男友是一头蛮牛。

“你想我？”方晶晶挣扎起来，“你想我干吗啊？”

高垣不说话，还在默默望着她，脸上那表情，好像已经笃定能让她动摇一样。

傻子。

方晶晶“啧”了下，开始推他，越推越使劲儿。高垣硬挺着，喊她名字“晶晶晶晶”，跟念咒一样。方晶晶头都念疼了，她一怒，伸出两手扯住他头发往后一拽，一下就把高垣的本来面目拽出来了。

高垣推开她，冲她嚷嚷道：“疼死了！跟你说了别动我头发！”

方晶晶没好气道：“那你也别再说这些怪话！”

高垣揉着头皮愤慨道：“我说什么怪话了？我就说我想你了！”

“你凭什么想我？”方晶晶看着衣服上的污渍质问他。

“我为什么不能想？”高垣理直气壮。

“你！”方晶晶被他的厚颜无耻给震住了，一时想不出该怎么骂。

高垣还在心疼自己的头发，他摊开手掌举到方晶晶眼前控诉：“你看，都拽掉了！”

方晶晶气结：“掉了就掉了，又不是不长！”

高垣道：“你怎么还这么不讲理？”

方晶晶都快气笑了。她匪夷所思地看着对面那个对几根头发心疼不已的男人，问道：“高垣，我们俩到底是谁不讲理啊？”

高垣揉着头皮，困惑地看着她。

“你老说我不讲理，但现在这个情况是我造成的吗？”方晶晶问，“我们都分手了，我都做好打算跟你老死不相往来了，但你呢？你知道吗，我们分手后你给我发的信息，打的电话比过去一年都多，这是我不讲理吗？”

高垣动了动嘴唇，一句话都说不出来。

“刚才，你还说你想我。”方晶晶摇摇头，“高垣，你到底想怎么样？你要是想试试自己的魅力有多强我劝你换个人试，我没有时间陪你玩这个游戏，你要只是无聊……”

“方晶晶！你不能这么对我！”高垣突然喊起来。

方晶晶吓了一跳，条件反射地回了一句：“我怎么对你了？你喊什么！”

高垣悲愤道：“我就喊怎么了！我喊喊你都不让，你自己呢！你说分手就分手！”

“明明是你、你说的分手！”方晶晶急得都结巴了。

“我是说着玩的！”

“什么？”方晶晶怀疑自己听错了。

“我只是开玩笑！是你要跟我分手！”高垣破罐破摔了，“本来就是，你自己说的，你早就想跟我分手！”

“我……”方晶晶都不知道该说什么了，她看着脸颊通红的高垣突然怀疑自己是在做梦，噩梦。

“你是不是脑子出问题了？”方晶晶憋了半天，只能想到这个可能性。

高垣道：“你脑子才出问题了！”

“我走了。”方晶晶真是有点怕了，转身准备跑路。

高垣站起来急急地喊：“看吧！你就是变心了，我都病了你都不在乎！分手就是你的错！”

方晶晶脚步一顿，回过头道：“高垣，你有必要这样吗？你就非要争个对错？”

高垣像抓住了什么把柄一样，追问道：“那你说是谁要分手的？”

方晶晶看着他：“就算是我要分手的……”

“就是你！”

“……行，是我提的分手，是我把你甩了，一切全是我的错，你满意了吗？”

“满意！”高垣被方晶晶挑衅的眼神激得斗志昂扬。

“我也满意。”方晶晶道，“既然我们都满意，那说明这个手分得确实是十分正确，那你刚才又为什么说想我？”

高垣哑口无言。

“还有……那个小孩最后被狼吃掉了。”

方晶晶说完这句话，冷冷瞥他一眼，转身走了。

方晶晶一走，高垣也彻底没劲儿了，他刚才一通嚷嚷得热血沸腾，现在是加倍的空虚，方晶晶的残影还在他眼前，他蜷缩在沙发上，做了一个梦。

梦里当然有方晶晶，她问他：“你为什么想我？”

高垣在梦里非常伶牙俐齿，也非常理智，他回答：“因为你是我朋友，思念一个朋友是很正常的。”

方晶晶就笑着点了点头，接着她就变成了一匹狼，张开血盆大口朝他脸上咬过来。

于是高垣被吓醒了，他看看手机，半夜三点整，正是闹鬼的好时间。

高垣摸着“咚咚”乱跳的心口，深深呼吸。他打开电视，又打开iPad，反正家里所有能出声儿的东西他都打开了，一屋混乱的交响让他稍感安心。

但还是缺了点什么。

高垣拿起手机，又放下，又拿起来，最后还是忍不住拨出了一通电话。

他知道她不会接，但他就是要打，他睡不着那她也别想睡！

高垣察觉自己是彻底不要脸了。

但方晶晶现在是软硬不吃，她说话算话，又记仇。

高垣听着手机里头的声音，想起了从前。

从前方晶晶总是陪他熬夜，他的睡眠很不规律，有时候能睡一整天，有时候又一整晚都没法儿闭眼。方晶晶为此很担心，她在网上找了很多助眠教程放给他听，还给他熬母鸡红枣桂圆汤，说是安神补血，他躺在床上喝汤的时候感觉自己怀里应该还有个孩子。总之为了让他睡好觉，方晶晶什么法儿都试过，就是不许他吃安眠药，她非说这个吃了不好，她好像担心他会把这个药当糖吃。

高垣觉得方晶晶老土，他不认为安眠药有什么可怕的，他身边很多人都在吃这个东西，连胡覆辙都吃过。胡覆辙有一阵也是失眠很严重，医生就给他开了，他吃了之后脑子也很清楚，酒也照喝，什么影响也没有。

高垣还问胡覆辙要了一瓶安眠药，本来打算偷偷吃的，但后来回了家，方晶晶又给他熬了汤，他把汤喝了就把药塞进了抽屉里，一直没打开。

“喝汤好，汤多香啊，又香又甜又有营养，喝了你就白里透着红，红里透着黑，黑不溜秋……”

方晶晶哄他喝汤时根本没个正行，赤脚盘在椅子上，肩膀挤着他肩膀，披头散发，头发里都是鸡汤味儿，衣服上还有油点子，她絮絮叨叨，磨磨叽叽，比他妈妈还啰唆。

高垣真是又烦……又烦，他烦方晶晶把他当小孩儿一样逗弄着，非要在他面前树立一个无所不知、无所不能的形象，她既要做他的亲密爱人，又要做他的好朋友，还想做他的私人医生，她想包办他的一切，谁也不能令她完全满意。

太烦人了！高垣当时就这么想，他想怎么会这样？怎么会有人这么喜欢替他操心呢？有必要吗？她就不能让他稍微清静一会儿吗？

能啊，方晶晶回答。

现在她彻底放手了，放得很彻底，放得就像那根绳从来没有存在过一样。

但高垣却仍能感受到胸口上的牵系。

“她看出来你装病了？”许玉银虽然这么说，但看上去一点都不惊讶。她坐在桌子后头，优雅地啜饮着咖啡，顺便欣赏着挫败的高垣，果然，挫折会使人看上去比较有气质。

“她怎么说的？”许玉银问。

高垣道：“她说我会被狼吃掉。”

许玉银笑了一下又连忙憋回去了。

高垣没发现，他撑着下巴坐在沙发上，眼睛望着地面。

“我还说我想她了。”他承认。

这个……许玉银倒是有点惊讶。

她望着高垣，他看着没什么精气神。

看来是没有得到满意的反馈，许玉银想。

“那她什么反应？”她故意问。

高垣的嘴往下一撇，故作冷淡道：“她能有什么反应。”

许玉银觉得高垣可能还要经历一些挫折，挫折使他睿智。

高垣突然看向她问道：“你们女人到底在想什么？”

许玉银回答：“其实每个女人想的都不一样。”

高垣傲慢地“哼”了一声，显然不认可她的答案。

“女人总是弯弯绕绕，有话也不直说。”高垣抱怨，“非要男人猜，猜不到还嫌我们蠢，怪我们不体贴，这样太不公平。”

“我没让你猜。”许玉银一本正经地申明。

“谁说你了！”高垣抱着胳膊叫嚷。

许玉银对他挑了挑眉。

高垣质问她：“你说，她到底在想什么？为什么她能变得这么快？比我还快？”

许玉银想了想说：“在回答你的问题之前，我想先问你一个问题。”

高垣充满希冀地点头：“你问。”

“你剧本看完了吗？”许玉银很正经。

“没有！”高垣憋着气。

“尽快看，过段时间就要开拍了。”许玉银道，“还有，明晚有个饭局，你也要来。”

“什么饭局？”

“普通饭局。”

“普通饭局我为什么要去？”

许玉银无奈地道：“好吧，不普通，参加人除了你，还有新剧的女二号。”

“你这组的是什么局？相亲局吗？”高垣听得直皱眉。

许玉银笑道：“别想多了，女二也是我们公司的，你们是同门师兄妹，见一见，以后互相照应一下。”

“她演技怎么样？”高垣冷不丁问。

许玉银答：“她扮相很好。”

“呵。”高垣冷笑，“怪不得老胡说这个本子你很看好。”

许玉银承认：“我是看好。”

高垣瞟着她：“你是看好我，还是看好她？”

“当然是你，这本子是为你选的。”许玉银答得一点迟疑都没有。

“得了吧。”高垣面露不屑，站了起来。

许玉银说：“我说的是真的。”

高垣笑起来，双手插在口袋里，姿势随意，眼神却很有压迫感，他还那么高。

“高垣，你最近有些敏感了，我理解可能是受心情影响，但我也是人我也会受伤……我是真心为你好。”许玉银难得剖白，不可谓不动人。

但高垣还是冷眼看她，他不为所动，转身就要走。

许玉银叫住他，说：“你刚才的问题我还没回答呢。”

高垣却满不在乎道：“不用答了，反正你说的也不是真话。”

三天后，在许玉银的几番利诱之下，高垣看完了剧本，还参加了原本很抗拒的饭局，但在饭局上他兴致不高，只自顾自地玩手机，有人主动和他说话，他也是爱搭不理的，气氛一时被他弄得很糟糕。好在桌上几个人都和他相熟，也算是了解他的个性，所以都宽慰自己不要和他计较，也许是他今日出门时踩了一脚屎呢？

只有女二老实巴交，她因为刚才主动和高垣搭话结果莫名被他撅了一蹄子，现下心里是又难堪又害怕。

许玉银一眼就看出来，柔声和她说道："别多想，他是饿急了，他最近在减肥，好几天没见过米了。"

女二听了立刻表示理解，她悄悄看了眼另一侧的高垣小声问道："垣哥身材这么好了，还要减肥？"

许玉银笑眯眯道："他胖了一点点，镜头是很残忍的，一点肉都无处可逃。"

女二下意识地低头看了眼自己面前的碗，碗里只有点汤，她赶紧推远了。

许玉银把她的动作尽收眼底，颇为满意道："这点你真的要多和高垣学学，在身材方面他对自己要求很严格的，都不需要人督促，你知道他现在体脂率多少吗……"

许玉银借着高垣说开去，女二听得连连点头，却在无意间分神，想起一件无关的旧事。

其实在还没入行之前，女二就在某个社交场合见过高垣一回，当时他远不及现在，她甚至都不认识他是谁，但仍然对他印象深刻。那晚高垣表现得开朗健谈，健谈得都有点聒噪了，他全场一直在和人聊天，聊得神采飞扬的，像只开屏孔雀一样，引人注目，在场所有人不管认不认识他的最后都忍不住看他。

女二不着痕迹地看向高垣，他现在也很好看，甚至比原来更精致了，但不知道为什么，她总感觉他没有那时吸引人。

女二回过神来，许玉银忽然转过了头，高垣就坐在许玉银另一边，他谁也没理，眼神定在桌上，看脸色显然已经是忍到极致。许玉银急忙吞下要说的话先安抚他，她对他耳语道：“快了，再坐一会儿就行。”

高垣硬声道：“已经坐了快半个小时了，你明明说我只需要露下面就行了。”

许玉银说：“菜都没上完呢。”

高垣毫无预兆地发作了，他一抬头把周围人扫了一遍：“还有菜？谁让你点那么多的，又吃不完！”

高垣这句话说得太响亮，桌上刚举起筷子的人一时都僵住了，高垣不理会，许玉银也面不改色，她先笑：“你们吃，别客气。”而后又转向高垣说，“要不我让助理先送你回家？”

高垣脸上登时挂霜，眉毛一挑说：“你在和我开玩笑？”

许玉银温声道：“当然不是，你不要急，我说话算数，先等这顿饭吃完，你耐心一点。”

高垣怒视着她。

许玉银拍了拍他的肩膀。

高垣抿着嘴，虽然还是冷着脸，但终于不再闹脾气了。

许玉银见他安分了，也放心地转过头接着和别人说话去了。

直到饭局结束，高垣都没拿过筷子，不过后头倒是心平气和地和女二说了几句话，讨论了几句剧本。女二这时总算看出来了，原来高垣不是故意看不起她，也不是见人下菜，他就是天性如此，态度是热是冷不看脸色也不看人，只看心情。

阴晴不定，很任性，不好打交道，难讨好。

女二至此更新了一波对大明星的印象。

终于挨到饭局结束，高垣已经进化到和善，走出餐厅后他还不忘和众人挥手告别，而后才随着许玉银一起上车离开。

不过一上车他就又变了脸，他盯着前头的许玉银道：“六十五。”

“什么六十五？”许玉银急匆匆转着方向盘。

高垣沉着道：“这顿饭一共吃了六十五分钟。”

“有这么长？”许玉银故作惊讶。

“你知不知道我时间有多宝贵？别想再有下次了！”高垣恶声恶气道，“以后我再不跟你吃饭！”

许玉银真诚地道歉，又问：“那如果胡覆辙请客呢？你来不来？”

“反正你来我就不来！”高垣扭过头对着窗外的路灯赌咒发愿，无意间看见自己的脸映在车窗上，稍稍发愣，忍不住呆呆看了片刻，路灯光真是衬人。

许玉银又来哄他：“好了，别生气，我都给你当司机了，还不能将功补过吗？”

高垣又转过来瞪她：“这本来就是你自己答应的！”

许玉银笑道：“所以刚才吃饭的时候我才叫你耐心一点，只要我答应的事就会做到。”

许玉银说得光明磊落，但她做的事儿可算不上，她为了哄高垣听话，答应带他去见方晶晶，而方晶晶毫不知情。

“我还不够耐心？”高垣反问。

许玉银立刻夸道：“你非常好。”

高垣这才稍稍消气，他抱着双臂往座位上重重一靠，闭上了眼。

“累了？”许玉银问。

“嗯。”高垣答得很不耐烦，“我要休息，别说话了。”

话都不让说？许玉银心道：怪不得助理天天说憋得慌，包里常备一小罐氧气。

许玉银从镜子里瞥了眼假寐的高垣，微微一笑。

不过，她一点都不信高垣此刻能睡着。

果然，车子里安静了……一分钟，高垣就又睁开了眼。

他在后头发了会儿呆才故作冷淡地开口：“你给她打电话了吗？”

许玉银摇头：“还没有。”

“还没有？”高垣一下子坐直了，他颇感暴躁，急急命令道，“那你现在打！”

许玉银无奈：“现在怎么打？开车呢。”

高垣伸出手：“我帮你打！”

许玉银只好把手机给他，高垣接过去直接拨了方晶晶的号码。

许玉银看见后很惊讶：“你记得她的手机号？”

高垣愣了下，接着怨气森森道：“最近打多了，就记住了。”

许玉银哭笑不得，正要调侃两句，那头方晶晶已经接起电话了。

“喂？”

她声音一响，高垣就像被施了定身咒，除了两眼在眨巴，整个人捧着手机一动不动。

许玉银匆匆看他几眼才应道：“晶晶，你下班了吗？”

“正要下。”方晶晶话里带笑。高垣听得入神，他感觉已经好久没听到她的声音了……好吧，其实也没有多久，统共也就五天。

上次他真的把方晶晶惹毛了，从那天开始，他给方晶晶发信息她不回，打电话她也不接，不管他什么时候打过去，那头总是响两声就立刻挂断。

高垣觉得很不公平，方晶晶脾气也太大了！她怎么还好意思说他心眼儿小脾气坏不体贴！换成是他，她这么哄他他要不了两天就什么都忘了。

高垣越想越恨，恨方晶晶不够心软，恨自己不够心硬。他一边恨一边不忘仔细听手机那头方晶晶在说什么，生怕漏掉的一句恰巧是提起他的那句。

但方晶晶全程连个“高”字都没说过。她和许玉银聊了工作，聊了午饭，聊了最近在敷的面膜用的粉底，甚至聊了她的老板！就是不提他的名字！高垣不理解，难道他不是她俩最该聊的人吗？她俩一个是他的前女友，一个是他的经纪人，怎么能不聊聊他？许玉银明明说，全国上至三十八下至十八的女同胞都把他挂在嘴边的！

直到挂了电话，高垣都想不明白。他不敢置信地问许玉银：“你们俩平时就聊这些？”

许玉银反问：“不聊这些聊什么？”

“我！”高垣手指着自己，差点戳到眼睛。

许玉银一脸滑稽，说：“你？你有什么好聊的？”

此话一出，高垣手都抖起来了，他不可置信地看着许玉银。

许玉银也想起过去哄他的那些话，她连忙解释了一句：“当然，作为明星你很有话题，魅力非凡！”

高垣脸色稍微好了点。

许玉银接着说："只是我们肯定不会从那个角度看你，毕竟……"

高垣镇定了些，问："那你们聊过我吗？"

"聊过两句。"许玉银承认。

"聊了什么？她怎么说的？"

你前女友叫我带你去看病。

许玉银当然不能这么诚实，含糊道："只是随口一提。"

"什么叫随口一提。"

"就是……几句话。"

"那她……她说过我坏话吗？"高垣问得很艰难。

许玉银笑道："当然没有。"

高垣松口气，连忙又问："那她有没有夸过我？"

许玉银立刻摇头："也没有。"

高垣又蔫儿了。

许玉银强调："真的都只是随口一提。"

高垣默不作声。

车里又安静了……两分钟。

高垣嘟囔了一句："还不如说两句坏话……"

"可坏话你又不爱听。"许玉银说。

高垣脱口而出："但那也总比一句不提的好！"

这句话，许玉银也同意。

毕竟，"若无其事原来是最狠的报复"嘛。

高垣没再开口，也不知道在想什么。外头的灯越来越斑斓，他的脸倒映在车窗上也被染上各种色彩，他看了会儿，不觉得美，只觉得失真。

拉开车门的时候，方晶晶脸上还带着笑，她浑然不知，直接坐在副驾驶座，系好安全带之后就转头和许玉银讲话，但说了没两句，耳朵忽然一麻，麻得方晶晶忍不住拿手挠，终于感觉不对劲儿。她望着许玉银，许玉银飞快地眨眨眼，方晶晶一愣，连忙回头。

原来后座还坐着一个人。

方晶晶笑脸转冷，高垣坐在后头望着她，他抱着双臂，并拢双腿，拘束地缩在她座位后头，像被一条看不见的绳子捆着，似乎生怕被人发现，但他脸上的表情却和坐姿相反，他双眼灼灼地望着她，迫不及待等着她发现自己。

方晶晶不由得皱起了眉，高垣立刻不甘示弱地“哼”了一声，“哼”完却又转过了头。

方晶晶受不了了，本想即刻就下车，可突然想起手机里这几天堆积的未接电话，于是又将目光转向高垣。他侧脸对着她，望着窗外，睫毛扑闪扑闪，脸颊白中透粉，从额头到下巴的线条流畅又舒展。

真好看，方晶晶一边赞赏，一边想对着他直挺的鼻梁来一拳。

她不太高兴地问：“你怎么在这儿？”

高垣立刻回头，平平常常地说：“我来吃饭。”

“你来吃屁。”方晶晶咬牙道。

高垣不敢置信，但马上回敬了一句：“那你来吃……”

“咳咳！”许玉银赶紧制止，她开着车还要劝架，真是苦命。

“餐厅已经订好了，你们有什么话待会儿可以边吃边聊。”许玉银提醒二人，她刚吃完饭可不想听什么屎尿屁。

方晶晶没有理会，她转过来坐正，一脸严肃地看着前路，嘴里客客气气道：“许姐，你在前面放我下来就行。”

许玉银还没开口，高垣就说：“这边不许停车。”

方晶晶仿佛没听见，继续说：“就在前头那个公交车站那里停……”

“我说了不准停！”高垣语气蛮横无比。

方晶晶深吸一口气，而后猛地回过头来，怒骂道：“你是不是有病啊！”

“你才有病！”高垣梗着脖子喊。

许玉银好想捂住耳朵。

方晶晶又望向许玉银，哀求道：“许姐，算我求你，医药费我来出，你把他带去看病吧。”

许玉银不敢笑，只能尴尬地咧咧嘴，她刚想劝一句，后头又闹起来。

“方晶晶！”

许玉银吓得按了一下喇叭。

高垣边嚷着边朝前头扑过来，方晶晶连忙闪身，高垣的手没够着她，只能紧紧扒着车椅。方晶晶瞥一眼，看见他双手掰着椅背，手指头都快抠进去了。

方晶晶赶紧又往前挪了挪，恨不得趴下。

她怒斥：“高垣！我警告你，别太过分啊！”

高垣脸挨着椅子冲她叫嚣：“你才过分！我给你打了多少电话，你一个都不接！”

方晶晶怒道：“我凭什么要接！你打我就接，我是你爹？”

“你你你……”高垣气得呆了一瞬，回过神来便又伸手去抓她，人还蛄蛹着往前头挤。

“你们别……”许玉银微弱的抗议淹没在方晶晶的尖叫里。

“啊！”方晶晶边叫边挥手乱打。

高垣挨了几下又叫痛又发狠道：“你给我等着！你再打！”

车里一下热闹过菜市场。

“都给我闭嘴！”许玉银忍无可忍地大吼一声，她还从没这么失态过，天地良心，她和胡覆辙离婚都没这么吵过架。

她猛捶一下方向盘怒骂道：“你俩在这儿演丧尸呢！都给我坐好！不许再吵！”

“你……”高垣被训得很不开心，正要发火，方晶晶突然狠狠瞪过来，而后冷不丁伸出手按着他的脑袋把他推回去了。

高垣被她一把推到了座位上。

他气喘吁吁地望着前头还在瞪着他的方晶晶，刚才被许玉银吼的那点气已经消失得无影无踪了。

“你吼什么……”他揉着脑袋小声抱怨了一句。

没人理，方晶晶也不说话了。

车子里终于清静了，许玉银叹口气说：“我订了个包厢，待会儿你们在里头爱怎么打就怎么打，我绝对不管。”

“鬼才和他打……”方晶晶心烦得很。

高垣却一句话没说，方晶晶忍不住回头望他，他似笑非笑，故作矜持地把头一转，不看她。

这浑蛋！

方晶晶突然好后悔，刚才她不应该推他，她应该把他头发薅一把下来。

车子平安开到餐厅，许玉银把两个冤家领进去之后就撤退了，她被吵得耳朵痛，决心再不插手这件事，他俩的情况和她想的根本不一样。

许玉银一出去，方晶晶就再无顾忌了，她望向高垣正要质问，高垣却先开口，说："对不起。"

"啊？"方晶晶被打得措手不及，她都已经想好骂人的话了。

高垣支支吾吾地说："我跟你道歉，是我叫许姐带我来的，谁叫你不肯见我。"

最后一句埋怨又让方晶晶警惕起来，她没好气道："我为什么要见你，我又不是你……"

高垣打断她的话："好了，我不想跟你吵架。"

方晶晶怀疑地看着他。

高垣道："刚才在车上是你先激我。"

"你胡说！"方晶晶怒骂。

高垣皱起眉："你就不能和我好好说话吗？"

方晶晶烦躁不堪道："我真不知道我们还有什么好说的！"

该说的她都已经说了，不该说的她也已经说了。

"当然有。"高垣信誓旦旦。

方晶晶叹口气。她无奈地看着高垣，他现在倒是冷静了，可又有什么意义呢？

方晶晶控诉："你给我打骚扰电话，现在又把我骗到这儿，阴魂不散，咄咄逼人，你知道这叫什么吗？这叫狗皮膏药。高垣，你不是这样的人，你现在这样实在是让我很不习惯。"

高垣被骂得面红耳赤，但他居然忍着没发作，只说了一句："我也很不习惯。"

方晶晶看着他。

高垣别开眼，他忽然领悟到原来真到真情流露时是不敢直视对方双眼的，反而只想躲开，那些对望着互诉衷肠的情侣都是戏中人。

“我也不习惯……”高垣艰难开口，“我不习惯回到家里只有我一个人，家里沙发太大了，我一个人躺在上头都能翻身……我晚上躺在沙发上看电影，电影也不好看，没人给我剧透结局了，我只能一路快进，还有……空调开得好低，屋子里冷飕飕的，不知道怎么回事儿……我现在都不敢往地上躺了，怕一倒下去就再也起不来了。”

方晶晶默默听着，她都能想到高垣独自在家的样子。

“你到底想说什么？”她问。

高垣迅速看她一眼：“我想说……你不在我很不习惯。”

高垣喉咙里又热又酸，他鼓起勇气抬起头望着方晶晶，她目不转睛地望着他，脸色很平静。

高垣忐忑极了，小声而飞快地说出那句话：“我们和好吧。”

方晶晶默不作声，但脸色已经柔和了许多。高垣望着她，心里满怀期待。

“你说的和好是什么意思？”方晶晶问。

高垣以为是方晶晶故意为难，他扭捏道：“就是和以前一样！”

“和以前一样……”方晶晶深深看他一眼。

高垣紧张地望着她。

“你觉得以前好吗？”方晶晶又问。

高垣莫名其妙，傻乎乎地笑：“当然好，和你在一起我很开心……”

“你很开心。”方晶晶苦笑，“你当然很开心。”

“我真的很开心！”高垣好像怕她不信，又强调了一遍，还拉住了她的手。

方晶晶没拒绝。

高垣一下笑开了花，他两手包住她的手，贴到脸颊边。

他忘乎所以：“晶晶，我好想你……”

高垣的衷情没有诉完。

“我不想回到以前。”方晶晶说，“我觉得现在很好，现在我的心是我自己的，我不用为你操心，不必担心你吃得好不好、睡得香不香，我不必再猜测你的想法，迎合你的喜好，惦记你的心在哪儿，我喜欢现在。”

“你……”高垣手心一空，他呆呆地望着方晶晶。

方晶晶微微一笑：“你听不懂我在说什么对不对？你当然听不懂，因为你从来没有为我这样过，你就是朵水仙花，成天顾影自怜，除了你自己你什么都看不见。”

“你还要我怎么看！我都……我都承认我后悔了……我都来主动求你了……”

方晶晶没有说话，她毫不动容，看他就像在看一个不认识的人。

高垣耳朵里像插进了一根针，他猝然低下头，一滴泪砸在手背上。

高垣想起句话，叫男儿有泪不轻弹，只是未到伤心处。

方晶晶真的伤了他的心，不止一回。

高垣干脆抬起头，昂着下巴，恢复了一贯的态度——嚣张，冷酷，爱搭不理。

但在方晶晶眼里，高垣现在不过就是咬着牙在死命忍住不哭而已，其实看着有几分可怜。

但还没等她心软，高垣就开口了，他一说话她就再无法可怜他了。

高垣说：“我最后一次问你，要不要回到我身边……”

“不要。”方晶晶一秒也不犹豫。

高垣一哽，没忍住问了一个蠢问题：“和我分手后，你是不是一点儿都不后悔？”

方晶晶一笑：“你拿影帝，我就后悔。”

高垣又慌张地把头低下去了。方晶晶静静看着，她看到噼里啪啦的眼泪掉下来，她很想给高垣递张纸巾，但是她猜他不会感激。

“你放心，我再也不会来烦你了。”高垣忽然说。他抬起头，脸上泪痕交错。

方晶晶一愣：“谢谢。”

高垣对她一笑，接着拿起一个杯子朝地上用力一砸。

在飞起的碎屑中，他说：“现在，你可以滚了。”

高垣一说完，方晶晶迫不及待地滚了。高垣望着她匆忙的背影，突然想起了一句台词，是剧中苦追他不得的女主角对他说的，他当时听着肉麻，现在却福至心灵。她说："我的心也是肉做的，不是烂泥巴捏的，经不起你一摔再摔。"

高垣弯腰捡起地上的玻璃碎片，他将手指用力摁在碎片的边缘上，奇怪的是，疼的地方却不是他的手。

许玉银走了进来，高垣扔掉碎片，坐回椅子上，若无其事地将手背到身后擦了擦。许玉银一直看着他，高垣猜她是在琢磨怎么安慰他。不过，现在他不想听。

见许玉银张嘴，高垣率先开口，问："菜怎么还不上？"

"马上。"许玉银立刻回答，她什么都不问，一点都不惊讶，好像他这突如其来的好胃口是正常的。

高垣拍拍肚子笑道："还真有点饿了，刚才什么都没吃。"

许玉银附和地笑了笑，走过来坐在了他身边。

高垣双臂抱在胸前，他靠在椅子上仰着头，顶灯正好在他头上，他望着灯光，视线逐渐迷蒙。他低下头，这才看向许玉银。许玉银没有看他，她盯着手机，和往常一样忙碌。

高垣对她说："你也饿了吧？"

许玉银抬起头看他，她的眼睛从他脸上扫过，而后露出一个笑。她说："是的，我也饿了，我陪你一起吃。"

高垣笑了一声，又仰头去看灯。

过了会儿，他才说："倒也不用。"

许玉银静静看着他，不由得想起刚才方晶晶说的话。

当时她倚在车前抽烟，方晶晶走出来时脚步轻松，但走近之后，许玉银就看出了她脸上的愧疚，她说："你快去看看高垣吧，我伤了他的自尊心。"

"只是自尊心吗？"许玉银笑问。

方晶晶叹口气，避而不答，只说："做坏人真不好受，我没有天赋。"

许玉银笑道："他是不是跟你提出复合？"

方晶晶也不惊讶许玉银料事如神，她也往车上一靠，小声喃喃："真没想到。"

"我早就说过。"许玉银吐口烟圈，像个神婆。

"也许他只是不习惯。"方晶晶还是坚持这个观点。

许玉银想了想说："我不知道，我本来以为自己了解，但现在，我觉得我想当然了，高垣和……"许玉银顿了下，"总之，高垣他人生一直很顺遂，经历还没有那么多，你们在一起又那么久，你比我更了解他，你应该知道他说这些话是因为什么。"

然而，方晶晶没有理会她的话，只苦笑着说："你还是快进去看看吧，不然我怕高垣把里头的杯子都砸光了。"

许玉银有些好奇地问："他以前也有这种乱打乱砸的习惯吗？"

方晶晶笑着摇了摇头，她截过许玉银准备扔掉的烟猛吸了一口，呛得直咳嗽。

"不会抽就别抽。"许玉银吓了一跳。

方晶晶边咳边说："以前……咳咳……以前抽过一回，我以为……咳咳……"

方晶晶咳得眼里泛泪，许玉银好心地给方晶晶拍着背，方晶晶却连连摆手，催促她快走。

在走进餐厅之前，许玉银看见方晶晶还夹着烟，她边咳边看着那根快烧到尽头的烟，呛得发红的脸上，多少有些失落。

两个月后。

盛夏烈阳下，高垣穿着一身古装，在镜头前拿着把折扇耍花枪，他用扇子半遮着脸，而后慢慢抬头，抬眼，定住，再收起扇子。这个动作他练了一天，力求潇洒利落，最后，他对着镜头微微一笑。

"好嘞！"导演喊了一声。

"帅帅帅！"助理也立刻竖起大拇指跑过来，他打着伞，手里捧着小电扇，脖子上还挂着一个水壶。

"垣哥！来，先擦擦汗！"助理先递过来纸巾。

高垣还没动，化妆师就抢过去了，她说："我来我来，垣哥你休息会儿，别动。”

高垣没说什么，化妆师就拿着纸巾在他脸上小心地印了印，印完又忙着给他补妆。

那大毛刷子刷得高垣直想发火，他勉强忍着，助理却以为他是热得难受，还举着小电扇凑过来对着他吹，吹得他汗珠子都在滚了，脸颊边两根长须飘来荡去，挠得他更心烦气躁。

终于，高垣扫了眼围着的一圈人，忍无可忍地一把推开快贴到他脸上的小电扇说：“你们别围着我。”

“好好好！”助理立刻拉着化妆师往后退了几步，还不忘举着小电扇。

高垣仍然觉得不畅快，他消停了一会儿又伸出手。

助理会意，把小电扇递过来。

高垣没接，只是冷冷地看着他。

助理低头朝自己身上一顿找，终于发现了挂在脖子上的水壶，他赶紧解下来，拧开杯盖，把水递给高垣。

这次高垣接了，顺便瞪了助理一眼。

“冰的。”助理殷勤道。

高垣没理，喝了一口。

结果就这一口差点要了高垣的命。

助理不知道发生了什么，只看到杯子刚沾嘴，高垣就捂住了嘴，而后就猛一抬头死死盯着他，双眼带电，电得他人都有点麻了。

“垣哥？咋……咋了？”助理嗫喏地问。

而高垣只发出了一些不雅的喉音：“呕！呃！呜！”

这……助理自问实在是领悟不到，他只看到垣哥似乎是咬着腮帮子把嘴里那口水咽了下去。

生咽下嘴里那泡苦汁儿之后，高垣立刻就发火了。

“这里头装的什么？你的胆汁吗？”高垣边问边呸，那苦还盘旋在他嘴里，苦得他想把杯子砸了。

助理不动声色地从他手里抢过杯子，小声说道：“是冰美式，消水肿的……”

“消水肿？”高垣听了这话更加气急败坏，“你什么意思？我肿了吗？我哪儿肿了？你给我说清楚！”

助理一脸郑重道：“不，我不是说你肿！你一点都不肿！我刚刚看了监视器……”助理凑近小声道，“你的脸比女主角都小。”

高垣又得意又生气：“那你给我喝苦胆！”

助理委屈道：“这个……大家都在喝嘛……”

高垣鄙视道：“别人都喝我就得喝？那人家喝尿你是不是也要给我接一壶。”

助理嬉皮笑脸：“怎么会呢……”

高垣瞟他一眼，又连连“呸”了几口，恨不得拿纸巾擦一下舌头。

助理不敢说话，准备待会儿就把水壶里的“苦水”都倒了，倒男厕所里！

然而，高垣忽然漫不经心地问了句：“你说，谁在喝这玩意儿？”

助理眼珠子一转，立刻凑过去，说：“男二号在喝，天天都喝，当水喝。”

“呵，初生牛犊真不怕‘苦’。”高垣边说边又将信将疑地拿过杯子，晃荡着。

“真这么有效？”他仍然一脸嫌弃，“但我不喜欢喝苦的，方……”

方？方什么？助理没听清，询问地看着高垣，高垣却不肯再说了。助理不明所以，只看到他脸色突然转冷，定定地望着手里的杯子，那眼神……就跟看仇人似的。

方晶晶喜欢喝苦的，她能吃苦瓜，爱喝茶，更爱喝咖啡，家里那台两万多的咖啡机就是她要买的。有段时间，她还打算去考个咖啡师执照，说要开个咖啡店。高垣信以为真，还托胡覆辙去打听，但后来方晶晶再没提过，他这才明白，原来她只是一时心血来潮。

高垣握紧杯子，嘴里的苦味又浓起来。他最怕苦，他不吃苦瓜，不饮茶，更不喝咖啡，他能空口吃奶油，馋极了还干嚼过冰糖。方晶晶原来老笑他是小孩儿口味，她标榜“能接受苦味才是成年人的标志”。她还说，世人皆要三分糖，只有他是齁甜齁甜的。

她揽着他的脖子说：“我就喜欢你这样齁人的。”

高垣现在明白，原来这句话也只是她一时心血来潮。

场记拿着板儿过来了，马上就要拍了，助理准备撤了，但高垣还对着水壶练眼神，助理只好叫他。

“垣哥？垣哥？要拍了。”

高垣没理，仿佛没听见。助理心里叫苦正要再开口，却忽然见高垣拧开盖子，一仰头将这一壶他刚才还痛恨不已的“苦水”一口饮尽了。

助理都看呆了，心道：这也一口闷？这又不是酒！

果然，这一壶下去后，高垣就弯了腰，像被人照着肚子殴了一拳，助理看见他闭着眼，皱着脸，然后缓缓抬手按住了太阳穴……

助理啧啧称奇，肯定是冻得脑壳儿疼，这里头一半都是冰块！

干吗喝那么急，助理心里埋怨着，嘴里还要关心：“没事儿吧，垣哥？是不是喝太急了？”

高垣没回答，只伸出一只手，抓住了他的手臂。

助理连忙扶着高垣站直，又举起小电扇，对着他的脑袋吹。

高垣又把它推远了，现在……他脑门儿上一点汗都没有了。

“嘶……”高垣深吸一口气，把水壶还给助理。

助理接过水壶正要走，高垣却又说：“以后，我也天天喝这个。”

“没问题！”助理立刻答应，一句多余的话都不问。

高垣却很认真地对他解释：“这个其实也没那么苦，多喝几次也就习惯了，而且还有好处……”

助理连连点头，心里却很不以为然，跟他说这些干吗？他又不在乎。

方晶晶最近过得挺顺心的，日子清静，没人打扰，班也上得越来越熟，她现在也不老想着辞职了，这个公司虽然小，但氛围很不错，同事们年纪都和她差不多，没什么钩心斗角的事，大家平时相处得都很好，互相介绍哪儿好吃哪儿好玩，骂起老板来也是争先恐后，妙语连珠。

周五下班前，老板问他们周六团建是想去漂流还是烧烤，大家踊跃发言，最后定下赶早不如赶巧，干脆今晚就去吃个火锅。

“你们……”老板有点受伤。

大家连忙安慰他，叫他不要多想，他们只是不想在放假的时候还和他脸对脸，那样不利于公司发展。

“而且我周六有约。”方晶晶说。

老板叹气：“晶晶这个理由还算正当。”

同事却不信，追问：“你约了谁？”

方晶晶一本正经：“周公。”

老板问：“你男朋友姓周？”

方晶晶“扑哧”一声笑出来，边笑边摇头：“不不不，他不姓周，他姓姬，叫姬旦。”

“姓鸡？是先有鸡还是先有蛋那个鸡吗？不会吧？”老板大惊。

方晶晶笑得说不出话来了。

同事在边上竖起大拇指道：“鸡蛋！真是个好名字！听着就有营养，他怎么不叫鸡胸肉呢？”

方晶晶笑得倒在同事肩上，老板被她笑得一脸莫名其妙。

下班后，老板领着一行人去了家专吃牛肉的火锅店，他说他吃过，味道还不错，大家看了一下价格承认是真的不错。

进店后，众人找了最大的一个圆桌挤挤挨挨地坐下。片刻后服务员就上菜了，片得薄薄的牛肉放在盘里摆上桌，那真是红得像血，白得如雪，每片肉上都纹路绵延，看着都美。

服务员上完菜还站桌边给他们介绍，说这牛种叫白雪姬，吃喝都特别精细，所以才能养成一身细腻甘甜的好肉。

方晶晶越听越怪，嘀咕道：“再说感觉我不配吃了……”

老板坐在她身边正要开口，旁边突然有人说：“哎，既然这牛叫‘白雪公主’，那我们是啥？”

抢答：“七个小矮人！”

立刻有人不服：“矮？我一米八！”

有人跟在后头：“我一米八五！”

前头一人笑起来：“对，我做证，他光增高垫就有一米五。”

后头那人一听，马上要脱鞋自证，旁边人连忙按住他。

这时，又有一人环顾圆桌道：“再说这可不止七个。”

另一人跟着反驳：“而且小矮人也没把白雪公主吃了啊！”

众人越想越不对劲儿，说这牛名字没取好，又怪老板这店没选好。

老板无动于衷，端起杯子道：“你们就闹吧。”

不过肉下锅后，大家就再也没废话了，只纷纷夸奖这头“白雪公主”真好吃啊，下回还要来吃。

吃完大家一哄而散，有人急着赶地铁，有人还要去下一趴。

“你呢？”老板问方晶晶，就剩她还没着落。

方晶晶勾着头，点着手机：“我直接回家。”

“有人来接你？”

“我叫了车。”

“我送你吧。”

方晶晶抬起头，老板站在她身边，方晶晶才发现，原来他还挺高的，跟高垣差不多，她站在旁边只到他肩膀。

老板望着她，脸上带着笑。

方晶晶也笑了笑，她放下手机，说了声“好”。

“垣哥。”女二一边打招呼，一边递过来一袋零食。她的助理在旁边看着她，一脸欲言又止。

高垣却没接她的东西。他打量了她一眼，说了那句她助理想说不敢说的话，他说：“少吃点，再吃不连戏了。”

女二一哽，脸突然烧起来，嘴里的薯片也没味儿了，刚才还永远都填不满的胃也跟塞了石头一样撑住了，甚至有点儿恶心。她闷不作声地把薯片塞给了她助理。她助理终于松口气，又悄悄朝高垣看去，心道：果然帅哥都是有自觉的。

女二也在看高垣，他说了句戳人的话后就低头看手机去了，一点都不在乎她什么反应，不过……她还真的不怎么生气。

高垣今天穿的一身古不古洋不洋还绿汪汪的戏服，却一点都不可笑，还显得超凡脱俗，脸上连汗都没怎么流，鼻子是鼻子，眼睛是眼睛，看着清爽又干净，让人光看着就觉得心静。

女二不禁想和他说两句话。

她看着高垣垂下的眼睛，他的睫毛又长又密，明明毫无意义的注视因此蕴含了千言万语。

女二小声道："其实我不是饿，我就是压力大……压力一大我就想吃东西。"一说完她就心虚。她不自觉盯着高垣，猜测他是露出鄙视的表情还是漠不关心。

但高垣居然比她预料中的稍微好点，他虽然不太在乎，但还是理她了。

他从手机上抬头迅速看了她一眼，然后漫不经心地说："没用，吃完压力更大。"

女二连忙点头，一脸苦恼："我知道，可就是忍不住。"

高垣长长地"嗯"了一声，眼睛盯手机盯得更紧了，不知道看到了什么，但女二也没打算问，她以为高垣不会再理她了，就转过头四处张望，又抬手理了理头发，假装什么都没说一样。

"多运动。"高垣又开口。

女二看过来，他已经放下了手机，正看着她。

"这边有个健身房。"他说。

女二已经和高垣一起拍了一个月的戏了，算是大概看出来了他是个什么样的人。高垣其实并不喜欢交际，组里几个演员都一起吃了几回饭了，他从不参加，可能他的开朗和健谈只是在特定场合装饰，平时他说话总让人感觉还有下半句，但他就是不说，搞得人意犹未尽的。

女二只好接下话题，问："哦，你去过吗？"

高垣说："去过。"

"去干吗？"

"运动啊。"高垣眼中显出一种看傻子的居高临下。

女二笑起来："我是说，你主要练什么？"

"跑步。"

高垣每晚只要没戏都去跑步，跑到脑袋里什么都想不起来的时候就停下来，直接回房，洗个澡，再喝杯红酒上床躺着，慢慢酝酿睡意。

这红酒是胡覆辙寄来的，说喝了好睡觉，让他试试。除此，助理还给他弄来了许多怪玩意儿，什么离子眼罩、睡眠软糖、助眠喷雾等等，高垣听名字就感觉很扯淡，但试了几个，似乎又真的有用，他就将信将疑，没全扔掉。

今晚高垣跑步回来后，就按步先喝酒，再喷了喷雾，最后戴上眼罩，留一盏台灯，躺下了。

躺了不知道多久，睡意终于悄悄来了，高垣却忽然听到一阵响声，他一下惊醒过来。

是手机在床头尖叫。

高垣顿时一肚子火，他拿起手机，先看了眼时间，凌晨两点半了！

电话是许玉银打来的。

“喂！”高垣恶声恶气。

“你睡了？”许玉银很惊讶。

高垣深吸口气，咬牙切齿道：“我正要睡！”

许玉银慢慢地“哦”了一声，接着说：“那你快去睡吧，我就不打扰了。”

那头静了片刻，就挂了电话。

许玉银不以为然，低头看着手机，回到刚才浏览的界面，又点开了视频。这条新戏路透视频已经转发过千了，是高垣粉丝拍的，清楚极了，前头主要是拍高垣，最后一小截女二出现了，两人在等戏，面对面站着，一直在说话，还分零食吃。

下头几条评论问：这个女演员好美啊，是谁啊？

没人回答。

许玉银叹口气。她一边往下翻评论一边想，这两人是什么时候熟起来的？

高垣凑近看助理的手机，里头正在放视频，视频里拍的是他。他走路，他拍戏，他等戏，他上房车，白天黑夜的都有。

高垣不免有点发怵：“拍得这么全，他躲哪儿拍的啊？”

助理抬头往四周望了望，答道：“肯定是在高处拍的，你看，都是俯拍。”

高垣接着看，脸上又露出点小得意的神情来。他矜持地夸了一句：“这个音乐配得还不错。”

助理忙附和：“是挺好听的！”

高垣没理，故作沉着，看到最后，他才发现原来还有别人。

“哎，怎么还有她？”高垣有点惊讶，“这是哪天啊？我怎么一点印象都没有？”他嫌弃地看着自己抱怨道，“这套戏服也太绿了，像个蛤蟆精。”

助理不敢笑，忙找补道：“是我手机不行，显得绿。”

高垣没理，皱着眉又看了一遍，主要看前头只有自己的片段。

一开始他还觉得挺好，但越看越觉得……不对。

太不对了。

“我的脸好像跟以前不太一样了？”高垣心头惴惴，紧盯屏幕，“我是不是发腮了？”

助理立刻答：“没有！”

高垣担忧地摸了摸自己的脸。“发腮”这个词儿他也是前段时间才知道的，知道后他就开始担心自己的腮帮子，就怕它哪天突然横长，毁天灭地，最近他做得最吓人的一个梦就是自己的脸二次发育，下颌角长得又粗又壮，好像两条牛角。

太可怕了，现在想起来他都心有余悸。

高垣拍拍胸口，给自己压惊，死皱着眉又问：“那我是不是胖了？”

助理一脸坚定：“怎么可能！”

“那我……”高垣犹疑不定，眼睛盯着视频心却不知道飘到哪儿去了，只感觉没着没落的。

高垣不知所措，忘了要说什么。

“垣哥？”助理喊了他一声。

高垣恼火地看了他一眼，不耐烦道：“行了行了，不看了！”

助理问都不敢问，赶紧把手机塞进兜里，他面上镇定心里狂叫要死了要死了，刚才他还以为高垣旧病复发，要把他手机也给扬了，幸好他动作快。

助理边庆幸边悄悄看高垣，只见他冷着脸站在伞下，腰上还挂着把剑，真正是杀气冲天。

“总算入戏了！”后头导演暗暗欣慰。

“垣哥。”女二拍完一段就招呼着过来了，对着高垣的助理笑了笑。

高垣的助理心里默默流泪，他是很想提醒一句：此处有雷，请勿靠近！

然而，女二毫无察觉，过来后就掏出手机，捣鼓了一阵，然后献宝一样伸到高垣面前。

助理趁机飞快地瞄了一眼，屏幕里头正是他们刚刚看过的视频。

完蛋。

女二把视屏定格在了末尾段她和高垣在一起的画面。

高垣没有什么反应，但女二毫不介意，她自顾自地欣赏着视频，笑道：“这个视频拍得真好。”

“哪儿好？”高垣冷冷地问她。

女二笑道：“把你拍得好啊。”

高垣看着她：“是吗？”

女二诧异地看了他一眼：“当然。”说着她忽然用力地盯了他一眼，然后又去看手机，好像在做什么对比。

对比完了，她若无其事地说：“其实，你真人比镜头里好看。”

“是吗？”高垣语气淡淡的。女二说这话时的语气让他感觉很熟悉，他的目光穿过了她，看到了另一个人，但那个人一开始总是挑他的刺……

“真的。”女二抬起头，对他一笑。

高垣默默看着她，心里奇异地平静了一些，女二却又躲开了他的目光。

高垣没有当回事，他看女二低着头一副恨不得把脸贴在手机上的样子只觉得伤眼，忍不住说：“你这是什么姿势？”

“什么？”女二连忙抬起头。

“你有近视？”高垣问。

女二小心翼翼："有一点。"

高垣脸色很不耐烦，他拿过她的手机示范："你把手机这样举高点，这样方便，也不用一直勾着脖子，那样不好看，对脊椎也不好。"

女二刚要说话，高垣忽然一脸严肃，女二不禁更加忐忑，然而高垣却又忽地笑起来，他歪着头看着她笑道："你是不是有点驼背？"

最近方晶晶的脖子总是不太舒服，连带着肩膀和老腰都不灵便了，她本想给许玉银打电话，约对方一起去按摩，但最后又改了主意。

还是自己去算了，方晶晶想，毕竟见到许玉银就难免会提起高垣，提起高垣她就难免……心情微妙。

方晶晶叹口气，其实一个人按摩对她来说根本不算什么挑战，她还一个人吃过烤肉呢，那才叫煎熬呢。

"怎么煎熬了？"老板问。

此时已经过了午饭时间，他们面对面坐在便利店中，手里各捧着一罐冰激凌，周遭十分静谧，外头烈日当头，有人趴在他们隔壁桌上休息，因此他们说话声音都放得很轻，两颗脑袋快碰到一起。

方晶晶回答："因为我一个人根本吃不完一整份烤肉，而且烤肉店里大家都在聊天，只有我那桌，只听到肉烤得滋滋响，听不到人声，很怪。"

老板点点头："原来如此。我还从来没有一个人吃过烤肉，但我一个人看过电影。"

方晶晶得意："这个成就我早就达成了。"

老板神秘一笑："那新成就有兴趣吗？"

方晶晶问："什么新成就？"

老板说："周六我们一起去看电影吧。"

方晶晶不解："这算什么新成就？"

老板一本正经："怎么不算，我是新人——你新认识的人。"

和新相识做旧事情，是什么感觉？

方晶晶已经很久没进过电影院了，她对电影不热衷，过去陪高垣倒是看过不少，不过都是在家窝在沙发里看的。

方晶晶边想着边慢腾腾地从床上下来，已经上午十点了，电影下午三点开场，她还和新人约了一顿午餐。

方晶晶悠悠叹口气，她也不知道是怎么回事，每次临到出门时她总是会后悔。她朝窗外看了一眼，太阳像火，天上没云，她已经开始发晕了，不过想起在烈日下爬山的经历，她又觉得在开足冷气的电影院里，端着冰可乐和爆米花的约会，实在是太温和，太适宜了。

而且，开弓没有回头箭。

方晶晶深深吸口气，走到镜子前理了理头发，又检查了一遍自己的衣着，最后拎起包，准备出门。

然而就在她踏出家门的前一秒，手机响了。

方晶晶的心突地一跳，右手仍握着门把手，手机越叫越急，她迟疑地把手伸进包内。

“我！在这儿等着你回来，等着你回来，看那桃花开！”

胡覆辙听得眉开眼笑道：“真喜庆。”

许玉银默不作声，只紧盯着手机。

在这喜庆的音乐中，穿着一段经过变音的旁白。

“来来来，今天拍的这位男神天天都有人问，问我们为什么不去拍他？唉，是小狗不想拍吗？是男神根本不下凡啊！不过，小狗绝不轻言放弃！今天，经过我们同事三天三夜不眠不休的蹲守，我们！终于！拍到了男神！而且，男神不是一个人，身边还带着一个美女，这个美女似乎还有点眼熟啊。美女很会讲笑话嘛，看男神笑得多么开心！唉，小狗也想听笑话，什么时候会有人给小狗讲笑话呢？真是越想越心酸啊。”

“噗！”胡覆辙听到最后一句憋不住笑了出来。

“口水！”许玉银忙抢过手机，嫌弃地横了他一眼。

视频全长八分钟，两人已经看了好几遍了。

胡覆辙看完后的感想是：拍得挺好，俊男美女站一起就是般配。

许玉银听他废话完只“呵呵”一声，她要操的心可比胡覆辙多得多。

她一边看着屏幕，一边自言自语：“剧的热搜，有了，高垣，也在，还差一个……她在哪儿呢……”

许玉银皱起眉，手指顺着热搜榜一路滑下去。

“找到了，在这儿。”许玉银眉头一松，脸上终于露出一丝笑来。

胡覆辙凑过来一看：“林茵，怎么才第十？”

许玉银说：“第十刚好，高了太假，还贵。”

许玉银点开词条看了看。

有一群林茵的粉丝在发图，抓住机会宣传自家“女儿”。

△呜呜呜，茵茵真美！

△“女儿”你怎么吃得比高垣还多……

△高垣不错，但还是好好搞事业吧，美女还怕没有恋爱谈吗？

大部分还是高垣的粉丝在澄清，顺便大力驱赶进来看八卦的路人。

△别造谣，一个公司的同事而已，不熟。

△离谱？明明旁边还有人怎么就是约会了？

△不就一起吃个饭吗，这算什么锤？无语。

△谁说不让高垣谈恋爱了，爱谈谈，但这种捕风捉影的凭什么按头粉丝承认。

△林茵挺好看的，但我觉得高垣会找个圈外人。

还有一个#林茵高垣#的热搜词条，在第四位，许玉银也点进去看了眼，已经有人翻出上次的那个路透视频，开始嗑起来了。

“这下总该知道她叫什么了吧。”许玉银满意道。

接下来公司就可以发一份澄清声明，当然，有人信有人不信，粉丝再乱骂一轮，然后等个三五天，这场人工绯闻就会烟消云散。

许玉银算得好好的，但是没想到，人算不如天算，三五天后，这场绯闻不仅没有消散，反而升级了。

高垣被曝隐婚有娃。

第六章 重新播放

“我有娃了？谁的？该不会是林茵的吧。”手机那头的高垣语气嘲弄，话里明显带着火。

许玉银只能装傻。

许玉银早料到了他会有这样的反应，因为绯闻的事他近来一直对她阴阳怪气，她哄了又哄，胡覆辙也在旁助力，但还是收效甚微。但听林茵说，高垣对她倒是没怎么样，只是不怎么理人了。

许玉银道：“我给你发了链接，你没看吗？”

高垣回道：“我刚下戏，澡都没洗。”

许玉银正要说话，高垣突然笑起来，他“哈哈哈”笑得畅快无比，许玉银听得眉头紧皱。但没等她开口，高垣又说：“不好意思，我只是想到了一些好笑的事……噗！”

许玉银眼皮直跳。

高垣还要火上浇油，故意问：“许姐，你现在是不是很后悔？”

许玉银没说话，但她何止是后悔。

高垣隐婚有子的这个消息一出来，林茵和他的绯闻就变了性质，那就再不是绯闻了，那叫作丑闻，虽然公司第一时间发了澄清声明，但林茵还是免不了被骂，而且这还不是骂完就完了。女明星只要沾上这种名声，以后只要有点风吹草动就会被翻出来骂一遍。

“这就叫自作孽！不可活啊！”高垣幸灾乐祸地感慨。

许玉银听得在心底冷笑，嘴上却仍好声好气地说：“你说得对，那条链接你点开了吗？”

“没有，我懒得点。”高垣不当回事儿。

许玉银道：“呵呵，这个爆料的人是你的粉丝。”

“粉丝会给偶像造这种谣？”

“哦，她已经脱粉了，她说你人品有问题，脚踏两只船，太渣。”

高垣嗤笑：“CP 粉吧。”

许玉银笑道：“你去看了就知道了。”

高垣不耐烦：“有必要吗，反正都是造谣。”

许玉银道：“这次的谣言很新颖。”

哪次谣言不新颖？高垣漠然地想。

他再无谈兴，挂掉电话进了浴室。

浴室里水汽氤氲，助理已经提前给浴缸里放满了水，还多此一举地往里头倒了浴盐，水变得瓦蓝瓦蓝的，还有一种发咸的淡淡香气。

“好久没去海边了……”高垣边喃喃自语，边脱掉衣服跨进浴缸。

一躺下，高垣就舒服地长出了一口气。

“呼……”

高垣闭上眼睛，感受水柔柔地涌上来，密密地包裹着他，让他觉得既温暖又安全，还有些……熟悉。

是哪里熟悉呢？高垣深深地吸口气，而后缓缓地滑入了缸中，沉进了回忆的怀抱。

“是不是不太对？”方晶晶忽然问。

高垣睁开眼，呆望着她湿漉漉的脸，半天才开口：“哪儿不对？”

方晶晶脸色古怪道：“这个姿势不太对，一般不都是男的抱着女的吗？”

高垣闻言低头一看，这才明白了她的意思。

此刻他们正躺在浴缸里，方晶晶在后，他在前，尽管他已经极力往下靠，但他实在比她高太多，所以还是做不来小鸟依人，他无法靠在她的胸口，只能把脑袋窝在她的脖子里，她也环不上他的肩，只能一只手抱着他的腰，一只手紧紧地扒住了浴缸边。

高垣没说什么，只哼唧着动了下，方晶晶立刻龇牙咧嘴地在他腰上挠了把。

她无奈道："大哥，你别往后挤了，都快把我压扁了。"

高垣说："我很轻。"

方晶晶嘀咕："再轻骨头也比我重三两。"

高垣笑起来，方晶晶又怪叫道："你把脸转开啊，别往我脖子里吹气！"

"我偏不！"

她一叫高垣就来劲儿了，他还真仰着头，嘟着嘴，拼命往她脖子上贴，方晶晶左躲右闪，他就更兴起，最后两手抱着她的脸，在她脖子上啄来啄去。

啄到最后，方晶晶都麻木了，她望着天花板问："不咸吗？"

高垣闷声道："……咸。"

"噗！咸你还舔！"

"你不痒了吗？"

"不痒了，酸。"

高垣一听就放开了她。

方晶晶白他一眼，拉长声音道："幼稚。"

高垣还在不解："为什么会咸啊？"

方晶晶一本正经道："因为我放了盐。"

高垣大惊："盐？"

方晶晶点点头。

高垣抹着嘴怒道："你放盐干吗？"

方晶晶看他这样终于笑起来，说："别担心，不是食用盐，是浴盐，去角质的。"

高垣傻眼："去角质？那我刚才可能还吃到了你的死皮！"

方晶晶笑着点头："有可能，哎！你知不知道有那种专吃死皮的小鱼，好多足浴店里都有，你就像那种鱼……"

高垣听到这儿已经恶心住了，他猛地伸出手捧住了方晶晶的脸。

"你干吗？"方晶晶吓一跳，脸都被他挤变形了。

高垣按着她的脸往自己脖子上贴："我也要让你尝尝我的死皮。"

方晶晶连忙往后挣："恶心！我才不吃！"

高垣不干："我都吃了！"

方晶晶双手抵在他的胸口，滑溜溜的："那是你自愿的。"

高垣眼珠子一转："不吃也行，那你舔舔我。"

方晶晶瞠目结舌："你真变态！"

两人闹得浴缸里的水激荡摇摆，全溅到了地上。

等水面再度恢复平静时，高垣已经翻了个身，他屈着腿侧躺在水里，脸贴着方晶晶的胸口，双手搂着她的腰。方晶晶的一只手搁在浴缸边沿上，一只手摸着他的头，有一下没一下地揉着他的脑袋，弄得他头上一阵轻一阵重的。他觉得不舒服，就让她别摸了，她却好像没听见，还是这么一直摸他的头，他几次想制止，但又懒得开口，他半闭着眼，听到了"滴答滴答"的水声，还有她由急到缓的心跳声。

"唉……"

最后，在快要睡着时，他听到了一声叹息。

"高垣是不是很生气？"许玉银一放下手机，胡覆辙就问。

许玉银似笑非笑道："他连看都没看。"

胡覆辙一愣："那你也没跟他说？"

许玉银摇摇头，半真半假道："我不敢说，他还在为林茵的事生我的气。"

胡覆辙叹道："他这人就是太较真儿。"

许玉银没说什么，再次点开了那个链接。

链接跳转到某论坛的一条热帖。

这个帖子标题很平平无奇：今天脱粉了，终于可以说点实话了。

楼主自称粉了一个男明星四年，几乎是从他出道起就开始追他，看他从籍籍无名到如今蒸蒸日上，给他开粉丝站，为他花钱做数据，还追他的行程，甚至有他的手机号。

楼主再三声明：不过我从来没给他打过电话。

总之她就是特别喜欢这个明星，也为他花了不少钱，但今天她幡然醒悟自己是一腔痴心错付，这个男人根本不值得她这么喜欢！

许玉银的手在那句“他和我想的不一样，我才发现自己其实根本不了解他”点了点，这话可真让人心酸。

楼主坦言：其实我一直知道他没什么演技，只是脸好看，但每次人家说他是花瓶我还是很生气，我一直觉得他是个很真诚的人，只是缺乏技巧和阅历罢了。

下面热赞：你的文字还爱他。

楼主否认，接着说：他没有事业心，从出道前就在谈恋爱，出道之后也不分，当时我和他坐同班飞机还见过他女朋友，他藏都不藏的！我都无语了，后来他红了还是没分，但是知道藏了，不过我也习惯了，反正只要嫂子不晒我就可以当作没有。

许玉银想了想，确实，方晶晶和高垣在一起时十分低调，两人约会都在家里，听说就连和方晶晶同在一个城市的表姐都没有见过高垣几回。

楼主似乎很困惑：……你说他渣吧，他确实渣，但他喜欢谁就对谁特别好，可以说是有点“恋爱脑”，他现任也是他介绍进公司的，他还在自己的新剧里给她安排了一个角色，两人一边谈恋爱一边拍戏，还顺带炒炒绯闻，真是敬业得我想笑。

这段就是百分之百的谣言了，许玉银截图，保存。

下头有人战战兢兢地留言：

△我怎么觉得楼主好像和我粉的是一个人……

△是谁？偷偷告诉我！

△求私！

楼主一个都没回，但提示信息已经足够多，八卦网友们又去她的主页搜索了一番，看了几页后就有人说是高垣，也有人提名其他明星。

但微妙的是，提名其他明星的楼主都明确否认了，说高垣的楼主都没理……然后这个帖子被顶得越来越高了。

楼主开始和人在楼内聊天，聊得还挺开心，似乎已经忘了发帖的初衷，也没再提起高垣。

但高垣的粉丝还是闻声而来，一来就直接定性，说楼主不是高垣的粉丝。

理由是“真正的粉丝怎么会这么说自己真心喜欢过的人”。

楼主委屈：我也没说什么啊，我还夸他了呢。

高垣的粉丝又说楼主是“私生”：追机还有私人电话！这不就是私生！私生说的话也有人信！

楼主喊冤：我从来没打过他电话！我只是有！因为我妈妈的朋友的舅舅是……

高垣的粉丝大怒，火速赶去楼主的主页，细细翻了一遍后发现她还给其他男明星说过话。

好了，这下真相大白了。

△这个人就是个黑粉！

然后就是一片骂战，高垣的粉丝骂楼主，一群人为楼主抱不平，还有一群人骂高垣的粉丝霸道扰乱论坛环境，剩下的就是东吃一口西吃一口还没吃明白的，见缝插针地到处追着问：是谁呀？到底是谁呀？

没人理。

楼主最后被骂急眼了，跟高垣的粉丝杠上了：好，你要证据是吧，我就给你证据！

然后，楼主就甩出了一张图，说是高垣和他前女友。

许玉银仔细一看，确实是高垣和方晶晶，两人一起从哪儿出来，不过也没什么亲密动作，只是挨得比较近。

高垣的粉丝很镇定，说这只是工作人员。

楼主也不争辩，又甩了一张照片。

这张清楚了点，还是高垣和方晶晶，两人在机场手牵着手。

楼主贴心说明：不是今年的。

底下高垣的粉丝还在叫嚣：假的假的，一看就是P的，手都P歪了！谁信谁傻子！

于是就又吵了十页，楼主闷不吭声。

不说话就是输了！

就在粉丝以为赢得了这场战役的时候，凌晨两点，楼主默默上线，发了一张方晶晶推着一个婴儿车的照片，留言：猜猜这孩子是谁的。

“哗啦！”

高垣猛地从浴缸里坐了起来，他心跳如鼓，大口大口地喘着气，脑子里好像被火车碾过似的仍有余震，全身骨头都跟着颤抖起来。

高垣心慌不已，连忙跑出热气腾升的浴室，来到卧房，他往地上一跌，迫不及待地吸着清凉的空气。

过了好一会儿，高垣才终于平静下来，他回过神从地上爬到了床上，闭着眼往床上一倒，腰下却硌着个东西，他掏出来一看，是手机。

手机上还有几条来自许玉银的信息。

高垣点开，往下划拉。

许玉银：链接你看了吗？

许玉银：还没看？

最后是一张图片。

第一眼看到照片时高垣都没反应过来，只是看到一个女人抱着个娃，第二眼他才认出这个女人是方晶晶。难怪他认不出，她抱孩子的样子太新鲜，而且只露了半边脸，还剪了头发，刚刚到肩。

高垣草草看完了那个帖子就给许玉银打了电话。

他开口就问：“你和她联系了吗？”

许玉银以为他在说那个发帖人：“我们已经给她发了邮件，但她还没回复。”

“发什么私信？你不是有她手机号吗？直接打电话问她！”

许玉银这才明白他说的是方晶晶，但这她就更不明白了。

“问她？问什么？”

“问这孩子是怎么回事儿！”

许玉银不可置信道：“你不会以为这孩子是你的吧？”

高垣一下哑了，半天才没什么底气地问：“不可能吗？”

“当然不可能！”许玉银咬牙道，心里大骂“蠢货”。

高垣其实也知道不可能，心里却还是开始幻想。

“那这孩子是怎么回事儿？”他问。

许玉银干脆利落地答：“我不知道。”反正只要不是高垣的就和她没关系。

但高垣显然和她想法不一样。

他坚持说：“你去问清楚。”

许玉银不理解：“有必要吗？”

高垣恼羞成怒：“这也没必要那也没必要！那你就别告诉我？我眼不见心不烦。”

许玉银用力按住气得乱跳的眉心：“重点是人家造谣你隐婚有子，还出轨同公司女演员！”

高垣更怒：“还不是因为你自己炒过头了！”

许玉银深吸一口气：“天一亮公司就发律师函，别担心。”

“该担心的是你。”高垣挂了电话。

许玉银当时没明白这句话的意思。

方晶晶这会儿正在屋子里转圈儿，怀里的孩子睁着一双黑亮的眼睛看着她，她把他逗笑起来，然后亲了亲他嫩嫩的脸颊，他又高兴得腿乱蹬。方晶晶赶紧把他往上搂了搂，埋怨道：“你这小子还真会享受，非要人抱着。”

史红艳从厨房里拿着泡好的奶走出来，听到了就说：“我当时就跟永爱说，别天天抱着他，抱习惯了就放不下了，这孩子现在就喜欢在人怀里睡觉，放下就醒了。”

提起女儿，史红艳面上就显出苦涩来。方晶晶怕她越想越伤心，连忙把娃送到了她面前说：“舅妈，快，接住！我的手都要断了。”

史红艳取笑了一句就麻利地把孩子搂了过来，方晶晶就被她指挥着拿上奶瓶给孩子喂奶。

“正好练练。”史红艳语重心长道。

方晶晶看着小家伙两手巴着奶瓶感叹道：“真有力气啊，‘咕咚咕咚’的，像牛喝水似的。”

史红艳听了就笑：“他小名就叫‘牛牛’。”

方晶晶惊讶道：“不对吧，我记得原来我姐给他起的叫……”

“算命先生给改的。”史红艳低头帮孩子扶住了奶瓶。她望着孩子眼神极其专注，好像她一个不注意，他就会从她怀里消失一样。

史红艳轻声说：“你姐走后我和你舅舅就说算算，是你舅舅原来村子里的一个老头儿，灵得很，他说本来这孩子也保不住，是你姐给这个孩子挡了，但下面还记着这孩子的名字呢，所以这孩子现在还不算长实，要起个贱名偷偷养着，七岁以前家里人都只能叫他小名儿。”

她说完就静下来，目光呆呆地定在孩子的脸上，可又好像没在看着他。方晶晶知道她又在想方永爱。

看见这个孩子，史红艳就会想起女儿，但也只有这个孩子才能短暂将她从悲伤中拉出来。

史红艳说：“你姐为了牛牛丢了命，但是有什么用呢？牛牛这么小，连他妈妈什么样儿都没记住呢……”

方晶晶强笑道：“没事儿，到时候我把他妈妈照片给他看。”

史红艳仍是愁眉不展：“他爷爷奶奶现在把牛牛当个宝，可是牛牛爸爸以后肯定还会结婚，等他和别人生了孩子……牛牛就真成了野草了。”

想想那个场景，史红艳就心如刀割，所以她才不管不顾地跑来了，她直奔女儿家，表明意图想把牛牛带回老家去，但牛牛爸爸死活不肯，又拦又抢，闹了一通后孩子哇哇大哭，双方各退一步，牛牛爸爸同意史红艳把孩子抱到了方晶晶这儿，说是让她单独和孩子相处几天。

“就好像我求他似的，这孩子难道是他生的？我是孩子的姥姥，我要见外孙还要他允许？”

史红艳想起当时的情景是既生气又心寒，女儿一走，女婿虽然嘴上还是叫她“妈”，但里里外外都生疏了，她也因此更觉得自己的打算是对的。

“他肯定会把这孩子教得一点都不认我们！”史红艳肯定道。

方晶晶本来想和稀泥说“这不可能”，但她心里明白，这其实是很有可能的，人就是这样，遗忘总是比思念轻松。

方晶晶现在对前姐夫感觉很复杂，她说：“以前我姐总说他人好。”

史红艳叹道：“以前是以前。你姐走了，他就变了，其实这也是人之常情。”

说到底就是人走茶凉而已。

方晶晶问：“你真要把牛牛带回去吗？”

史红艳没说话。

方晶晶说：“其实，就算你把牛牛带回去，他也能找去。”

史红艳缓缓地点头：“我知道，我也没打算不让他见孩子，我就想让他把孩子给我养，他想看就回来看看，这不对他更好吗？可他不同意。”

方晶晶问：“那他爸妈呢？他们什么反应？”

史红艳说：“我把牛牛抱来时他父母都对着我哭呢，他们不让我养，也是怕孩子跟他们不亲。”

方晶晶越听越头疼，这两家人听起来都没什么错，都是爱这孩子，但这爱又都不太对劲儿。但她也不知道怎么劝，目前也没什么好办法，只能好好招待舅妈，帮舅妈带带娃，让舅妈在这儿住着舒心些。

方晶晶请了假，每天就陪着史红艳，早上两人一起推着娃去菜市场，中午史红艳做饭，方晶晶就看娃，下午两人和娃一起睡午觉，晚上再出去逛逛，方晶晶顺便填下肚子（史红艳养生有道，过午不食），回来十点钟就准时上床睡觉，手机都没怎么玩了。

这么过了三天，方晶晶就感觉自己快成仙了。

史红艳却很欣喜，说她黑眼圈淡了，脸色也红润了。

史红艳教训道：“少吃外卖，不熬夜，多动动，比什么化妆品都有效。”

方晶晶不敢反驳，但照了镜子，还是将信将疑。

于是视频时，她就问对面的人：“你看我有没有什么变化？”

对面的人仔细看了看，回答：“我看着没什么变化，还是和以前一样。”

方晶晶道：“我舅妈说我黑眼圈淡了。”

对面的人闻言凑近镜头：“哦？你有黑眼圈？”

方晶晶问：“你没发现？”

对面的人点头：“今天才看见。”

方晶晶哭笑不得：“我现在怀疑你连我长什么样儿都没看清。”

对面的人说：“我记得你是双眼皮，但我不记得你有黑眼圈。”

方晶晶笑道：“真不知道你在看哪儿。”

对面的人腼腆一笑，忽然问：“我来找你好不好？”

方晶晶一愣：“现在？”晚上九点了，史红艳已经抱着娃躺在床上看电视了。

对面的人点头：“我刚从公司出来，想看看你。”

方晶晶对他的诚实有点意外，也有点为难。

对面的人当然看出来了，他苦笑着道歉：“对不起，是我太心急了，可能因为上次约你看电影没看成，后头你又请假……我难免有点悲观。”

方晶晶不解：“悲观什么？”

对面人坦然道：“感觉我们似乎差点缘分。”

方晶晶因为“缘分”两个字而心软，她想起从前，于是一鼓作气道：“你来吧。”

对面人立刻露出笑来。

方晶晶忙叮嘱一句：“路上开慢点儿。”

她突然也悲观起来，缘分反正是玄而又玄，不如趁熄灭前，再见一见。

方晶晶拿上钥匙就出了门。

她坐在楼下的长椅上一边等着，一边仰头望着月亮。月亮端正地悬在夜空上，照着她，也照着想见她的人。

唉，月亮其实有点烦，因为今晚想见方晶晶的人不少。

胡覆辙鬼鬼祟祟地来到公司，一来就把许玉银拉出了办公室。

“别拉拉扯扯的！有事说事。”许玉银忙得想扇他。

胡覆辙不肯说，只拉着她一路下到了负二层的停车场，他领着她来到自己车前，车里坐着一个人。

高垣戴着帽子坐在后座等着她。

这场面似曾相识。

许玉银不愿意回想，只问：“你怎么回来了？”

高垣气定神闲：“带我去找她。”

许玉银克制不住的暴躁：“现在？大晚上的你要去找方晶晶？你新鲜出炉的圈外女友，前妻，孩子他妈！”

“嘿嘿。”胡覆辙突然咧开嘴笑了出来。

许玉银当机立断踩上了他的脚。

“咿！”胡覆辙尖着嗓子叫起来。

高垣一点儿都没被吓到，说：“我有事要问她。”

“那孩子和你一点关系都没有！”

高垣说：“我知道。”

“那你还想问什么！”许玉银急了。

高垣转过脸不回话。

许玉银劝道：“现在真的不是个好时机，等……”

“对我来说，永远都不会有好时机。”高垣望着车窗说。

许玉银有一瞬间突然觉得他好像变了个人，他不再是那个急躁自我、眼里没人的漂亮蠢蛋，他突然让她……有点愧疚。

许玉银很讨厌这种感觉，她凭什么愧疚。

要愧疚也是胡覆辙先愧疚！

她气愤地看向胡覆辙，想让他出来说两句，可他却一脸感动，仿佛受到了什么震撼。

这王八蛋还在装有良心！许玉银气极。

他竟然还敢说：“小玉，要不你把地址给我，我带他去……”

许玉银忍无可忍一脚踩了过去，踩的还是刚才那只脚。

这下真是伤上加伤再加盐，胡覆辙“嗷”一嗓子，流下两行清泪来。

许玉银终于舒服了些，她冷冷瞥了他一眼，拿出手机找到地址发了出去，而后扬长而去。

红灯亮起，车流缓缓停下。

胡覆辙握着方向盘，先看了看前头，之后就朝后头瞟个不停。

高垣坐在后头，看上去也不怎么急，胡覆辙多嘴一句：“今天还好，不算太堵。”

高垣没理他，将车窗降下一半，扭脸对着外头。

胡覆辙想阻止又不敢，他讪讪地看着前头还没过去的红灯和左右喘着气的车子，又想起刚才在停车场里高垣那句“我想见她”。

胡覆辙打了个抖，他又起鸡皮疙瘩了。

他皱起眉，这句话怎么说呢，没什么大错……就是太直白了，直白得让他不敢听，听了是又尴尬又震惊。

一个男人怎么能说这句话呢？

胡覆辙呆望着红灯，那个红看得越久越扎眼睛。

他好久没有听过这么直白的一句话了。男人说自己想谁了好像总有点掉价，男人要坚强，要喜怒不形于色，更何况这个“谁”还是前女友——一个曾经和你关系匪浅现在毫无关系的女人。

还是太年轻了，胡覆辙摇摇头，想说点什么，张嘴后却只问出一句：“你当初到底为什么要分手啊？”

高垣还是没理他，就跟没听见一样。

胡覆辙这会儿却一点都不会看脸色了，他自言自语道：“你不是说你受够她了吗？你不是说她不好吗？你们俩还老吵架，怎么现在又这样？”

高垣“哼”了一声，可能是嫌他话多。

胡覆辙撇撇嘴，轻佻道：“你是不是后悔了？非得失去了才知道她最好？唉，你这真是……”话说到这儿他咂咂嘴，取笑的意思很明显。

高垣终于听腻了，他转过头来望向胡覆辙，脸色似不平又似无所谓，他质问道：“真是什么？”

胡覆辙轻笑道：“我就是弄不懂。”

高垣愤愤道：“你笑什么！我后悔怎么了？犯法吗？谁规定说不能后悔了？你难道就从来没后悔过？”

“呵呵。”胡覆辙没回答，他直视前路，始终笑眯眯的，眼睛都忘了眨。

车里再没人说话，高垣又扒回窗户上，旁边车子里的人似乎是认出了他，频频朝他这边看过来，但高垣一点儿也不在乎，他抬起眼，发现今晚没有月亮。

直到后头的车子按响喇叭，胡覆辙才发现红灯已经转绿，他眨眨眼，发动了车子。

月亮已经走进了云里。

在楼下坐了会儿后，方晶晶突然听到了几声猫叫，她连忙唤了几声，猫也回应了，但就是不出来，她干脆钻进身后的花坛里。

她打开手机在里头到处照，一边照一边“喵喵”叫个不停，循着声她找到了一只黄猫，它趴在草丛里，仰头看着她。

方晶晶停在一步外慢慢蹲下去，接着伸出手，猫看看她，起身一步一顿地走到她面前，鼻子轻轻在她指尖前头抽动。

闻了会儿，猫又走近了点，方晶晶很有经验，此时还不是撸猫的时机，她稳稳蹲着，一动不动，猫从她指尖蹭出去，绕到她背后，慢慢围着她踱了一圈，直至最后又回到她面前，尾巴才在她腿上若即若离地擦了一下。

方晶晶这时才伸出手挠了挠猫下巴，猫咪眯起眼睛，顺势趴在了她脚边。

方晶晶很得意，她把这只黄猫从头撸到屁股，又给它拍了照，它脖子上戴着一条皮圈，上头有电话。

方晶晶打了过去，那头是个女孩儿，听方晶晶说完她就赶紧道谢，她说自己也住在这个小区，不过在别栋楼。

“这不是它第一次越狱了，每次门一开它就往外窜，家里的狗都没它这么野！”女孩儿很生气，“麻烦你先帮我控制住它！我马上就过来！”

方晶晶连连答应，挂了电话就赶紧把越狱猫抱在怀里。它倒没怎么挣扎，只是眼睛乱转，而后就在她怀里呼噜起来，轰隆隆的，像台拖拉机。

居然喜欢被人抱？

方晶晶稀奇得很，她还从来没碰到过这么亲人的猫，她好奇地看着怀里的猫，一下一下地摸着它。

"远远一看还以为你抱着个孩子呢。"一个声音从她身后响起。

方晶晶转身一看，男人站在花坛外看着她。

"看！"她兴奋地招手让男人进来，给他看猫。

"它特别亲人，简直像只狗！"

"小猫可听不得这种话。"

男人仔仔细细看了看猫，接着就和她一起撸起了猫。

"你喜欢猫吗？"他问。

方晶晶说："喜欢啊，猫啊狗啊我都喜欢。"

"那怎么不养？"

"怕养不好。"

"越是这么想的越是能养好。"

"是吗？"方晶晶笑开了。

两人一边摸着猫，一边说着话，他们靠得很近，影子在地上融成长长的一条。

一家三口。

高垣看到这个画面的时候脑子里就蹦出了这个词。

刚才他走到楼道门口时忽然听见了边上有人说话，他无意间一扭头，竟然看见方晶晶和一个男的躲在花坛里，两人背对着他站在那儿，都低着头，方晶晶怀里好像抱着个啥，气氛温馨得叫人落泪。他一步步走近，两人都没发觉，就好像他只是个路人一样，而他自己也突然觉得他此刻出现在这儿是如此……多余。

高垣感觉自己好像个鬼。

"咳！"跟在他后头的胡覆辙忽然咳了一声。

方晶晶和那男人一起回头看了过来。

高垣默不作声，方晶晶拿着手机对着他照。

“高垣？”方晶晶很惊讶。

高垣没说话，他先看向她怀里，而后又迅速看向了她身边的男人。

原来抱的是只猫。

胡覆辙松口气，而后笑着举起手冲方晶晶招了招：“嗨，晶晶，好久不见。”

“胡总！你怎么也来了？”

胡覆辙发现方晶晶看见他似乎比看见高垣更震惊。

对此他很满意，他更加和颜悦色：“哎呀，没什么就是来看看你，好长时间没见了……”

高垣冷冷地打断了胡覆辙的话：“你们在干吗？”他说话时眼睛盯着她身边的人。

方晶晶条件反射道：“关你什么事。”

高垣立刻要发火，但有人先他一步开口。

方晶晶身边的男人走到他面前，一边伸出手，一边说道：“你好，我是周黎云，晶晶的朋友。”

高垣没有和他握手的意思，只来了一句：“我不用自我介绍吧。”

周黎云露出一个礼貌的微笑。

“嘁。”方晶晶大声嘲讽，接着略带歉意地看向周黎云。

高垣将她的表情尽收眼底，他不敢相信方晶晶居然当着他的面和别的男人眉来眼去，他气得一句话都说不出来，眼神来回在两人身上转。

胡覆辙怕他“自爆”，连忙上去救场。他握住周黎云的手大力摇道：“你好，周先生，我姓胡，胡磊，他姓高……”

这次他话又没说完。

周黎云微笑道：“高垣，我的确知道，大明星嘛，幸会。”

“幸会幸会！”胡覆辙堆起笑，又朝高垣使眼色。

高垣却不理会，仍旧脸色阴沉地看着方、周二人不说话。

真是个傻子。胡覆辙在心里骂道。

“胡总，你们怎么到这儿来了？”方晶晶开口问。

胡覆辙还没回答，高垣就跟斗鸡一样抢白道：“你没看新闻？”

方晶晶一脸困惑：“什么新闻？”她最近都没怎么刷手机，除了睡觉就是带娃，充实到不行。

“有人说，我们有个孩子。”高垣说完瞟了眼周黎云。

“什么？”方晶晶傻了。

周黎云脸色却很镇定，高垣不加掩饰地瞪了他一眼。

胡覆辙忙道：“这件事儿三言两语说不清楚，我们还是找个僻静地方坐着聊……”

没人听。

他们就是要在一个随时会有人走过来的居民楼前聊这件事儿。

胡覆辙握拳，一群傻子！他后悔死了，他就不该来掺和这事儿。

“到底怎么回事儿？什么孩子？谁说我们有孩子了？”方晶晶很烦躁。

胡覆辙忙安慰道：“别担心，公司已经发律师函了……”

“你还抱着那孩子去逛街了？真悠闲啊。”高垣冷笑。

胡覆辙张开嘴……

方晶晶惊道：“你怎么知道？”

胡覆辙解释：“有人拍了照片……”

“那孩子哪儿来的？”高垣问的时候没忍住瞟了周黎云一眼。

周黎云不明所以。

方晶晶骂道：“那是我表姐的孩子！神经病！”

高垣气极反笑：“是，我确实是有病，没病我不会千里迢迢连夜坐飞机跑回来，就为了听你骂我一句神经病！”

周黎云听到这儿笑了笑。

高垣蓦地咬紧牙。

“哈？”方晶晶很绝望。

胡覆辙同样，他有气无力道：“总之，孩子的事已经搞……”

“打扰了……”一个女声响了起来。

这次又是谁？

胡覆辙恶狠狠回过头。

一个女孩儿站在几步外看着他们，她被胡覆辙的猛回头吓了一跳，捂着胸口退了一步，又怯怯地看向方晶晶那边。她问：“那个……是我家猫吗？”

“啊？是！”方晶晶回过神，忙举起猫。

猫叫了一声。

女孩儿一听松了口气，边道谢边往前走。但刚迈了两步，女孩儿突然瞪起眼睛，伸出手指着高垣，脸“唰”地就红了。

“高高高高……高垣！”

胡覆辙压着嗓子道：“是是是是他，别喊别喊。”

女孩儿捂住嘴，有点儿激动。

高垣对女孩儿笑了笑，接着很自然地挤开了周黎云站在了方晶晶身边，还自来熟地伸手摸她怀里的猫。

真能装。方晶晶心道。

高垣低头时眼神像刀一样从她脸上剜过，再抬头时却又是风度翩翩，他那张英俊而富有欺骗性的脸能妥帖地代入他所有的角色，他对女孩儿说：“你的猫很可爱。”

方晶晶面无表情。

在她身后的周黎云看到方晶晶抱着猫杵在原地，一只手攀到了她背后，周黎云知道这只手是冲他来的，因为这只手……比了个“耶”。

周黎云挑了挑眉。

胡覆辙低头捂住了脸。

送走猫之后，高垣还没有要走的意思。

在方晶晶开口赶他之前，他说：“我有话要和你说。单独说！”

最后三个字是重音。

周黎云一直面带微笑，他涵养好得过分，衬得高垣在旁边更像只斗鸡，方晶晶只觉得过意不去。

其实没必要，周黎云看着一脸歉意的方晶晶想说，但这句话他也只想单独跟她说。

高垣越慌张急迫，他就越从容不迫。他免除了方晶晶的为难，提出先走。

果然得到方晶晶许诺，她说：“那明天见。”

高垣脸色一黑，周黎云心满意足。

“你要说什么，说吧。”

周黎云走后，方晶晶单刀直入，她抱着双臂站到高垣对面，态度差得叫人窝火。

高垣质问道：“刚才那个姓周的见过你这副嘴脸吗？”

“神经病。”方晶晶一听转头就走。

“方晶晶！”高垣急忙拉住她。

方晶晶甩开，一本正经道：“有话说话少拉拉扯扯，我可不想再被造谣。”

高垣反驳道：“也不全是造谣。”

方晶晶冷冷看着他。

高垣讷讷道：“我们当时确实是在谈恋爱嘛。”

方晶晶冷笑：“你也知道是当时，而且！没有孩子！”她说起孩子就一脸严肃。

她凶巴巴的样子还挺好看的，高垣想。他狠狠瞪着她，但瞪着瞪着眼神就开始摇摆，就开始湿润，就开始藏不住委屈和期盼。

方晶晶皱眉看着他，没好气地道：“喂？你还说不说了？不说我走了。”

高垣回过神，他嫌弃地踢开脚边的土疙瘩道：“我不在这儿说，你带我去你家吧。”

他说到这儿自然而然地去拉她的手。

方晶晶再次甩开，不客气道：“我家不方便。”

“怎么不方便？”高垣还问。

方晶晶随口道：“档次太差，不够接待您这样的大明星。”

高垣好比挨了一记闷棍，刚要发火，但突然想起自己曾经对方晶晶说过的难听话，顿时又熄了气焰。他讪讪地道：“你……你还挺记仇的。”

方晶晶反问：“记仇？记什么仇？”

高垣不敢搭话，以为她在奚落他。

但其实方晶晶完全没有这个意思，她早就不记得高垣当时说的话了，她只是不想让高垣上去，免得被舅妈看见又生波澜。她和高垣恋爱的事一直是家里的一大奇闻，父母操心，亲戚打听。每次过年好不容易回趟家她就得受罪，先是被父母问，高垣今年又没来？忙什么呢？明年来吗？然后就是被姑姑姨妈们围着旁敲侧击，能不能和陈道明、王志文、费翔视个频？这三个谁都行，她们都不挑。

方晶晶听了只能干笑，看着姑姑姨妈们一脸“这对你肯定不是事儿”，心道：果然，论敢想敢干还得是劳动妇女。

不过自从她把分手的消息传回去之后，父母就消停了很多，虽然打电话时免不了唉声叹气两回，但也没多说什么（他们以为是高垣抛弃了她），还开解她不要伤心，说什么“早分早了”“你们本来就不是一路人”“娱乐圈太复杂”云云。

方晶晶这才发现，原来所有人都在等他们分手，确切地说，他们都相信，高垣迟早要甩了她。

但是！是我甩了他！方晶晶仰天长啸。

这说出去根本没人信啊，她爸妈都不信。她说了他们会认为她是为了面子硬撑，虽然不反驳她，但每次都用那种“知道了知道了啊好心疼”的眼神望着她……

方晶晶叹口气，看高垣更不顺眼了。为了防止他再来拉她，她将双手都背到身后，又往后退了一步。

高垣立刻问：“你干吗？”

方晶晶答：“离你远点儿。”

“哦……”高垣垂下头，握了握空空的双手。

再抬头时，他瘪着嘴道：“既然你家不方便，那我们去车上聊吧。”

一直在装聋作哑的胡覆辙听到这儿赶紧插话：“对对对，去车上说算了，车上安全。”

“好吧。”

胡覆辙一开口，方晶晶就点头了。她瞟了高垣一眼，示意他走到前面带路。

高垣看向胡覆辙，眼里带火。

胡覆辙至此彻底熄了给他传道授业、解惑答疑的心，这人就是块爱情朽木！通透灵性不及自己万分之一，就让他盲突乱撞吧。

最后就是胡覆辙木着脸走到最前头，高垣走在他身后，方晶晶落在最后，高垣时不时回头看她，好像是怕她走到一半掉头跑了。

方晶晶一眼都不想看他。

到了停车场后，胡覆辙站在外头抽烟，高垣和方晶晶两人上了车。

上了车后谁都不说话，方晶晶是没义务开口，高垣是在发呆。

他直愣愣地望着方晶晶，眼珠子都不转了。

方晶晶等了会儿见他还是一副神游天外的样子，终于忍不住问："您还说吗？"

高垣愣了会儿，才轻轻"嗯"了一声，又缓缓地点了两下头。

方晶晶打量他一会儿问："你是不是没睡觉？反应这么迟钝。"

"我……"高垣说了一个字就又停下了。他看到方晶晶靠在座位上侧头看着他，车内暖黄的光铺下来，她的脸色在灯下堪称温柔。

于是，他胆气又壮了，想都不想就脱口而出："那个孩子真的不是我的吗？"

此话一出，温柔顿时化作狰狞。

方晶晶撑着椅子一下坐直了，她骂道："你到底有没有脑子！我们才分手多久？那么大的孩子我生得出来吗？我怀的哪吒吗？你这个傻……"

后头一个字她还没来得及说出口，就听到高垣说："我希望他是我的孩子。"

方晶晶一愣。

高垣居然笑了，一脸向往地说："如果那是我的孩子的话，我们俩就可以……"他斟酌了下，"一直在一起了。"

一直在一起？

"噗！"

方晶晶看向突然纯情起来的高垣笑出了声。

高垣一脸困惑。

方晶晶也很困惑，她不明白为什么相信“一直”的人是高垣，而不是她自己。

“你笑什么？”高垣问。

方晶晶笑着摇摇头：“没什么，只是觉得你挺会想的。”

高垣不喜欢方晶晶玩笑般的语气，他脸色认真：“我一直是这么想的。”

方晶晶不置可否，只是告诉他：“就算有了孩子也不能改变什么，要是有孩子我就更不会搭理你，我们分手也不会这么简单，我会去跟你打官司，我最少要分走一半身家，然后每个月你还得付抚养费，你该庆幸那不是你的孩子。”

高垣想说些什么，但方晶晶又来了一句：“而且孩子也不跟你姓。”

高垣一惊：“那跟谁姓？”

方晶晶道：“当然是跟我姓。”

高垣想了想说：“跟你姓也没问题，毕竟是你生的。”

方晶晶看他很当真又有些受不了，忙道：“你要说的就是这些？说完了吧？说完我就走了哈。”

说完，她也不等高垣答应就去开门，但她的手还没摸上车门就被高垣抓住了，她再次甩开。

高垣喊：“我还没说完！”

方晶晶怒道：“那你快说！”

于是高垣问：“那个孩子现在还在你家吗？”

方晶晶点点头：“在。”

高垣又问：“那你现在一个人带孩子？”

方晶晶答：“我舅妈也在。”

高垣结结巴巴：“那那……那你舅妈身体好吗？”

方晶晶表情古怪道：“你什么时候这么关心我家人了？”

高垣说不出话来，这几个话题已经耗尽他的急智了。

方晶晶笑道：“高垣，你别这样，我不习惯。”

不习惯？什么不习惯？他也不习惯。

高垣看到她的手放在膝盖上，他还没想清楚，就先握住了她的手。

方晶晶这回没甩开，只是看着他，目光从手上，慢慢移到他脸上。

高垣则一直望着她的手，他握得很紧，她的手指被迫蜷在他的手里，好像受伤了一样，他受不了她这副迁就的模样，于是张开手指插入她的手指间，他的手指用力地扣在她的手背上，五个手指头就像五根锁头一样沉沉地压住她，而她却只是松松地挨着他的手背，手指轻得像片干花。

“十指相扣本来是很缠绵的，你把它搞得变了味儿。”方晶晶说。

“哪儿变味儿了？”高垣边问边更紧更重地缠住她。

方晶晶翘起搭在他手背上的手指，劝他：“别再犯傻了，高垣。”

高垣对她笑起来。

方晶晶的心猛地一跳，但她反而更冷静了。

她也许抵抗不了他，但她能抵抗自己。

“你自己说的，再也不会来烦我。”她说。

高垣随口道：“那是气话。”

“你怎么总是说气话。”

“因为我以为你不会当真。”

方晶晶苦笑：“还成了我的错了。”

高垣的脸在发光，他摩挲着她的手背，问：“那个姓周的是怎么回事？”

方晶晶道：“他是我的老板，我对他还没到喜欢，但是有好感。”

高垣整个人一下子僵住了，他定定地看着方晶晶，那自以为的光芒倏然消逝。

“你教教我吧。”高垣说。

方晶晶淡淡地道：“教你什么。”

高垣说：“你教教我，怎么才能像你一样，说放下就放下，说不爱就不爱，你教教我怎么才能跟你一样绝情，我一直在想你，但你却还能爱上别人，我做不到，你教教我吧。”

方晶晶直视着他的眼睛，回答道：“其实很容易，爱的时候，用尽全力就行。”

“你你你……你真是天字第一号大傻瓜！谁要你的宝剑？那对我而言不过就是块锈铁罢了！我要的是你的……是你的……”

女子说到这儿脸忽然红了，她恨恨地瞪着对面的男子，恨她说了那么多，说得那么明白，他却仍然无动于衷，她当即气得流下泪来。

问题就出在这个泪上。

这个泪……林茵没流下来。她皱着眉，瞪起眼，拼命在脑子里翻着伤心事，想多少逼出一点眼泪来，但越努力越白费，她越想哭眼睛就越干。她天生就不爱哭，这本来算是个优点，现在却成了她最致命的弱点。

林茵急得发抖，站在对面的高垣和她干瞪眼了半天，脸色也越来越冷。

最后，高垣举起手，说晒得头晕，导演就顺势叫了停，让大家休息三十分钟。

没有人说她一句，林茵却还是不敢去看周围人的表情。她猜高垣肯定很生气，她又想到前段时间的那个绯闻，她当然也明白在行业内那只是种合理合法的手段，但高垣自从那之后就一直对她很疏远，本来疏远就疏远吧，但见识过他的笑脸，现在再受到他的冷淡，多少就让她有点适应不了。

高垣其实人还不错，林茵想，虽然对她不热情但也不刻薄，偶尔发发脾气，但来得快去得也快，态度总是很高傲，但笑起来又很好看。

想到这儿，林茵抬起头看向高垣，他果然一脸闷闷不乐，林茵鼓起勇气开口跟他道歉。

然而高垣却一脸茫然，仿佛根本没注意到她。

他揪着自己脸颊边的头发须子不耐烦道：“啊？你说什么？”

林茵有些难堪：“没什么，就是刚才……”

“哦，刚才你哭不出来。”高垣满不在乎道，“我们这是偶像剧，你刚才在那儿眼珠子都快瞪出来了，不好看。”

林茵的脸又烫起来，她连忙抓住这股情绪，也许再努努力就能哭出来了。

高垣还在那儿说："怎么会哭不出来呢？"

林茵希望他再多说一点。

高垣盯着她，冷不丁发问："你没谈过恋爱？"

林茵一愣，下意识地点了点头，点完觉得不对，忙道："不！我谈过，但是……"但是那和你有什么关系？

林茵不由得防备起来。

高垣毫无察觉，自顾自道："我刚开始拍戏的时候也哭不出来，然后挨了一顿臭骂。"

林茵有点意外，高垣的哭戏她看过，他哭起来很有感染力，还很好看，会哭算是他的招牌。

"后来我就去上表演课……你上过了吗？"高垣忽然问。

林茵正要回答，高垣接着说："老师说眼泪不能靠憋，要学会调动情绪，就是多想想自己的伤心事儿。唉，但我这个人吧，确实没什么伤心事儿……"

林茵失笑，别人说这话她肯定不信，但高垣说……她还真有点信，他的事业太顺利了，拥有数不清的爱，还有钱，他还能为什么伤心呢？

"……没办法我就只好瞎想，还真给我想出来一个。"高垣的声音突然低了下去，"我想到了我女朋友，每次拍哭戏的时候我就想我女朋友，我就想，假如她死了……这么一想，我就能哭了。"

高垣说到这儿笑起来，他表情得意地甩着头发须子，一边甩一边点着林茵说："所以说，谈恋爱还是有好处的，只要你认真谈，用心谈，今天不就哭出来了？"

林茵觉得受了冤枉，说："你怎么知道我没用心？而且我现在是单身。"

高垣道："那就想想前男友。"

想象前男友死了？

那她恐怕当场就要笑出来。

林茵无奈地摇摇头："我天生不爱哭。"

高垣随口道："看得出来。"

林茵很想问他怎么看出来的，但高垣显然没有这个谈兴。

他看着她，眼神算不上认真，语气也很散漫，但林茵仍然被吸引了全部注意力，她不由自主地专注。

高垣说："但你既然要做演员，就不能再理直气壮地说什么我不爱哭，我哭不出来了，因为演员就是人家让你哭你就得哭，让你笑你就要笑，哭不出来就要自己去想办法，办法其实有很多。这次有人给你机会给你时间，但下次你可能就没有这个好运了。"

她轻轻道了声谢就不知道该说什么了。

"其实时间长了你会发现，哭反而是最简单的。"

高垣说完这句就走到了一边，没有再理她也没有再看她，只全神贯注地刷起手机，好像网瘾大发。

林茵也默默走到一旁酝酿情绪，她发现原来自己其实不是不爱哭，是一直认为哭没什么用。

她叹口气，也许……她真的该和高垣学一学，学习如何将自己高耸的心墙降低一些。

高垣当晚就要回片场，走的时候他气冲冲的，但上了飞机之后，他却又给方晶晶留了一句狠话。

他说：等着我！我还会回来的！

方晶晶回复一个"凸"。

第二天，方晶晶约了周黎云在家附近的咖啡店见面。

刚落座，方晶晶就先道歉。

她说："我可以解释一下我和高垣的关系，我们……"

但周黎云打断了她的话，说："等一下，我有件事要告诉你。"

方晶晶望着他过分严肃的表情不由得忐忑。

周黎云说："你不用解释，我早就知道你和高垣的关系。"

方晶晶大吃一惊："你怎么知道？许姐告诉你的？"

周黎云却否认了："不是她说的。"

"那你……"

周黎云笑起来："我见过你，你不记得了。"

那是一年前的圣诞节，周黎云去了一个私人聚会，高垣也在场，他自然是全场焦点，但周黎云对他不感兴趣，反而对噙着一脸假笑站在他身边的方晶晶很有印象。他以为她是高垣的助理或者经纪人，便向朋友打听她是谁，朋友却回答："她？她是目前暂时拥有大明星的幸运儿。"

周黎云很惊讶，因为他觉得这个幸运儿看上去并不太开心。

"我看见你在高垣身后翻白眼。"周黎云回忆。在大部分人对着高垣抛媚眼的时候，一个白眼可太不可思议了，他忍不住好奇这个幸运儿为什么要如此，她在想什么？她知不知道多少人在羡慕她？

方晶晶也想起了当天的情况，有几分尴尬道："其实没什么，只是那天出门前我们吵了一架。"

周黎云说："很正常，情侣难免吵架。"

"我不喜欢这种场合，吃不饱，还要笑，大家都在看他，当然也看我，就是那种'啊，高垣今天戴了条领带'的眼神。"

周黎云了然道："这的确让人生气。"

方晶晶却摇头："不，我不是为这个生气。"

周黎云等她解释，她却没有说下去。

她换了个话题："高垣在这种场合如鱼得水，但我不行，我每次进来前都得在心里骂一堆脏话。"

周黎云故意问道："我能问你具体骂了什么脏话吗？"

方晶晶被他逗笑起来。

周黎云却在心底默默地叹了口气。

他说："我想我还得道一次歉。"

方晶晶不明所以。

周黎云道："其实高垣提到的，那个关于孩子的传闻，我也早就看到了，却没有对你提起，我也不知道为什么。"

方晶晶问："你相信了吗？"

周黎云回答："当然没有，但我当时确实想听你亲口跟我说。"

"那怎么没问？"

"我十分胆小。"

方晶晶说："但你也十分诚实。"

"这算是我最大的优点了。"周黎云叹道，"晶晶，我有个问题想问你，当然你可以不回答。"

方晶晶但笑不语。

周黎云望着她道："高垣是不是在追求你？"

方晶晶说："我们已经分手了。"

周黎云说："你并没有回答我的问题。"

方晶晶说："你这个问题很奇怪。"

周黎云苦笑道："确实很奇怪，但请你体谅，昨晚看见高垣的时候……我真的很震惊，我没想到会在你身边再次见到他。"

方晶晶心道：不止你，其实我也没想到。

周黎云正色道："我对你很有好感，晶晶，但高垣实在是太难打败了。"

方晶晶分神想，这算是表白吗？怎么让她感觉很复杂。而且，周黎云也没有要求她回应。

她只好不动声色，说："你太谦虚了。"

周黎云确实是个生意人，头脑聪明身段灵活，高垣跟他比就像是刚刚进化到能直立行走的大猩猩。

周黎云笑道："我把这句话当作表扬。"

方晶晶有些走神，想起史红艳一个人在家里带孩子又不太放心。

她匆匆说道："好吧，周总……"

"叫我黎云就行。"

方晶晶从善如流："好的，黎云，我也对你坦白，我和高垣真的已经分手，目前他想和好，但是我没有这个想法。也许对你而言他很难打败，但对我而言，他只是很难缠。我知道在大多数人眼里他是个大明星，又高又帅又多金，但对我而言，他只是个普通人，我们在一起很长时间，但最后还是分开了——我甩的他。所以你不用把他当成对手，更不用把我当成一个花痴。"

说到这儿，方晶晶放在桌上的手机忽然响起来，两人一齐看去，屏幕上只显示了两个字，一个傻，还有一个……

方晶晶脸色镇定，看了一眼就挂断了。

周黎云默不作声，他已经猜到这个电话是谁打来的了。

“我后悔啊，我好后悔！”

办公室里，胡覆辙躺在沙发上自言自语，他已经在这儿躺了半个钟头了，嘴里一直就絮叨那么几句话。

“我后悔啊，我好后悔！我就不该管他的破事儿，我就不该开车送他过去，我更不该接他的电话……唉！”

胡覆辙又重重地叹了口气。

“再叹出去。”许玉银盯着电脑道。

胡覆辙一听她搭话就来劲儿了，他猛地从沙发上蹿起来，跑到了许玉银对面的椅子上坐下。

许玉银瞟了他一眼。

胡覆辙大受鼓励，忙说：“你知不知道，高垣叫我干吗了？”

许玉银配合地问：“干吗了？”

胡覆辙压低声音：“他叫我去监视方晶晶！”

“是他干得出来的事。”许玉银点评。

胡覆辙接着爆料：“方晶晶交了个新男朋友！”

许玉银浅浅一笑：“好事啊。”

胡覆辙道：“好什么啊，高垣要我查那个男的的底细。”

“呵呵，也是他干得出来的事。”许玉银笑完又问，“你查出了什么来？”

“你猜？”胡覆辙斜着眼看她，卖起关子。

许玉银太了解胡覆辙了，一看他这模样还有什么猜不出来的。

她慢悠悠地说：“难不成方晶晶这个新男友我认识？”

“答对了！”胡覆辙热烈鼓掌。

许玉银来了兴趣：“那男的是谁？”

“周黎云，开了个小公司，方晶晶目前在他那儿上班。”胡覆辙摸着下巴觑着许玉银道，“我记得这个姓周的，好像是你的学弟吧？”

许玉银叹道：“不光如此，而且还是我介绍方晶晶去他那儿上班的。”

“你介绍的？”胡覆辙这下真是大吃一惊。

许玉银自顾自道：“这样一说，我是不是算他们的媒人？”

胡覆辙没好气道：“算不算媒人我不知道，不过你肯定是高垣的仇人。”

许玉银满不在乎地一笑。

胡覆辙急道：“你还笑得出来？高垣知道肯定恨死你。”

许玉银说：“那就别让他知道。”

胡覆辙举起手：“我肯定不说！但他要我去搞破坏！把他们拆散！”

许玉银笑得更开心了：“他还真是人生如戏。”

胡覆辙苦着脸道：“什么戏我也不能演根大棒啊！”

许玉银耸耸肩：“我也不想演媒婆，可都是命。”

胡覆辙扯着头发抱怨道：“老话说了，宁拆十座庙，不毁一桩婚，我胡磊一生磊落，怎么能干这种缺德事儿呢！”

许玉银随口道：“你当然能。”

“小玉！”

“玉你大爷。”

胡覆辙委屈不已：“你也想想办法嘛。”

许玉银道：“我怎么想办法，清官难断家务事，我没办法。”

胡覆辙问：“那高垣你就不管了？他再发疯怎么办？你也看见了他那个样子，你就不担心？我实话跟你说吧，我有预感，再这么下去他迟早要捅娄子。”

胡覆辙还真是忧心忡忡，许玉银半晌不说话，最后长长地叹了口气。

她喃喃自语：“我当初真应该去带女艺人……”

胡覆辙道：“现在说这话也没什么意思，你这么想嘛，起码高垣干的不是犯法的事，他只是谈了个恋爱，为情所困。”

胡覆辙说到这儿还感慨了一句：“我跟你说，这年头，还能为情所困的都是好人，尤其是男人。”

许玉银听到最后一句笑起来，她悠悠地看着胡覆辙，直把他看得不敢直视她。

许玉银看他这副样子颇为可笑，说：“以前我一直觉得你之所以这么喜欢高垣，是因为他跟你像，不仅性格像，连那种顺畅的人生经历都很类似。”

胡覆辙强笑道：“你是在委婉地夸我帅吗？”

许玉银柔声道：“是，你真聪明。”

胡覆辙收起笑，望着她说：“世界上没有两片一样的叶子，也不可能有两个相同的人。我跟高垣不一样，他比我……好一点儿。”

最后一句胡覆辙说得不情不愿的，听得许玉银忍不住发笑。

胡覆辙觉得她这个笑容十足的讽刺，她是不是笑他一直在说废话，一直在白费力气。

“你觉得他们俩能回到过去吗？”胡覆辙忽然问。

“谁？”许玉银抬头看着他。

“高垣和晶晶。”

许玉银想了想说：“我想起一首歌，里头有句词说得很对。”

“什么词？”胡覆辙问。

许玉银拿起手机，哼道：“过去让它过去，来不及……”

“晶晶？”

“啊？”

方晶晶从手机上抬起眼，饭桌对面的史红艳正不满地看着她。

史红艳教训道：“手机这么好看？看得连饭都忘了吃。”

方晶晶一听就立刻放下手机，端起碗认真扒饭。

可史红艳还没教训完：“你们这些孩子啊，一点都不会照顾自己，饭是不饿不吃，还天天点外卖，花老多钱，吃成个瘦竹竿，你姐以前也这样，直到后头结了婚生了孩子才慢慢学会做饭。”

方晶晶竖起大拇指：“我姐做饭好吃。”

史红艳笑骂道：“哪里好吃了，你俩口味一样，道道菜都要辣，我是一口都吃不下。”

史红艳说完看着方晶晶的笑脸忽然想起一件事，她说：“哎？我听说你和高垣分手了。”

“我姐说的？”方晶晶问，问完她突然有种奇妙的感觉，在她们这样不断提起下，在这么稀松平常的对话中，方永爱仿佛还活着。

史红艳似乎也有所感觉，愣了下才答：“对，永爱告诉我的。本来我还想问问你怎么回事，后头事情太多，忙着忙着就忘了。”

方晶晶道：“忘了就忘了，我爸妈已经就此事表达了意见，大姑、二姑和小姨妈也都发来了慰问。”

史红艳道：“你还不准人说话了！”

方晶晶忙道：“您说您说。”

史红艳张张嘴，一个字都说不出来了，最后只能指着外甥女：“你就怪吧！”

方晶晶正要说话，卧室里响起“哇哇”的“警报声”。

“牛牛醒了！”史红艳立刻起身走了。

方晶晶没跟上去，因为她的手机此时也响了。

她低头一看，是许玉银打来的。

方晶晶在心底默默叹口气，接了起来。

许玉银提着奶粉……和一条金锁上门拜访。

那金锁是个元宝形状，分量不轻，正面刻着一个大“福”字，背面刻着个吉祥牛。

方晶晶一看就说：“他属牛。”

“小名也叫牛牛。”史红艳道。

许玉银笑道：“巧了，就是看这个牛我才买的。”

才怪，她看过这孩子照片。

但巧合总是更让人惊喜，也更容易让人卸下防备。

史红艳从没见过许玉银，方晶晶介绍说是她的朋友，又做主让史红艳收下了金锁。这锁确实好，尤其是那个牛，她看得出舅妈是喜欢的。

许玉银逗了逗孩子，又和史红艳聊了几句，便和方晶晶出了门。

出来后，两人就近在街上找了个地方进去。坐下后，许玉银还是不绕弯子直接说：“我是为了高垣来的。”

方晶晶点点头："我知道。"

许玉银道："但我不是来为他做说客的。"

方晶晶此时终于笑起来。

许玉银一脸无奈："孩子那个事太离谱了，我本来打算是处理好了再来告诉你，但高垣知道后跟疯了一样，非要连夜坐飞机回来烦你，怎么都劝不住。"

方晶晶摇摇头："他……"她说了一个字就停了。

许玉银抱怨道："他就是这么一惊一乍的，你别理他。"

方晶晶说："我没理他，他给我打电话我都没接。"

许玉银嘱咐道："就是这样，千万别理他。"

方晶晶表情古怪。

许玉银似乎毫无察觉，问："刚刚那位阿姨是不是就是你表姐的妈妈？"

方晶晶点点头，这时才想起来道谢，谢谢她的礼物。

许玉银促狭道："都是高垣的钱，我一点儿都不心疼。"

方晶晶一愣，问道："这些是他让你买的？"

许玉银此时又反口："管他呢，你就当是我买的。"

方晶晶都听糊涂了。

许玉银问道："你最近没上班吗？"

方晶晶回过神，答道："我请假了。"

"请了多久？"

"两个星期。"

许玉银笑道："周黎云这个老板还不错。"

"他是不错……"方晶晶犹豫了下，"是个体贴员工的老板。"

许玉银端起杯子啜了口道："他是我学弟，比我小几届，人很可靠，性格也好，能力更不差，在学校时……就很有名。"

很有名？什么名？

方晶晶莫名对这句话在意起来。

她故意开玩笑："有名？他也是明星？"

许玉银挑挑眉："也算风云人物。"

方晶晶好奇："他怎么招风引云了？"

许玉银却仿佛有所顾虑，不肯讲明，只说："都是无聊的八卦罢了，大学生精力充沛，又穷极无聊，乐于制造一些戏剧化故事。"

许玉银又说："对了，他跟我说过，他上学时最喜欢看的是《绯闻女孩》，哈哈，看不出来吧？"

方晶晶心不在焉地附和："确实，看不出来……"

许玉银不动声色，最后补了一句："他这个人其实很有意思的，并不像表面那样。"

办公室里，周黎云的右眼皮忽然猛跳，跳得他不能专心，只好停下来休息。这并不是什么征兆，他一上午都在盯着电脑，肯定是用眼过度了，他不信那些傻话。

桌上的手机忽然响了起来，周黎云拿起来一看，是个陌生号码，本来他应该挂掉的，但他的手正揉着眼睛，他按错了，他接了这通陌生来电。

一接通，那头立刻传来声音。

"周黎云吗？"

是个男人，声音听着很年轻，语气很没有礼貌。

周黎云不太高兴，问："你是哪位？"

那人的回答有点迫不及待："我是高垣。"

高垣？

周黎云一愣，他希望这是个恶作剧，但他也知道没人会这么有创意。

更大可能是，这人真的是高垣，毕竟……对方确实有理由给他打电话。

"你好。"周黎云恢复镇定，但仍然感觉奇妙。他合上电脑，又去关上了办公室的门，而后看了看墙壁上挂着的钟，现在是上午十点。

大明星居然醒得这么早？还是熬了一夜没睡？

周黎云胡思乱想着，他发现自己没有自己以为的那么镇定。

高垣没有要和他客气的意思，不说"你好"，开场白是："方晶晶是我女朋友。"

“我知道，你们已经分手了。”

周黎云说完这句后听到那头传来了咬牙声，他诧异地拿下手机看了看，他猜高垣旁边可能有条狗。

“她告诉你的？”高垣问。

周黎云回答：“是。”

“……我还没答应！”高垣叫嚣。

周黎云突然有点佩服高垣了，他说：“我想这件事不需要得到双方的同意。”

咬牙声又响起来了，周黎云有点困惑，他养过狗，这动静真的只有狗能发出来。

“总之……总之我不同意你和方晶晶在一起！”高垣义正词严，蛮不讲理。

周黎云更加确定了那天方晶晶手机里那个特殊的备注是谁了，他忍着笑道：“以前男友的名义？”

周黎云以为这句话会让高垣气急败坏，他应该会气得大骂，会变本加厉地威胁他。

高垣却没让他如愿，只自然而然地回答道：“不，以一个关心她的人的名义。”

那么多偶像剧看来没有白演，周黎云想，居然能把一句傻话说得如此理所当然。

周黎云还没感慨完，高垣就又大放厥词，他说：“你们不合适。”语气非常斩钉截铁。

傻瓜都很自信。

周黎云现在一点都不生气了，反而感觉很新奇，他觉得自己在参演一部喜剧。他挑衅高垣：“但我和晶晶相处得很好，我们无话不谈。”好吧，这里他承认是稍稍夸张了点。

磨牙声又响起，那条狗很生气。

高垣嚷道：“我了解方晶晶，你不是她喜欢的类型，她喜欢长得好看的！”

周黎云实事求是道：“我觉得我不算丑。”

“身高最少要一米八！”

“我刚好达标。”

高垣想不出来了。

他可能根本不记得我长什么样。周黎云边想边说：“晶晶还喜欢什么？麻烦统统告诉我。”

“她只喜欢我这样的！”高垣图穷匕见。

周黎云心满意足：“好的，我知道，谢谢你的关心，我会把你的话转告给晶晶的。”

高垣急了：“不准说！你这人怎么还爱告状……”

周黎云没等他说完就挂了电话。他放下手机，整个人都神清气爽，只是右眼皮还时不时跳一跳。

“喂？喂！”高垣喊了两嗓子后才放下手机，转头对胡覆辙道，“他真挂了！”

胡覆辙立刻道：“他害怕了。”

但高垣没上当：“他才不怕……他说要告诉方晶晶。”

胡覆辙鄙夷道：“这人怎么还告状呢！是男人吗？”

高垣气愤道：“就是！方晶晶眼光太差！”

胡覆辙看着他欲言又止。

高垣道：“不行，不能让他恶人先告状，我要去找晶晶！”

高垣刚站起来，包厢的门就被推开了，服务员领着许玉银进来了。

她见到高垣一点儿都不吃惊，但是……也不算高兴就是了。

气氛有点紧张，胡覆辙不敢作声，高垣昂着头站在原地。

许玉银站在门口看着他们俩，柔声道：“我怎么感觉这一幕似曾相识。”

胡覆辙干笑道：“旧梦重温了。”

许玉银轻笑道：“是故技重施吧。”

她走到两人对面坐下，胡覆辙立刻挪到她身边。

许玉银看都没看他，只望着高垣说：“你连杀青宴都不去就跑回来了，你知不知道那个制片给我打电话了？”

胡覆辙忙问：“他说什么了？他生气了？”

许玉银道：“人家什么都没说，还很体贴，说知道高垣忙，下次有机会再一起吃饭。”

胡覆辙很得意，高垣却是心不在焉。

许玉银将他们的反应尽收眼底，她转头盯着胡覆辙半真半假道：“你说，人家为什么这么客气？”

胡覆辙道：“当然是因为高垣。”

许玉银不接茬：“是因为我们运气好，现在是他求着我们，哪一天运气走了，说不定就是我们去求着人家了。”

胡覆辙看到许玉银瞥向高垣的眼神，心底“咚咚”打鼓。他感觉许玉银要放狠招了，连忙找补道：“你说得对！那等哪天还是约他一起吃个饭吧？给他道个歉？高垣你哪天有空？”

高垣没有回答，他靠在沙发上，腿一直在抖，表现得很不耐烦。

胡覆辙装作没看见又转向许玉银，他凑到她耳边解释道：“他刚给情敌打了个电话，被人撅了，心情不好。”

许玉银怎么会不清楚他，她没好气道：“你少在这儿装好人，周黎云的号码是谁给他的？”

胡覆辙连忙道：“其实打个电话说清楚也挺好的，好好沟通总比打架强吧。”他突然肉麻地眨了眨眼，“放心，你和周黎云的关系我一点儿没透。”

“谁要你保密了。”许玉银一把推开他的脸。

胡覆辙被推得一歪，高垣也回过神，他看都没看二人，起身就要走。

“你干吗去？”胡覆辙连忙问。

高垣不理他。

许玉银道：“是不是要去找方晶晶？”

高垣瞪她一眼，说了句“你少管”就接着往前走。

你以为我想管！许玉银在心中大骂道。

“我前几天和晶晶见了一面！”许玉银道。

高垣停住脚步，他站在门口，迟疑地看着许玉银。

“我们聊了你。”

胡覆辙悄悄朝许玉银比了个大拇指。

许玉银忍无可忍，一指门口对他喊："你给我出去！"

"啥？"胡覆辙蒙了。

许玉银没有废话，直接把胡覆辙推了出去。

胡覆辙虽然不乐意，但在门口拍了两下也就放弃了。

"放心吧，他在这儿宾至如归。"许玉银转头对高垣说。

接着，她把灯开得大亮，示意高垣坐下，她也跟着倒在沙发上，脸上露出了疲态。她望着门，忽然轻声说了一句："我太了解他了……"

"你说什么？"高垣一脸困惑地看着她。

许玉银笑道："我说，我和周黎云认识。"

"什么？"高垣一下子弹起来。

"没什么。"许玉银一本正经道。

"我都听见了！"高垣急得捶沙发。

许玉银笑起来，又叹了一口气："周黎云确实比你成熟，他一直很受欢迎，脸不是一切。"许玉银敲了敲桌子，"有的人更在乎脑子。"

"你什么意思？"高垣恼羞成怒。

许玉银面不改色："还有性格。粉丝不常说一句话，'始于颜值陷于人品'，谈恋爱也是如此。"

高垣怒道："你意思是我人品不好？"

许玉银摇头："我当然觉得好，但是方晶晶和我想的不一样，因为我们在你身边的位置不一样。"

高垣听懂了她的话。

许玉银问："你觉得方晶晶为什么会和你分手？"

"我不知道！她……她……"高垣摇了摇头。

许玉银静静地看着他。

"她就是……不爱我了。"

高垣望着自己的双手，终于将自己藏在心底不敢承认的话说了出来。

"方晶晶不爱我了，所以她才会和我分手，所以她才能那么轻易地和周黎云在一起。也许她从来就没有爱过我……"

许玉银听到这儿悄悄翻了个白眼。她理解高垣的心情，但她还是受不了他泪眼婆娑的样子。

她说：“他们还没在一起。”

高垣一下抬起头，傻傻道：“但晶晶跟我说她对他有好感……”

“有好感又不代表就要在一起，他们才认识不久。”

“可她已经不喜欢我了……”

许玉银道：“那你就放弃。”

高垣想也不想就答：“不可能！”

许玉银循循善诱：“没什么不可能，时间会治愈一切。”

高垣摇头：“她不一样。”

“她有什么不一样？”

高垣低着头，没看她。

他悄悄地吸气。

许玉银沉默了许久，最后叹道：“既然放弃不了，那就努力让她重新喜欢上你。”

高垣抬起头看着她，眼泪挂在他的睫毛上，沾在他的嘴唇上。

“她还会喜欢我吗？”他问。他从未显得如此普通，他已经失去了所有信心。

许玉银也有过这种时候，从前对你那么好的人突然有一天对你不理不睬了，你就会开始怀疑自己，怀疑一切。

许玉银撇开纷乱的思绪，安慰他：“俗话说，衣不如新，人不如旧，更何况是你。”

高垣抹了抹脸，他哭的时候无声无息，只是默默掉泪。

许玉银递给他一张纸：“那么回到刚才那个问题，你知道方晶晶为什么要跟你分手吗？”

高垣摇摇头。

许玉银说：“不，你是知道的，她告诉过你。”

高垣仍旧一脸茫然。

许玉银拍拍他的肩：“好好想一想，她为什么离开你。只要想明白了这个问题，你就还有机会。”

“真的吗？”高垣仍然不敢相信。

“当然。”许玉银笑道，“告诉你一个秘密，我们的心会因为受到伤害而关闭，但又总是会留下一道缝隙，因为感受过爱的心不会再完整，它有一部分始终在别处。”

第七章 缓冲时间

高垣经过许玉银的点拨，感觉是懂了点……但又没完全懂。

他问许玉银下一步该怎么办，许玉银二话没说就把他……送回了家。

高垣不愿意，嚷嚷着要去找方晶晶。许玉银不让他去，她说：“你需要先思考，谋定而后动，不要冲动行事。”

冲动是魔鬼，高垣心有余悸。

他当时就是因为一时冲动跑去跟方晶晶提了分手，然后就上了她的当，弄得现在人不人鬼不鬼，覆水难收……

高垣乖乖地回了家。

到家之后，他往地上一躺才发觉自己确实累了。怎么能不累呢？一杀青就脱了戏服去赶飞机，回来后连口水都没顾上喝就先去和“情敌”宣战……还被反将一军。

高垣想到这儿又开始不甘。他翻了个身，脸贴在地板上。这屋子隔音做得非常好，除了自己的呼吸声他什么都听不到，他呆呆地望着不远处的桌角，开始思考。

一思考，方晶晶的脸就跃然而出。

还有周黎云那一声声极其刺耳的“晶晶！晶晶”。

高垣咬牙：轻浮！一看就是个花花公子！

还是个很有心计的花花公子。

——“我一定会把你的话转告给晶晶的。”

周黎云的声音突然在耳边炸响，高垣一下就清醒了。

他差点忘了，这心机男打算去告他黑状！

高垣慌了，他是个演员啊，他怎么能这么没有警惕性！

电视剧里最常见的桥段是什么？是男女主明明相爱却因为误会而不能相守！那这误会是怎么来的呢？就是各路对男女主爱而不得的男配女配搞出来的啊！

他还思考什么啊！这个姓周的现在说不定正在晶晶面前大讲他的坏话！诋毁他的人品！

想到这儿，高垣一下子从地上弹了起来！

史红艳把金锁挂在了牛牛的小床上，牛牛在床上一动那个锁就跟着摇。方晶晶看着担心，牛牛力气不小，一兴奋双腿就在床上乱蹬乱踢，那锁就荡得跟游乐园的海盗船一样，她生怕这锁荡下来砸到牛牛身上，她想解下来，史红艳却说没事。

她特别有信心，说：“这锁是保佑牛牛的，不会掉的。”

方晶晶仍然不放心，史红艳却像看稀奇似的瞧她，还说：“你妈一直说你心大，脑袋空空天天傻乐，我看你啊，明明是想得太多。”

方晶晶解释道：“我这叫防患于未然。”

史红艳摇摇头：“你这叫悲观。”

方晶晶哭笑不得，正要再争辩一番，史红艳突然问：“那个许姐是做什么工作的？”

方晶晶睁着眼睛开始瞎编：“会计！她在外企当会计，她是老会计了。”

史红信马上就信了：“怪不得，她看着就有能力，又可靠。”

方晶晶“嘿嘿”笑。

史红艳没笑，她拨动着金锁说：“你和她关系好吗？要不我把钱给你，你去还给她，这锁实在是收得我心不安……”

“不安什么呀。”方晶晶连忙安慰她，“你不都说这锁保佑牛牛吗？而且我平时也没少帮她的忙，你就放心收下吧。”

史红艳笑起来，问道：“你给她帮什么忙？”

“我帮她……我帮她遛狗了！”方晶晶假笑道，“我还帮她喂猫，她老不在家，家里猫猫狗狗没人管。”

史红艳不理解：“养这些东西干吗？她没孩子吗？”

方晶晶说：“没有。”

史红艳一听更惊讶了：“她这个年纪，不会还没结婚吧？”

方晶晶如实相告：“结了一次，后面离了。”

史红艳问：“为什么呀？”

方晶晶随口说道：“因为胡……因为她前夫人不咋样，过不下去就离了。”

“那孩子判给她前夫了？”

“他们没孩子。”

史红艳好奇道：“怎么会没孩子？他们结婚多久了啊？”

方晶晶无奈道：“舅妈，你怎么比我还八卦。”

史红艳叹息道：“我是不明白，看着那么好的一个人怎么会把日子过成这样？”

方晶晶道：“哪样？我看她过得蛮好的，没孩子有房子，还有车，不知道多逍遥。”

史红艳看着她的模样，摇摇头小声说：“我看你妈说得没错，你呀，还是个傻子。”

方晶晶一笑：“傻人有傻福。”

史红艳正要说话，门铃忽然响起来。

方晶晶忙起身，她边走边回头对史红艳笑：“舅妈，你发现没有，自从你来了之后我这儿就变热闹了。”

史红艳嗔道：“还没说你两句就嫌我吵了，行，我明天就走。”

方晶晶连忙摆手讨饶，叫屈道：“我可不是这个意思！我巴不得你别走，你走了我连口热饭都吃不上了。”

史红艳被方晶晶说得笑起来，她低头看向牛牛，又想到了他的妈妈，心里却已经不像刚开始那样痛了。其实晶晶和永爱一点儿都不像，虽然她俩从小一起长大，但两人性格可是天差地别。但史红艳知道，这世界上最舍不得永爱的人，除了她，就是晶晶了。和晶晶在一起，她能常常提起永爱，感觉很自然，就好像永爱当年在外地读大学时一样，不过这次永爱跑得太远，她暂时去不了。

史红艳想到这儿抬起头朝晶晶看去，她还想说点什么，但晶晶此时已经打开了门。

门一开，史红艳所有的话就都消失了，刚才那些柔软如在云端的心情也消失了。

门外站着一个不断提醒她现实是多么残酷的人。

“姐夫……”

方晶晶这一声叫得很犹豫。

门外的男人应得也很尴尬，方晶晶叫完，他脸上挤出一个笑，笑的时候眉头还是皱着的。

“晶晶，好久不见。”他朝史红艳望去，又叫了一声“妈”，此时脸上的笑已经完全变形了。

方晶晶扶着门，不想放他进屋，但史红艳却答应了一声。

她微微点头，对男人说：“明忠，进来吧。”

杨明忠就走了进来。

方晶晶这才发现其实他也没有很想进屋，他一步一缓的，看着跟在走吊桥一样。

杨明忠走到沙发前，史红艳叫他坐，他才坐下。

坐下后，他也低着头，看着像个犯人。

方晶晶也走到了史红艳的身边，史红艳扭头示意她把牛牛从小床上抱起来。

方晶晶一抱起牛牛，杨明忠就说话了。

他看看史红艳，然后对方晶晶说：“我来接牛牛。”

史红艳问："接去哪儿？"

杨明忠说："接回我家。"

这句话一下就让史红艳的声音里带上了怨气。

她不冷不热道："呵，你家！"

杨明忠手足无措，他不敢看史红艳，只能望向方晶晶。

方晶晶面无表情，此时她很想问他一个问题：你还记得方永爱是谁吗？

"那也是永爱的家。"史红艳说。

杨明忠喃喃："我不是这个意思……"

史红艳道："行了！不用说了，我知道你什么意思，你走吧，牛牛你今天接不走。"

"那明天我再来……"

"明天也不用来！"

杨明忠还没有说话，史红艳就发火了。

她道："你说得对！那是你家，你和你老爹老妈的家，你们一家三口现在在那儿住着，永爱的照片一张都找不到了！把牛牛接过去干吗？接过去把他教得不认识妈妈？我告诉你，你想都不要想！"

杨明忠急忙解释道："照片没丢，都收起来了，妈，你别多想……"

史红艳怒道："我怎么能不多想？连婚纱照都取了，永爱的衣服也一件没留，你是一点痕迹都不想留啊，杨明忠，你什么意思？"

杨明忠惶惶道："那是我妈说留着这些不吉利，所以才拿去烧了的……"

听到这句话，史红艳气得嘴唇都在抖，她指着杨明忠喊："你给我滚！牛牛是我女儿生的，跟你家一点关系都没有！"

杨明忠像个木偶似的慢慢站起来，他又叫了一声"妈"，似乎还想再求她。

史红艳恨道："别叫我妈！我不是你妈！我比你妈有良心！"

杨明忠一下子僵住了，他脸色难堪，看了看史红艳，然后又望向了方晶晶。

方晶晶看到他的脸色，不由得紧张起来。

杨明忠往前走了一步。

史红艳站起来拦在他面前。

“你干什么？我让你走！”

“我要带牛牛回家。”

杨明忠还要往前走，史红艳立刻去推他。杨明忠却拂开她的手，硬往前挤，史红艳被挤倒在沙发上。

“杨明忠！”方晶晶急了，她又想扶史红艳又想给杨明忠一巴掌，但她手里抱着牛牛。

史红艳冲她喊：“跑！你快跑！不能把牛牛给他！”

老天啊！这什么狗血电视剧啊！

方晶晶破口大骂，一边骂一边往外跑。杨明忠直着眼伸着手，像丧尸一样追在她身后。

方晶晶回头看了一眼就吓住了，她跑到门口准备冲出去，结果一打开门就撞进了一个怀里。

那人双手揽在她背上，稳稳地接住她。方晶晶一抬头，眼前出现的是高垣那张又漂亮又错愕的脸，她来不及欣赏，只冲他说了两个字——

“打他！”

“啊？”

高垣一脸蒙地抬起头，只看到一个男人过来了，他脸色凶恶，目露凶光，还想扒拉方晶晶，于是高垣想都没想，就先给了他一拳。

高垣这一拳正中靶心，杨明忠“嗷”一嗓子就捂着鼻子仰面倒地上了。

方晶晶见状有了主意，既然打得赢还跑什么？

她一转身冲跨过杨明忠，对高垣一点头：“你，进来。”

高垣进来后，她就让他关上大门，而后她又把史红艳扶了起来，把孩子塞到史红艳怀里。

史红艳一边麻利地接过孩子，一边小声问她：“这人是不是高垣？”

方晶晶匆匆点点头，史红艳又惊又奇道："他怎么比电视上看着年轻些？他是不是比你小？"

"他比我大两个月。"方晶晶一边回答一边推她走，"你先到卧室去，我来和杨明忠谈谈。"

史红艳一下急了，挣开她说："还有什么好谈的！叫他滚！"

方晶晶安抚道："滚肯定是让他滚的，屁滚尿流地滚，你放心吧，你先进屋待着，待会儿不管听到什么动静都别开门，也别害怕。"

"我怕什么！你赶紧让高垣再给他两拳！"史红艳骂道。骂完，她狠狠地瞪了一眼还躺在地上的杨明忠，又朝高垣看去，看着看着脸上的表情突然又有点犹豫。

方晶晶早就料到了。果然，史红艳对她悄悄叮嘱道："杨明忠没用得很，那个，你还是让小高别再动手了，小心闹出事。"

方晶晶叹道："放心吧，不会再打他了。"

史红艳这才放心地进了卧室。

史红艳一走，方晶晶就走到了高垣身边，他还没缓过劲儿来，拳头还握得死紧，上头红了一片，一看就知道没打过人。方晶晶忽然有点后悔把他留在这儿了，于是试探地说："要不你先走吧？这是我的家事，你在这儿怕是会有麻烦。"

高垣一脸茫然，但头摇得很利落："我不走。"

方晶晶鼓励地拍了拍他的肩。

这两下给高垣拍得昂首挺胸，他朝方晶晶露出一个"你安心"的笑容，而后一步跨在她前面。

电视上都是这么演的，面对危险一定要挡在她身前，并大喊：有什么事你冲我来！

高垣正准备喊呢，方晶晶却突然从背后用力地推了他一把，高垣回头看她。方晶晶抱怨道："你站得离我那么近干吗？鼻子差点给你撞飞。"

"哦，知道了。"高垣委屈又谨慎地往前挪了两步。

方晶晶没空理会他的小情绪，她抱着双臂踮起脚，越过高垣的肩膀头看着地上的杨明忠。

高垣转头小声问她："这人是谁啊？"

方晶晶道："我前姐夫。"

高垣道："前姐夫？他来干吗？"

方晶晶刚要说话，地上的杨明忠动了。

高垣马上闭嘴，他又往后退了一步，把方晶晶挡得更实了。

杨明忠摇摇晃晃地站了起来，他松开手，鼻子和嘴周围糊得都是血，看上去有些骇人。方晶晶推了推高垣，高垣不动，方晶晶只好喊："杨明忠，你先去沙发上坐下。"

杨明忠跟被掏了脑子似的，直愣愣地看了她这边一眼，接着转身慢慢朝沙发边走过去了。

杨明忠坐下后，方晶晶和高垣两人也过来了，他们没坐，方晶晶戳了戳高垣，让他抽张纸给杨明忠。

高垣照做，不仅递纸还体贴说明："你擦擦脸吧。"

杨明忠接过纸巾，都没多看他一眼。

方晶晶觉得他没认出来高垣，可能真的是被打蒙了。

方晶晶脸一沉，说："杨明忠，你还记得你刚才做了什么吗？你把你丈母娘一把推地上了。"

杨明忠终于开口，语速很慢，狡辩得很吃力："我……没有……我……不是……有心的……"

听完这话，方晶晶放下了一半的心，她今天势必要把这浑蛋骂个狗血淋头！

她说："有心没心也不用说了，反正人是摔了。永爱姐才走多久你就这么对她妈妈，你扪心自问，你觉得这件事你做得有道理吗？"

高垣听到这儿总算摸着了头脑，他知道面前这个男人是谁了。他想起上次方晶晶提起"永爱"这个名字时的表情，忍不住回头看看方晶晶，虽然现在她气势汹汹，但脸上的表情依然很难过。

高垣立刻想安慰她，但是刚张张嘴，她就瞪了他一眼。

高垣立刻闭上嘴。

"我只是想带牛牛回去，牛牛……"杨明忠边说边流眼泪，痛的，他摸了摸鼻子，龇牙咧嘴。

杨明忠说：“牛牛是你姐给我留下的唯一念想了，我想让他留在我身边，妈太不讲理了！”

“妈？你还知道那是你妈呀？”方晶晶冷冷道，“我看你刚才那副凶神恶煞的样子可没把她当妈。”

杨明忠没作声。

方晶晶忽然想起以前方永爱和她说的话：“杨明忠没理的时候就说不出话，所以我们从来不吵架，他根本吵不赢我。”

方晶晶接着道：“我舅妈就我姐一个女儿，论起感情来，她比你更应该留下牛牛，牛牛才是她最后的念想。”

“而且，我姐给你留的念想可不止牛牛。”方晶晶话里开始冒出火来，“她的衣服、照片、大大小小的遗物不都在你那儿吗？我看你也没把它们当回事儿，我姐一走你就恨不得都扔了！”

“是我妈要扔的。”杨明忠还是这套说辞。

方晶晶嘲讽道：“你妈你妈，你妈是金刚还是灭霸？你都三十多了还天天把妈甩出来背锅，你对得起你妈吗？”

“方晶晶，你还有没有素质！”一提起妈妈，杨明忠就跟炸了一样，声音一下子就大了。

但方晶晶一点都不怕，反而笑了，她说：“好，不说你妈，我专注骂你。”

杨明忠怒道：“你凭什么骂我！以前我和你姐对你……”

“少提我姐！”方晶晶也炸了，她从高垣背后跳出来，走到了杨明忠面前。

她深深吸口气，平复了一下心情道：“是，你不乐意挨骂，那你妈做的那些事难道是为了挨骂吗？肯定不是，她肯定是说‘我是为了你好啊’，你一听就什么话都说不出来了，对不对？我还记得以前去你家吃饭，桌子上总有你喜欢吃的菜，我姐原来根本不会做饭，是跟你谈恋爱之后她才学会的，她不光给你做饭，还给你洗衣生孩子，你说，她对你好不好？结果呢，你藏着她的照片，烧了她的衣服，相信她死了之后会变成怨鬼，会来给你添堵会害你的命？杨明忠，你是人吗？

你有良心吗？”

杨明忠突然抖得厉害，央求道：“别说了……”

方晶晶却不放过他，步步紧逼道：“我偏要说！你猜方永爱现在在想什么，她在天上看着你干的这些事会怎么想呢？我猜她一定在后悔，一定在痛骂自己，她骂自己瞎了眼，当初为什么会嫁给你！”

杨明忠一句话都说不出来，但呜咽的声音怎么也掩盖不住，他扶着膝盖，哭得人都折了起来。

他边哭嘴里还喊着“永爱”，看着和刚才怒不可遏，要跳起来打人的王八蛋判若两人。

方晶晶望着他的惨相却无动于衷，她嘲弄道：“她听不见的，你不是生怕她听见吗？”

杨明忠走了。

他走了之后，史红艳也没出来。方晶晶进卧室去看，牛牛躺在床上一个人玩得可开心了，史红艳望着他笑，眼下却是湿润的。史红艳对她说：“你先出去吧，我把牛牛哄睡着了再出来。”

方晶晶知道刚刚他们在外面说的话她全都听见了。

方晶晶轻轻带上门，回到了客厅。高垣还站在原地，难得一见的拘束样。见他还会看脸色了，方晶晶哭笑不得，只得指着沙发道：“坐下吧。”

高垣这才坐下，方晶晶和他隔着一个位置也坐下了。

“呼……”一坐下，方晶晶就情不自禁地长出了一口气。

高垣条件反射地跟着动了下，想往她身边挪挪，但看方晶晶动弹不得的样子，想了想，就又没动。

他看着她，她头往后靠在沙发上，眼睛望着天花板。

“你累吗？”高垣忍不住问。

方晶晶回：“你说呢。”

高垣没再说话。

他静了太久，让人不习惯。方晶晶费力扭着脖子朝他望去，她以为他肯定在委屈生闷气，沉着一张脸，用那种“你对不起我”的眼神在拷问她，但没想到高垣却没看她，他坐在那儿，侧脸的角度极其美好，但是他浑然未觉，竟然专注地在想些什么。

“你干什么呢？”方晶晶不禁好奇起来。

“我在想你表姐。”高垣答。

“我表姐？”

“还有你表姐夫。”

“前姐夫。”方晶晶强调。

“我在想你前姐夫刚刚为什么哭。”

方晶晶得意道：“被我骂哭的。”

“你刚才说了那句话他才哭的。”

高垣很笃定，他刚才一直观察着呢。

“哪句话？”方晶晶问。

“就你说的那句话，你说，‘如果我姐看到你现在的样子，一定会后悔当初嫁给你’。”

方晶晶没说话。

“就是这句话，你说完他就哭了，哭得稀里哗啦的。”高垣说到这儿想起杨明忠刚才那眼泪鼻涕一起流下的模样，恶心得连鼻子都皱起来了，原来人真的伤心痛哭的时候是好看不起来的。

方晶晶见状开玩笑道：“他一哭你也想哭，是吧？”

高垣认真回答：“那倒没有，我只是……有点感同身受。”

“你为什么感同身受？”

高垣不好意思地说：“我每次哭不出来的时候也想，如果你死了……”

方晶晶捡起一个抱枕就砸到他脸上。

高垣乖乖挨砸，砸完还顺手接住了枕头。

方晶晶怒道：“你就不能想我点好？你怎么不想你自己死了？”

高垣诚实道：“想了，但我哭不出来。”

方晶晶一笑：“我也哭不出来。”

高垣愣了下才反应过来她的意思，他心里一酸，刚要说话，外头又有人敲门。

“怎么还有人啊，今天还真热闹。”方晶晶嘟囔道。

高垣脸色一变：“会不会是你前姐夫来了，他反悔了，又回来抢孩子了？”

“那也太不要脸了吧。”方晶晶虽然这么说，但人也警惕起来。

她起身朝门口走，高垣跟在她身后。

“你家怎么没有猫眼儿？”他问。

方晶晶答：“堵住了。”

高垣随口说：“这也太不安全了，你换个地方住吧。”

方晶晶直接没理他。

两人来到门边，方晶晶对着门问：“谁啊？”

外面的人答：“是我。”

方晶晶一愣，她认出了这个声音。

但高垣没有，而且他还对这个自信满满的回答莫名地很讨厌。

他没好气道：“你是谁啊？”

外头的人听到他的声音也静了片刻，而后终于报上了姓名。

外面的人答：“周黎云。”

“不许开门！”

在听见周黎云的名字后，高垣表情立刻变得十分紧张，样子可疑，还挡在方晶晶前面，不许她去开门。

方晶晶当然没答应，她无视他的抗议，推开他的手直接打开了门。

门外站着周黎云，他穿了一件白衬衫和黑色长裤，气质清爽至极，但高垣还是一见他就腻。

进屋后，周黎云先瞥了高垣一眼，而后对方晶晶露出了一个笑容。

方晶晶本来想要解释一句，但周黎云反应淡定，她便也觉得没有必要多此一举，于是她转而问：“你怎么来了？有什么事？”

周黎云回答：“没什么事就不能来看看你吗？”他说完瞟一眼高垣，又补了一句，“有些想你。”

这句话……不仅让方晶晶面露惊讶，也让高垣握紧了拳头，他嫌恶地望着周黎云，嘴里发出“咯咯咯”的磨牙声。

就是这个声音！周黎云暗暗点头，同时对高垣笑得更灿烂。

方晶晶看着两人，只觉得气氛诡异。她正想找个理由把这两人一起赶出去，史红艳忽然从屋子里出来了——她在卧室里听到外面的动静还以为出了什么事，结果一出来看到的情景……似乎和想象的不一样。

两男一女，还恰好站成了个三角形。

史红艳在心里摇头，但毕竟是过来人，于是她先给外甥女发送了一道“你给我等着”的眼神，而后很从容地冲周黎云笑了笑，开口道：“晶晶，这位是？”

方晶晶介绍道：“这位是我跟你提过的，我老板，周黎云。”

她又对周黎云介绍：“这是我舅妈。”

周黎云笑道：“阿姨你好。”他还伸出手和史红艳握了握。

嘁！高垣不屑，假死人！

史红艳态度很热情：“你好，原来你就是小周啊，你好你好，你坐啊，大家都坐下聊吧。”

她说最后一句时一直望着高垣，因为他看着不太高兴，挂着脸、倒着个眉站在那儿，那么高大个的男人看着像受了多大委屈。

这明星果然不是谁都能当的，史红艳心里赞道，连哭丧个脸都好看。

方晶晶只当史红艳是客气，随口说道：“他俩还有事要忙，就不坐……”

她话还没说完，高垣就先走到桌子边坐下了，坐得稳稳的，像不准备再起来似的。

他坐下之后，周黎云就跟收到了什么信号一样也跟着过去坐下了。

方晶晶一句话都不想说了，她抱起双臂，看这两人到底演哪出戏。

只有史红艳还不明所以，说：“坐这儿干吗？有沙发啊，去那儿坐吧。”

高垣硬邦邦地解释道：“不好意思阿姨，我最近腰疼，要坐硬一点的凳子。”

史红艳只好看向周黎云：“那小周你……”

周黎云笑眯眯道：“没事儿阿姨，我坐哪儿都可以。”

那干吗非得坐我对面！高垣边腹诽边瞪他。

史红艳笑道：“行，那你们先坐，我去给你们倒杯水。晶晶，过来倒水！”

方晶晶警告地看了高垣一眼，转身跟着史红艳进了厨房。

她一进去，史红艳就拉着她道：“这怎么回事儿啊？怎么又是高垣，又是这个姓周的？他们俩跟你都什么关系啊？”

方晶晶无奈道：“我都说了，周黎云是我老板，高垣……你不都知道嘛。”

史红艳瞪她一眼：“少跟我嬉皮笑脸，你当你舅妈是傻子？”

方晶晶干笑。

史红艳皱着眉严肃道：“你跟那个姓周的确定关系了？”

方晶晶摇头。

史红艳问：“那你跟高垣没分手？”

方晶晶翻了个白眼：“分八百年了。”

史红艳问：“那分都分了他怎么还往你这儿跑？”

方晶晶随口道：“他是个傻子。”

史红艳拍了她一下：“怎么说话呢？人家刚才也算帮了你。”

方晶晶想起高垣发红的拳头。

史红艳又问：“那这个姓周的是你叫来的？”

方晶晶摇头：“不是。”

“他来干吗？”

方晶晶想起周黎云那句“有点想你”，但她不可能把这话告诉舅妈。

她回答：“他找我有点事，公事。”

“呵呵，公事。”史红艳撇撇嘴，一句都不信，当她没搞过对象啊？

而此时客厅里，周黎云也和高垣聊起了天。

他说：“哦，对了，忘了问了，高先生来这里有何贵干？”

高垣道：“反正跟你没关系！”

周黎云笑道：“是吗？我还以为你害怕了。”

“笑话！我怕什么！”高垣叫嚣。

“怕我跟晶晶告状啊。”周黎云道。

高垣冷哼道：“我才没你这么幼稚。”

周黎云笑道：“是啊，是很幼稚，前女友已经开始了新生活还纠缠不休，这种行为不仅幼稚，还很没有风度。”

高垣咬紧牙关，一言不发。

周黎云脸色诚恳地道：“如果我是你，我会放弃，晶晶显然很讨厌你。”

高垣忍无可忍：“你少在这儿挑拨离间！”

周黎云嘲弄地看着他：“我说的是事实。”

高垣语气坚定：“我不会信你的鬼话。”

周黎云微微一笑，他没再说什么，转头朝厨房望去。

史红艳和方晶晶从厨房出来了。方晶晶将两杯水分别放在了两人面前，而后她就近坐在了周黎云身边，而史红艳就坐在了高垣那边。

高垣的脸色一僵，飞快地看了一眼方晶晶，而后状若淡定地拿起面前的水，喝了起来。

周黎云此时开口道：“不好意思，阿姨，我这次来得匆忙，没给您带礼物，要不我请您跟晶晶吃个饭吧？明晚行吗？”

史红艳摆手道：“不用不用，你是晶晶的老板，该我们请你吃饭才对，谢谢你这么照顾晶晶，给她批了那么久的假。”

周黎云笑道：“阿姨，不用跟我客气，这是我该做的，其实晶晶和我……”

他话还没说完，高垣忽然重重地咳嗽了一声。

桌上几人顿时一齐看向他。

高垣捂着嘴矜持道：“不好意思，胃突然有点不舒服。”

周黎云笑道：“是吃坏了东西吗？”

高垣冷冷地道：“是看见了脏东西，恶心。”

周黎云听后一脸惊讶，他看着史红艳，语气带着歉意道：“我觉得这里很干净，收拾得也很整洁。”

高垣愣了一下，接着脸就气红了，他脱口而出：“你少给我装蒜！”

方晶晶一点都不吃惊，史红艳表情尴尬，想劝又不知道该怎么开口。

好戏还在继续。

周黎云坦然道：“我不懂你的意思，我觉得我们可以好好聊一聊。”

高垣怒道：“我跟你没什么好聊的！”

周黎云道：“你好像很讨厌我，我不知道我哪里做得不对，但我先跟你道歉，请你先冷静一下。”

高垣简直要气炸了，为什么这个周黎云能将一句普普通通的话说得像小刀扎心似的。

高垣吼道：“我不需要你假惺惺地道歉！我……”

周黎云打断他道：“家里还有小孩儿，麻烦你小声一点，不要迁怒无关的人。”

高垣快憋死了，他手足无措地望向方晶晶，而她却是一脸冷漠。

自从周黎云出现后，她就对他视而不见了，难道周黎云说的是对的？

难道所有人都知道？

“你讨厌我是不是？”高垣忍不住问。

方晶晶听到这话脸色不变，只是对史红艳道：“舅妈，牛牛好像醒了，在哭，你要不要进去看看？”

“哦……”史红艳一边答应着，一边犹犹豫豫地站起来，她望着方晶晶，方晶晶对她点点头，又给了她一个“我搞得定”的眼神，史红艳这才不放心地走了。

方晶晶这才松口气，她可不想让长辈听见高垣那些傻话。

听到史红艳关门的声音后，高垣听到了方晶晶的回答。

她说：“你又在发什么疯？”

高垣还是那句：“我问你，你是不是讨厌我？”

方晶晶表情很尴尬，因为她看见周黎云正兴味盎然地看着高垣，像在看一只会说人话的猴子。

她恼怒道：“你闭嘴行不行！”

“回答我！”

高垣这突如其来的一嗓子吓了方晶晶一跳，一股无名火也刹那间蹿上了头，她怒道：“好，我讨厌你，我看见你就烦，行了吧？你满意了吧？”

“我超满意！”

高垣大声回答并起身就走，他站起来时力气太猛把自己刚才坐的椅子给带倒了。

方晶晶也站了起来，冲着他的背影喊：“高垣你神经病！你这样鬼才会喜欢你！”

高垣道：“那就让鬼来喜欢好了！你去喜欢人不人鬼不鬼的男人好了！反正你眼光差！差透了！”

方晶晶气得扯下脚上的拖鞋就朝他砸过去。

拖鞋砸到了高垣的背上，他停下了脚步，在原地站了三秒后猛地转身又往回走。

他走到了方晶晶面前。

方晶晶怒视着他。

周黎云上前一步，挡住了方晶晶。

高垣心想，这一幕似曾相识，不过这次反派是他自己。

原来他根本不是她期待的英雄。

高垣扯了扯嘴角，做反派其实很好，可以在最凄惨的时候大笑。

他笑着对周黎云说：“干吗？想英雄救美？可惜我想揍的人不是她，是你！”

话音刚落，高垣就一拳朝周黎云挥了过去，方晶晶尖叫一声，周黎云倒在了地上。

高垣却看都没看周黎云，只望着方晶晶嘲笑道：“怎么样？我就说你眼光差吧，这么弱的男人你也看……”

“砰！”

这一声又实又重，方晶晶脑子里突然出现汤姆猫撞墙的画面，汤姆猫掉下来后，那个墙上还会留下一个猫形……

高垣话还没说完，周黎云就从地上跳起来给了他一拳，周黎云表情轻松，拳头却是又硬又狠。

这回终于换高垣两眼一翻，直挺挺地倒在了地上。

"他居然打你的脸！他怎么能打你的脸！"

胡覆辙看见高垣的脸之后暴跳如雷，叫嚷着要去找周黎云算账。

许玉银拦住了他，虽然她脸色也不太好看，但理智尚存。

她问高垣："周黎云为什么打你？"

高垣还没回答，胡覆辙就喊："为什么？不管为什么都不能打人！还打脸！他就是坏！他就是故意的，他明知道高垣靠脸吃饭还打他脸，这浑蛋……"

"你能不能闭上嘴？"许玉银忍无可忍。

胡覆辙不满地嘟囔："你怎么胳膊肘向外拐……"

许玉银一句话都不想说了，只想一脚把他踹出去。

躺在床上的高垣没理会二人，他手里捧着镜子，照了一会儿就放下了。

胡覆辙见他表情恍惚以为他被吓到了，连忙安慰道："没事儿，很快就会消肿的，不会留疤的。"

高垣直着眼不说话。

许玉银见状又补了一句："医生说没事儿，只是皮外伤，没有碰到骨头，过几天就会好的。"

高垣还是不说话，仿佛根本没听到他们的话。

胡覆辙脸色忧愁，他凑近许玉银小声道："怎么回事儿？是不是打到头了？"

许玉银瞪他一眼："你少放屁！"

胡覆辙正要说话，高垣忽然开口，说："你们都出去吧，我想一个人待会儿。"

胡覆辙和许玉银面面相觑，都感觉到了不同寻常。二人看了看高垣的脸色，也不知道该说什么，只好默默出来了。

一出来胡覆辙就唉声叹气，许玉银没空理他，直接拿出手机开始给各处打电话。

胡覆辙看见了就亢奋，堵着她说："你给谁打？是不是周黎云？你叫他给我等着，我马上就来！"

许玉银道："你大可以去找他单挑，周黎云练过空手道。"

胡覆辙道：“我还练过泰拳呢！”

许玉银再不搭理他，忙着给高垣请假。

胡覆辙见她不理自己，只得空挥了几下拳，而后便若无其事地玩起了手机。

几个电话打完之后已经是深夜，许玉银倒在沙发上闭目养神，胡覆辙十分殷勤地倒了杯水给她。

许玉银摆摆手：“给我酒。”

胡覆辙劝说：“大半夜的喝什么酒啊？喝水吧，对皮肤好。”

许玉银接过杯子叹道：“唉，最近就跟踩了屎一样，倒霉透了，回回伤的都是脸，脸一伤连人都见不了……”

胡覆辙听了一拍大腿：“还真是！上次是面瘫现在又是脸上挨了揍，看来是走霉运了！哎，是不是有人咒高垣呢？要不我们带他去庙里拜拜吧？明天就去！”

许玉银随口道：“去你个头。你看高垣现在那个样子，他能跟你出门吗？”

胡覆辙道：“那就我们俩去！对，我们先去给他踩踩点儿！”

许玉银听得直摇头：“停！你先对菩萨尊重点儿吧，不然我怕你一进去就先遭雷劈。”

胡覆辙叹口气，说：“我这也是着急，你看高垣那个样儿，看得人心疼……”

许玉银听到这儿忽然放下杯子坐了起来，拿起手机自言自语：“对了，差点忘了。”

胡覆辙忙问：“你又给谁打电话？是不是周黎云？”

许玉银对他翻了个白眼：“我给方晶晶回个电话，她刚才给我打了个电话，我占着线没接。”

胡覆辙撇撇嘴，小声道：“给她打干吗？其实说来说去这事儿都赖她……”

“嘘！”许玉银伸出一根手指用力点了点他。

胡覆辙不情不愿地闭上了嘴。

许玉银白了他一眼，拿着手机起身走开了。

胡覆辙望着许玉银的背影思考了一会儿，悄悄站起来去了高垣的房间。

屋子里一片漆黑，胡覆辙打开灯，看见高垣背对着他躺在床上，床上枕头都在，地上也啥都不多。

胡覆辙心里警铃大作：不对劲儿，太不对劲儿。

按照高垣以往的脾气，他已经做好给高垣买新手机的准备了。

这一定是暴风雨前的平静！

胡覆辙深吸一口气，轻轻关上门，蹑手蹑脚地走到了床边，他一边琢磨着措辞，一边抻长脖子去看高垣。

这时，高垣突然转过头来看着他，说：“别坐我床上。”

胡覆辙捂着心口往后一蹦：“你吓死我了！你没睡着啊？”

高垣没回答，只裹紧毯子翻了个身，换成了平躺着。

胡覆辙走到了床脚的沙发旁坐下，他看着高垣，欲言又止。

高垣瞟了他一眼道：“你有话就说，别用那种眼神望着我。”

胡覆辙好奇地问：“我哪种眼神？”

高垣冷冷地道：“看可怜虫的眼神。”

胡覆辙狡辩道：“你想多了，我那是关怀的眼神。”

“关怀什么？关怀我一拳就被人放倒了。”高垣语气有几分愤懑，说完他翻了个身，整个人往毯子里蜷得更深。

胡覆辙忙安慰道：“小玉说了，那个姓周的练过空手道，黑带呢！能一个打八个！”

“你怎么不说他是叶问？”

胡覆辙假笑：“叶问打的是咏春，扯不上。”

高垣不吭声。

胡覆辙又说：“总之，被他打倒不丢人。”

“我知道。”高垣闷声道。

胡覆辙问：“那你还伤什么心？”

“我只是终于看明白了一件事。”高垣道。

“什么事？”胡覆辙问。

高垣沉默了半晌才回答："……她是真的讨厌我。"

胡覆辙蒙了："谁讨厌你？"

高垣不说话。

胡覆辙恍然大悟："你说方晶晶？"

"嗯。"高垣似乎在笑，"老胡，其实你说得没错，我确实是个可怜虫。"

胡覆辙嗫喏："我可没说过这话啊。"他就在心里想了下而已……

高垣自顾自道："我让一个曾经很喜欢我的女人，变得对我不屑一顾。"

胡覆辙听得不忍："别这么说，晶晶不是这种人，她怎么能对你不屑一顾呢？她多喜欢你啊……"

高垣默不作声，他想起自己倒在地上时眼前一晃而过的方晶晶的脸，她看他的眼神，就像看一个毫不相干的人……

高垣的耳朵里忽然响起一阵尖锐的"嗡嗡"声，里头还夹杂着人声。

一个声音悲愤、痛苦、满是怒气，大吼："都是她的错！"

另一个声音冷漠、麻木、无动于衷，重复着："都是你活该。"

两个声音都很熟悉，两个声音都是他自己。

高垣从嘶叫中夺回自己的注意力，他掀开毯子坐了起来。

胡覆辙还在望着他。

高垣忽然发现胡覆辙看着有些陌生了，明明他们刚认识时，他还不是这张脸，许玉银还想着和他一生一世。

高垣道："人是会变的老胡，你变了，她变了……我也变了。"

胡覆辙听得半懂不懂，顺嘴道："你越变越帅，越变越好！她不喜欢你是她的损失。"

高垣没有作声，看了他一眼就又躺了回去。

胡覆辙不敢再说话，他不想再看见高垣脸上出现刚才那种表情。

胡覆辙站了起来，打开门正要出去，背后忽然响起高垣的声音。

高垣疲倦至极地说："我要好好睡一觉，等我睡醒了，一切都会过去。"

“怎么样？”方晶晶一放下手机，史红艳就发问了，“高垣没事儿吧？伤得不严重吧？”

方晶晶回答：“不严重，就是几天不能见人。”

史红艳道：“那不耽误工作了？”

方晶晶点点头。

史红艳埋怨道：“小周也真是，怎么能打他的脸呢？脸打坏了怎么办？打别的地方也行啊。”

方晶晶忍不住笑：“是他先给了周黎云一拳。”

“那我怎么看小周什么事都没有？”史红艳不解。

方晶晶随口道：“他抗揍呗。”

史红艳叹口气，颠了颠怀里的牛牛道：“真是，男孩儿就是容易急躁，有话好好说嘛。”

方晶晶皱着脸道：“这两人加起来快六十岁了，还男孩儿呢。”

史红艳没理会她的嘲笑，只不住地叹气。

方晶晶听得受不了，劝道：“舅妈，没事儿的，别叹了。”

史红艳道：“我是觉得高垣人还挺好。”

方晶晶问：“他好在哪儿？”

史红艳道：“他还不好？你们都分手了他还来给你帮忙……”

“我又没叫他来……”

“那人家还是来了啊。”史红艳道，“我跟你说，一般人碰到这种事儿都不愿意沾手，怕惹麻烦。高垣还是个明星呢，他不仅没说不管，还给我们出头。唉，今天他要是不在，杨明忠说不定就把牛牛抢走了。”

方晶晶无奈道：“你真别把他说得那么好，他就是个傻子……”

史红艳笑起来，故意道：“好，他傻，那你当初干吗跟个傻子谈恋爱？”

方晶晶正要回答，史红艳就抢白道：“因为你也喜欢傻子，高垣但凡机灵些，你就不可能看上他。”

方晶晶否认：“我看上高垣纯粹是因为他的脸，他长得帅。”

史红艳点头：“确实是帅，你俩要有了孩子肯定好看。”

方晶晶听不下去了，忙把话题从高垣身上扯开。聊了几句后，史红艳也熬不住了，抱着牛牛进屋睡觉了。方晶晶仍然精神抖擞，她一个人坐在外头，脑子里开始重播今天发生的一桩桩事儿，高垣的脸时不时横插进来，蛮不讲理，又可怜兮兮的一张脸。

方晶晶有点烦，也坐不住了，干脆起身在屋子里走来走去。最后，她走到高垣被周黎云揍倒的地方，她低头看着自己脚下的地砖，眼前又出现了高垣当时半闭着眼，大张着嘴，躺在地上的样子。

真该给他拍下来，实在是太傻了。

方晶晶想到此，终于忍不住笑了起来。

"我没打算和高垣道歉，但我想我应该对你说声对不起。"周黎云说。

方晶晶诧异道："为什么要跟我道歉？"

周黎云笑道："因为吓到了你。其实我并不是个喜欢暴力的人。"

"但你的拳头确实很硬。"方晶晶笑道，"许姐没有跟你打电话吗？"

周黎云道："你说呢？她问我是不是脑子出了问题。"

你被高垣传染了吗？这是许玉银的原话。

方晶晶笑道："你们关系真好。"

"但高垣毕竟是她的工作，她很生气，她说再有下次就亲自来以牙还牙。"周黎云说到这儿似乎心有余悸。

方晶晶大笑道："所以说，得罪谁都不要得罪许玉银。"

周黎云苦笑。

"你准备怎么办？"方晶晶问。

周黎云说："我准备请她吃饭，你愿意作陪吗？"

"我作陪？"

"我们一起。"

方晶晶没有立刻回答。她清楚这个邀约的意义，但不清楚自己该不该答应。

周黎云在对面望着她，表情很淡定，却冷不丁问："晶晶，你是不是在生我的气？"

方晶晶立刻摇头，笑道："真没有，我干吗生气？"

“没有就好。”周黎云仿佛松了一口气，他淡淡地笑着，恢复了之前的从容。

方晶晶却更不确定了，她默默地望着周黎云，心里想，他到底是个什么样的人呢？他都为她打架了，她怎么还是一点儿都不了解他？

此时周黎云说：“我觉得……很可怕……”

“你说什么？”方晶晶回过神。

周黎云道：“我觉得你生起气来一定会很可怕。”

“为什么？”

周黎云道：“因为你平时总是笑眯眯，看着好像没有烦恼，什么都不放在心上，但人怎么会没有烦恼呢？所以我猜你都是积攒到一定程度然后……砰！”

方晶晶想了想道：“你说得没错，我好像还真是这样。”

周黎云道：“我猜你肯定做过那种不告而别的事。”

方晶晶避而不答，反问道：“你生气时会怎么样？你会和人吵架还是更喜欢冷战？”

周黎云笑道：“我喜欢大家好好聊一聊，最好不要吵架，冷战更加没有必要。”

方晶晶饶有兴趣地问：“那你一般会怎么聊？”

“就事论事地聊。”周黎云道，“发生了什么，谁在不开心，为什么会这样，该怎么办，弄清了这些事情就会清楚明了。”

方晶晶怀疑道：“我怎么觉得你这是在火上浇油……”

周黎云一笑：“有时候的确会这样，事情清楚了，女朋友也走掉了，连架都没吵过。”

“那你还认为这么做是对的吗？”方晶晶问。

“不知道。”周黎云坦白，“我反省过，也许是我的方法错了，也许是那个人错了。”

方晶晶笑了笑，没说什么。周黎云似乎想再说点什么，最后却又放弃了，他微微笑着，低头端详起眼前的杯子。

两人就这么各怀心事地默默坐了近一分钟，方晶晶正要说话，手机忽然响了，是史红艳打来的。方晶晶一接起来就听到她说，杨明忠又来了。

“我不是来抢牛牛的。”见着方晶晶后，杨明忠把这话又说了一遍。

史红艳道：“他说他同意把牛牛让我带回家住一段时间！”

“真的？住多久？”方晶晶看向杨明忠。

杨明忠却朝他身边的周黎云看了一眼。

“嗯，住到过年，等过完年我再去接牛牛。”杨明忠道。

方晶晶听了很高兴，但对杨明忠是再也笑不出来，只得干巴巴道：“早该这样，你也不用担心，你看牛牛被我舅妈照顾得多好。”

杨明忠点点头：“我已经看过牛牛了，胖了好多。”

方晶晶看出来杨明忠整个人都坐立不安的，怕是也觉得尴尬。

那就快点滚蛋啊！方晶晶心道。

但杨明忠却偏偏赖着不动，他看着皱着眉毛、一脸忍耐的方晶晶，吞吞吐吐道：“其实，我还有个事儿……”

“阿嚏！”

助理打了个大喷嚏，打完感觉四周一片寂静，仿佛这房子里只有他一个人。

助理环顾四周，顿时很惶恐，很孤单。他悄悄走到卧室门口，耳朵贴在门上听了听，里头也是什么声音都没有，只有从门缝里溜出来的凉风，从他脚边擦了过去。助理忍不住浑身一哆嗦，感觉就如同一截蛇尾巴尖儿从脚背上滑过去了。

助理吞了吞口水，迅速地躲进洗手间锁上门，而后一个电话打到了许玉银那里。

电话一通，他就开始号：“许姐！我要死了！”

许玉银的语气很悠哉：“你怎么死的？”

助理道：“被吓死的！”

许玉银道：“你垣哥要你陪他看恐怖片了？你就陪他看一下嘛，看完我给你发精神损失费。”

助理哭道：“我不是被鬼吓死的，我是被垣哥吓死的！”

许玉银语气终于认真了几分，问：“他怎么了？”

助理道：“他什么都没干！”

“什么？”

“他、什、么、都、没、干！”助理一字一句道，“他连房门都不出，也不跟我说话，我说话也不理。屋子里一点儿动静都没有，跟没人一样，呜呜呜，我好害怕啊许姐，这房子好大好空好冷……”

许玉银打断他的话：“你去看看高垣在干什么。”

助理道：“我敲门了，他不应。”

许玉银道：“那你就偷偷打开门看一下。”

助理道：“他把门反锁了。”

许玉银一时没说话，助理问道：“许姐，垣哥真的只伤了脸吗？他的头是不是也……啊啊啊！”

手机那头的助理突然尖叫起来，把许玉银吓了一跳。

她怒斥道：“你鬼叫什么！”

那头没人说话。

此时助理正捂着手机坐在马桶上仰头看着站在门口的高垣，他穿着睡衣，头发乱糟糟，下巴上的胡楂都冒出来了，颧骨上还青青紫紫的，看着十分吓人。

更吓人的是高垣正朝他伸着手。

“把手机给我。”

助理一秒都不迟疑，马上就把手机递了过去。

高垣接过去：“我要出门。”他边说边走到镜子前，又加了一句，“你把化妆师带过来。”

“你要去哪儿？”

助理听见许玉银问。

高垣一脸严肃地照着镜子回答：“去做个了断。”

方晶晶打开门，看见了一袭黑衣黑裤再加一副墨镜的高垣，他单手插在裤子口袋里，摆了个很帅的造型杵在门口。看见方晶晶出现后，他就摘了口罩（他连口罩都是黑的），然后说了一句“好久不见”。

方晶晶道："也没有多久，才三天。"

还是和以前一样，高垣心想。

方晶晶却感觉面前的人似乎很不同，原来高垣听到这话绝对是要委屈要恼火的，但今天，他居然笑了。

他笑了？

有鬼，方晶晶心道，绝对有鬼。

高垣进了屋，所有人都看着他。

周黎云也在，方晶晶暗示他可以离开，但他说没关系，他并不怕见到高垣。

高垣似乎也不怕见到周黎云，他一眼都没朝周黎云看，仿佛就没有这个人。

高垣直直冲着杨明忠走了过去。

杨明忠一看见他就觉得鼻子酸，本能地往后退了两步。

但高垣腿长步子大，还是几步就站在了他面前。杨明忠不知所措，感觉眼前立了座黑塔，很有压迫感。

高垣却利落地摘了墨镜，两眼微眯地打量着他，脸色沉着，表情严肃，而后，一把揽住了他的肩膀。

杨明忠一下蒙了，差点没站稳，他转头望向高垣。

高垣对他露出个笑脸道："没想到你是我的粉丝，上次那一拳不好意思。"

"不不不！"杨明忠连忙摆手，"我不喜欢你……啊，我不是这个意思！其实是我老婆喜欢你，她是你的粉丝！"

"你这么快又结婚了？"高垣一脸鄙视。

方晶晶差点笑出来。

杨明忠语气苦涩道："我只有永爱一个妻子。"

史红艳重重地"哼"一声。

杨明忠结结巴巴道："总之，希望你能跟我照张相，永爱很喜欢你，她一直想跟你合影，还想请你来我们家吃饭。"

方晶晶听到这儿心情复杂，忍不住看向史红艳。史红艳也在看着杨明忠，脸上表情似怒似怨，但眼睛也红了。

方晶晶在心里长长地叹了口气，高垣此时突然转过头来看着她，他仿佛听到了她的叹气，脸色黯淡，眼中似有千言万语。

方晶晶一愣。

“对不起。”高垣回头对杨明忠说。

杨明忠忙道：“不用道歉，我们知道你没时间。”

高垣默不作声，但杨明忠感觉到自己肩上又是一紧，他有点尴尬，心里默默想：力气真大，怪不得打人那么疼。

“照吧。”高垣低声道。

杨明忠连忙把手机递给方晶晶。

方晶晶接过，走到两人对面，她举起手机，看了眼屏幕，道：“笑一笑。”

杨明忠挤出一个笑，方晶晶盯着屏幕，又抬头看了看高垣，高垣和她对视一眼，深吸一口气，终于摆出一个专业而灿烂的笑容。

这才是他。

方晶晶照了好几张。照完，她把手机还给杨明忠。

高垣忽然说：“要不，大家一起照几张吧。”

“啊？”

方晶晶还没反应过来就被高垣拉到了身边，而后他又对史红艳喊：“舅妈你也来吧，就抱着孩子一起，没事儿。”

史红艳被这声“舅妈”叫得心花怒放，而且高垣还请她站在了最前头，他还把牛牛也抱到了怀里，牛牛一直盯着他瞧，他一动牛牛就笑。史红艳夸高垣会抱孩子，高垣笑道：“拍戏的时候抱过好多了。”

方晶晶面无表情地听着，心道：那是，孩子爹都演过几回了。

几个人都站定后就剩下周黎云还在边上站着了，他很有眼色地道：“我来给你们拍吧。”

方晶晶非常过意不去，但高垣自自然然地拿出手机道：“好，用我的手机拍吧。”

周黎云不卑不亢地接过去，高垣还客气地跟他说了句“麻烦你了”。

方晶晶头皮发麻，刚才两人手碰上的那一瞬间，她以为他们俩又要打架了。

方晶晶看向高垣，刚才她还没发现，现在近距离一看，她发现他虽然化了妆，但脸上的伤还是露出痕迹，颧骨下有点白里透青。

高垣察觉到她的眼神，低头看过来，她却已经移开了眼。

“大家看镜头。”周黎云道。

高垣若无其事地抬起头望过去。

方晶晶笑起来，史红艳赶紧理了理头发，杨明忠用力地眨了几下眼，手伸到背后用力揪住了自己的衣角。

周黎云从屏幕上扫过每个人，他的眼神在高垣脸上稍作停留，高垣似有察觉，突然冲他挑了挑眉。

果然只是在装模作样，周黎云嗤笑，按下了快门。

“咔嚓！”

伴着这一声，有人在心里虔诚地许下了一个愿。

杨明忠走后，高垣说有话要和方晶晶单独聊聊，他面不改色地当着众人的面说完这话，也不管其他人的脸色如何，只定定看着方晶晶。

方晶晶一脸冷淡，史红艳悄悄朝周黎云瞟，周黎云则还是一贯的好涵养，他大方得不得了，主动提出告辞。方晶晶和他道谢，还要亲自送他下楼。

看他俩亲亲密密的，高垣也不像往常那样翻脸，他稳稳往沙发上一坐，说：“那我等你回来。”

方晶晶没理他，转头就带着周黎云走了。

高垣这时才转过头来默默地望着两人的背影。

史红艳在边上看着就觉得……像在演电视剧。

“舅妈。”高垣突然叫她。

“哎！”史红艳听到他喊“舅妈”就忍不住想笑。

“你过来坐吧。”高垣对她笑，笑得亲热又大方。

史红艳觉得他和方晶晶说的不一样，他明明是个挺机灵的人，大眼睛高鼻梁，唇红齿白的，一笑脸上还有两个浅浅的酒窝，看着比周黎云活泼得多。

年轻人就该这样嘛。史红艳想，周黎云也不错，就是配晶晶还是有点老成了。

史红艳抱着牛牛坐过来，方晶晶不在她本来还有点不自在，但高垣却很自然，他把牛牛抱在怀里，又问牛牛多大了、叫什么。

史红艳道："大名儿叫杨康，小名儿叫牛牛。"

高垣一听就说："牛牛这个名字好，听着就又健康又强壮。"

史红艳笑呵呵地点头。

高垣仔细望着牛牛道："牛牛长得和晶晶还真有点像。"

史红艳笑道："是晶晶和牛牛妈妈长得像，她俩原来老被人以为是亲姐妹，后来永爱生了孩子，胖了，就不太像了。"

高垣道："我看牛牛还是要更像妈妈些。"

史红艳点头："那确实。他爸爸黑不溜秋的，像他爸爸才不好看。"

高垣笑道："晶晶原来给我看过牛牛刚生出来时的照片。"

史红艳道："生牛牛时她也在医院陪永爱。"

高垣回忆道："那会儿……好像是夏天。"

史红艳道："对，刚好是最热的那会儿。"

高垣想起来了，那会儿他在另一个城市拍戏，方晶晶给他发了很多照片，说什么"医院冷气开得太大冻死人了""刚生出来的小孩儿皱巴巴的真难看""我姐太惨了我这辈子都不生小孩儿了"等等。

他当时急匆匆地看了却全都没放在心上，还有点嫌她烦，那时候他觉得自己的烦恼才是烦恼，其余谁都没他重要。

你该多关心关心我，他记得自己当时还在心里这么埋怨过。

高垣默不作声，牛牛的小手拍在他脸上发出响亮的巴掌声，他感觉眼睛突然有点酸又有点热。

史红艳连忙去拉牛牛的手，一边拉一边道："哎呀，这孩子！不许打叔叔！"

高垣忙道："没事儿，牛牛没使劲儿。"

他说着握着牛牛的手放在脸上又轻轻拍了几下，拍得牛牛都笑起来。高垣一本正经地说："看，哥哥一点儿都不疼。

方晶晶上来时见到的就是这幅画面。

见着她回来，史红艳就要把牛牛从高垣身上抱过来，牛牛还不太乐意，巴着他的领子不肯下来。

史红艳看得直乐，高垣耐心道：“牛牛乖，哥哥待会儿再陪你玩。”

“哥哥？”方晶晶忍不住提出抗议。

高垣还没说话，史红艳就道：“就该叫哥哥！小高就是个年轻的小哥哥嘛。”

高垣听了笑得极乖巧，方晶晶只想对舅妈高喊一句：啊，以貌取人者必遇恃靓行骗的花瓶！

史红艳抱着牛牛进了卧室之后，高垣就又把墨镜戴上了。

方晶晶也懒得问原因，和他隔了一个座儿坐下。

“今天谢谢你来。”她先跟他客气了一句。

高垣反应很矜持，说：“不用谢，就合了个影，也没帮什么忙。”

方晶晶感觉很奇怪，她打量着高垣。高垣扶了扶墨镜说：“别这么看着我，你放心吧，我已经想通了。”

方晶晶问：“你想通什么了？”

“我们之间的事。”

方晶晶不说话。

高垣道：“以前都是我的错。”

方晶晶抱起双臂。按照她的经验，每当高垣讲起这种开场白，后头就要发疯。

但这次高垣的语气似乎有点不一样。

他说：“我承认，分手的责任在我，是我不够关心你，没考虑你的感受，太以自我为中心，我跟当初比……确实变了很多。”

方晶晶听得忍不住点头：“确实。”

高垣一下哽住了，方晶晶忙道：“你接着说。”

高垣酝酿了下，接着道：“晶晶，我真的很喜欢你，现在也没变，或者该这么说，自从我们‘分手’后我反而更确定了，我……我……”

高垣“我”了几句就顿住了，他低下头，又毫无必要地扶了下墨镜。

方晶晶道：“你演得好怪。”

她一说完，高垣猛地抬起头。方晶晶只看到他脸上两片漆黑的镜片，但她知道高垣在看她，看了很久，又好像只有一秒。

而后，他终于开口。

他说："我是真的希望你过得好，方晶晶，不管你信不信，如果你想要的幸福不在我这儿，我祝福你找到那个对的人。"

他说到这里朝她伸出手，她疑惑地望着他。

高垣道："最后一次……算是告别。"

"我们已经告别过很多次了。"方晶晶道。

高垣伸着手一动不动，方晶晶无奈，最终还是伸出手和他握了握。

"祝你幸福。"高垣说。

方晶晶笑了笑："谢谢，你也是。"

"请你一定要比我幸福！才不枉我的狼狈退出……"

高垣握着话筒唱得极其投入，胡覆辙在旁端着杯酒，晃荡着脑袋，一脸严肃地欣赏着。

胡覆辙认为，高垣的歌声就是贵在一个真实，虽然他的音色平平无奇，调子忽高忽低，每句都徘徊在将破未破之间，但感情充沛，极其撕心裂肺，完全的口随心动，让人听着听着就想跟着他一起吼！

天啊！我的耳朵！

胡覆辙哆嗦着手端起酒杯喝了一口，此刻他突然顿悟了，他要和几个月前的那个热搜和解。

难听！真的很难听！

胡覆辙急忙丢下酒杯捂住耳朵，他缩在沙发角落，掏出手机向许玉银求救：高危！速来！

许玉银来时，高垣已经唱到"天空啊——下着沙！也在笑——我太傻"这一句。

"唱得不错。"许玉银坐下后淡定地鼓掌。

胡覆辙爬到她身边大喊："这时候就别再鼓励教育了！"

许玉银瞟他道："那你去把他的话筒摔了。"

胡覆辙摇头，凑到她耳边喊："他这回真的不对劲儿！"

许玉银道："他好得很，他去做了个了断。"

胡覆辙大惊："什么了断？他把谁了断了？"

许玉银没回答，只随手戳了戳他的心口。

"胸？"胡覆辙恍然大悟，"这是个新美容项目？"

许玉银微微一笑，吐出一个字。

"滚。"

胡覆辙捂着耳朵悄无声息地滚了。

高垣酣唱完之后回头一看，发现听众只剩下许玉银一个人了，她对他比了个大拇指。

高垣扔了话筒往她旁边一倒，半天才开口。

他喃喃道："电视剧里都这么演，爱一个人就要无私，就要事事为对方着想，她开心我就开心，她不开心我就要想办法让她开心，如果离开我她才会开心，那我就大方放手，在远方默默守护她，只希望她过得比我幸福。"

"这才是完美男主角。"许玉银道。

高垣有几分得意道："我从来没演过这种完美男主角，不过今天我发挥得很好，我祝方晶晶比我过得幸福，我祝她和那个姓周的'百年合好'。"

"是百年好合。"

"我好不好？"

许玉银说："好，以退为进，这招妙。"

高垣扯了扯嘴角："不是招，我是真的希望她好，不管你信不信。"

许玉银说："我信不信不重要，你能放下就好。"

"放下之后会怎么样？"高垣问。

许玉银道："会到达人生新境界。"

"像你一样？"高垣开了句玩笑。

许玉银笑了笑，没有回答。

"许姐，你现在还恨老胡吗？"高垣突然问。

许玉银随口道："陈芝麻烂谷子的事别打听。"

高垣道："意思是，还恨。"

许玉银嗤笑一声，不予置评。

“我看得出来，老胡还对你余情未了。”高垣感觉自己今晚好像抢了胡覆辙的角色，有点好为人师的意思。

许玉银说：“你难道不知道，我们离婚之后他又结了两次婚，还有什么余情。”

高垣道：“那两次婚姻就是胡闹，一个三个月就离了，一个三个星期就离了，他那时候根本不正常。”

许玉银道：“他现在也不算太正常。”

高垣道：“上次我看他，觉得他老了不少。”

许玉银笑道：“他今年四十多了，快五十了，老一老很正常。”

高垣还要说话，许玉银却打断他道：“胡磊的事你少操心，他有他的活法，他过得比你快活得多。”

高垣望她一眼，若有所思道：“这倒是。”

许玉银拍了拍他的肩站起来：“好了，回去好好休息，过几天就又要忙起来了，好好珍惜睡懒觉的机会吧。”

高垣哼唧一会儿，靠在沙发上伸了个长长的懒腰，而后突然跳了起来。他一扫刚才隐隐的颓丧，像跨过一道坎儿，生龙活虎，精神大振。许玉银静静地看着他，他对她一笑，而后率先走了出去。

第八章 快进

杨明忠答应之后，史红艳便立即打算带牛牛回老家，方晶晶知道她归心似箭也没多留，直接给她买了车票，第二天就把人送上了车。

临走前一晚，史红艳和方晶晶坐在床上聊天，牛牛睡在两人中间。

史红艳一边拍着牛牛，一边说："这回多亏你了，晶晶，舅妈谢谢你。"

方晶晶受不了："有什么好谢的，你再谢就再多住几天，不准走了。"

史红艳笑起来："我知道你和永爱关系好，这段时间和你待着，跟你一起聊聊永爱，有时候我都觉得永爱……就好像还在我身边似的。"

方晶晶低头看着牛牛道："我也觉得。我老想着她，只要我想着她，我就觉得她还在。"

史红艳轻轻吁出一口气，笑道："以后你要有空就多回来，反正离得不远，坐车也方便，回来多陪陪你爸妈，他们年纪也大了，天天在家也没事儿干，就担心你。也来看看我和你舅舅，我们俩啊……"史红艳没有说下去了，只伸手摸了摸方晶晶的头发。

方晶晶抬起头看了她片刻，默不作声，而后一把抱住了她。

牛牛此时忽然嚷了起来。

史红艳笑道：“行了行了，快放开，别挤着他。”

方晶晶松开手坐直，她没好意思看史红艳，只低头捏了捏牛牛的脸，小声道：“坏小子。”

史红艳也望着牛牛：“我们才不坏呢，姑姑才坏。”

方晶晶笑了下，而后悄悄揉了揉眼。

“噢！对了，还有个事。”史红艳忽然抬起头来。

方晶晶一看，发现她的眼睛也是波光闪闪的。

史红艳若无其事道：“高垣这个孩子不错。”

方晶晶一怔，接着就哭笑不得：“二十八岁的孩子？”

史红艳瞪她一眼，道：“你少歪扯，我跟你说正事儿呢。小高真不错，长得好，赚得多，人也靠得住，最关键的是心里有你，你好好考虑。”

方晶晶忙不迭道：“知道了，知道了，你别操心了，我考虑着呢。”

史红艳想了想叹口气道：“其实那个周老板也不错。”

方晶晶傻笑：“那我干脆都收了。”

方晶晶以为史红艳又要教育她了，史红艳却只是一撇嘴，嘟囔了一句：“都收了……你用得完吗？”

方晶晶愣了：“舅妈，你说啥？”

史红艳没回答，笑眯眯地逗着牛牛，装没听见。

只剩下方晶晶独自复杂，暗道：果然是过来人啊。

史红艳走后，方晶晶就回去上班了。她在家待了差不多两个星期，天天都是陪老人逗孩子，早菜市场和晚超市逛来逛去，不能说无聊，但确实没什么意思。结果一到公司，她忽然感觉浑身无力，好像这两周累积的累一下子都爆发了，电脑屏幕亮得扎眼，此起彼伏的键盘声也吵得人头疼，还有不知道哪位同事喷了超浓郁的香水，香得她鼻腔干裂，头都开始晕起来了。

简而言之，在办公桌前呆坐了一个小时后，她就想再度请假回家，她爱菜市场！她爱超市！

“废了啊……”方晶晶一边叫苦，一边强打起精神来。

手机此时响起来，她打开一看，是周黎云发来的信息：下班等我，一起吃饭。

不想吃，没胃口。

方晶晶在心里默默道，但略一思索，回复了一个“好”。

回完之后，她又摸了会儿鱼，打开微博的时候被高垣的开屏吓了一跳。他穿得像个红灯笼，笑得喜庆吉利，双手抱拳，才十月竟然已经在提前过年。

方晶晶略感好奇，她点进去一看，原来是一个知名珠宝品牌投放的广告，高垣像个福娃，又像散财童子，总之拍得非常接地气。

“这个牌子很衬你。”

高垣正在欣赏自己最新的代言广告时，背后忽然传来一个声音。

他回头一看，是林茵。她今天和他一起录某当红综艺，两人共用一个化妆室。这是许玉银的主意，因为林茵目前只是个名不见经传的新人，而此档综艺最有名的传统便是见碟下菜，许玉银便叫她去找高垣，和他待在一起。

林茵不太想去，许玉银却不当回事。

她说：“高垣没有那么小气。”

林茵不太信。

不过她还是硬着头皮去了。本以为高垣见到她多少会不高兴，但没想到他很客气，虽然话不多，但态度算是友善，甚至比当时在剧组里更好了点，所以她刚才才敢主动跟他搭话。

高垣听完她的话笑了笑，没有说什么。

林茵觉得他又有变化，变得更……遥远了一点。

“你妆化完了？”高垣问。

林茵反问：“你看不出来？”

高垣从镜子里看了她一眼，而后又低头看手机。

他说：“看不出来。”

林茵笑道：“我都分不清你这到底是夸还是骂。”

高垣道：“是夸。”

林茵没说话，她看着高垣举起手机对着镜子自拍了一张，然后就发了出去。

林茵发现，他的手机屏幕没贴保护膜。

他难道不害怕吗？

“紧张吗？”

“啊？”

高垣还在看手机，林茵只能从镜子里看着他的脸，他的嘴在动。他说：“我问你是不是紧张。”

林茵不知所措，只能笑。

高垣却道：“别笑了，看着累人。”

林茵这下连笑都不会了，她看着高垣，他从容而平静。

他说：“紧张就紧张，别掩饰，越掩饰越不自然，看着就不讨喜。”

“但我现在根本自然不了，我该怎么办？”林茵觉得自己的问题很傻。

但高垣没有露出不耐烦的表情，因为他也经历过这种犯傻的时候。他第一次上电视的时候比林茵紧张得多，留下一段黑历史，现在还时不时被翻出来笑话。

方晶晶当时看了之后也笑得直捶地，他气得不想理她，她又来哄他，告诉他下次不用蹦得那么高、跑那么快，也不用在意角度，更不要时时刻刻拨弄头发，只需要安安静静地站在那儿就行。

他听不进去，抱怨道：“那不就是一根木头嘛！谁会喜欢一根木头啊？”

“我啊！”她贴着他的脸，用力到把他的脸挤得变形，语气恶狠狠的，叫他心口颤颤，“我就喜欢你这样好看的木头。”

…………

高垣回过神，望着镜子里僵硬的林茵道：“你什么都不用做，就在该笑的时候笑，笑不出来就别笑，有人问你问题，你就答，也不要太活泼，也不要太闷。”

“那样就可以吗？”林茵一脸怀疑。

高垣笑起来，头也不抬道：“当然可以。多照照镜子。”

林茵愣愣地望着高垣，她张张嘴，高垣却又拿起了手机。

“不好吃吗？”桌上，周黎云忽然问。

方晶晶一下抬起头，她和周黎云对视一眼，将手机扣在桌上，接着夹起菜放进嘴里，说：“好吃。”

周黎云微微一笑，又换了个话题，问她明晚有没有空。

“学姐说明晚有空，我已经订好了餐厅。”周黎云道。

方晶晶这才反应过来，周黎云说的是哪件事——他给许玉银“赔罪”，请她作陪。

她当时没有答应。

但周黎云似乎料定了她也不能立刻拒绝。

方晶晶有些为难。她意外地发觉周黎云个性有点霸道，她碰见这种霸道的人就有点害怕，有点没办法。

“那个……”方晶晶准备拒绝。

周黎云似乎看出来了，他突然打断了她的话，笑道：“怎么这么为难？只是吃顿饭而已，恰巧你也认识学姐。”

周黎云态度云淡风轻，方晶晶都糊涂了，难道上次是她会错了意？

周黎云又道：“其实我是希望你在，学姐能说话客气点，不然只有我俩，她必定会臭骂我一顿，你没见过她骂人的样子……”他说着夸张地叹了口气。

方晶晶被逗笑了，好奇道：“我还真没见过许姐骂人，她会直接骂脏话吗？还是杀人不见血那种？”

周黎云故作不满：“你好像想看好戏。”旋即他又笑道，“算了，看就看吧，只要你愿意陪我去就好。”

都说到这地步了，还怎么拒绝？

方晶晶答应了赴约，望着周黎云的笑脸，心道：不愧是做老板的，真是能屈能伸。

方晶晶不自觉看了眼放在桌面上的手机，她想到另一个原本头仰到天上的人近来的反常表现。

高垣今天给史红艳发了一张照片，史红艳一激动就发进家族群里了，小表妹一顿疯狂艾特方晶晶，方晶晶看见后连忙私聊史红艳，这才知道原来高垣加了史红艳的微信，就在他来送祝福那天，她就出去了那么一小会儿，他就把她舅妈哄跑了。

这是不是就叫观众缘好？方晶晶不得不承认高垣身上的确有几分玄妙以及不能详说的天赋。

“他还说要认牛牛做干儿子，不过我没答应了。他还叫我不要把这些事告诉你，怕你不高兴。”

结果方晶晶一问，史红艳就全招了。

方晶晶也不知道该说什么好，就只能先提醒史红艳不要把高垣的照片发给别人。

史红艳给她回了一个“抱拳”的表情。

这什么意思？

方晶晶不懂，她翻了下家族群，群里总共有十八人，十八人看过高垣这张私照了，等于全国人民都看过了……算了，方晶晶放弃了，她觉得高垣既然敢发应该也不怕流出去，反正就是张自拍，只露了点锁骨，没什么不能见人的。

想到这儿，方晶晶又点开了那张照片。高垣微笑凝视着镜头，也在看她，表情温柔平和，仿佛看透红尘。

他对她说：“我祝你幸福。”

方晶晶对着照片撇撇嘴，心道：你最好是真心的。

录完节目时已经是半夜，高垣却还很有精神，上车后嘴里还哼着歌。

许玉银奇怪地看着他，问：“你不困吗？”

平时一上车高垣都是闭目养神，一句话都不说，也不让别人说。

高垣笑道：“一点儿都不。”他双眼亮得不同寻常。

许玉银脸色微变，问道：“你喝酒了？还是别的？”

高垣失笑：“我只喝水。”

许玉银盯着他道：“我看你有点过于兴奋。”

高垣道：“我心情好。”

许玉银问："今天有什么好事？"

高垣笑道："没什么好事。"

许玉银浑身发毛。

高垣道："你这是什么眼神？"

许玉银道："高兴的眼神，你最近的人生态度很乐观。"

高垣笑道："我有什么理由不乐观。"

许玉银道："是，你一切都好，只缺烦恼。"

"说得好。"高垣大笑，很豁达的样子，嘴里又哼起歌来。

还演上瘾了。

许玉银暗自发笑，她没再开口，低头划拉手机。看到周黎云几小时前发来的信息，她瞥一眼旁边突变"活泼"的高垣，心里突然有了主意。

她故意"咦"了一声，然后抬头看向高垣，表情为难。

"怎么了？"高垣立刻亲切询问。

许玉银欲言又止："没什么。"

高垣道："有话直说，你今天怎么老是吞吞吐吐的？不是你的风格。"

许玉银道："周黎云明天请我吃饭。"

高垣根本不在意："那你就去……"

"方晶晶和他一起。"许玉银补上后半句，然后开始观察。

高垣面不改色，"哦"了一声，仍是说："你想去就去，我跟他没什么。"

"跟谁？"许玉银问。

高垣道："跟周黎云，我和他'恩怨分明'……"

"是恩怨已了。"

"……我先打了他一拳，他也回了我一拳，我们互不相欠，我对他没意见，他人看着还不错……"

"他人的确是不错。"许玉银附和了一句。

高垣转过头对着窗外，但又马上转了回来，他道："长得也还行。"

许玉银稀奇道："难得听你夸人家'长得还行'。"

高垣笑了笑，没说话，又扭头看窗外。

许玉银也不开口。

车子里恢复了往日的安静。

片刻后，高垣问："他们请你去哪儿吃饭？"

"怎么突然要去她家，不是订好了餐厅吗？"车上，方晶晶问。

周黎云回答："她说有人给她送了一篓螃蟹，让我们去帮她消灭。"

方晶晶问："她会做吗？"

周黎云道："蒸一下而已，很简单的。"

方晶晶说："完全想象不出来许姐下厨房的样子。"

周黎云道："据我所知，她会做菜。"

许玉银的确会做菜，但她也确实很久没有下厨了，她都没在家吃过几顿饭。

所以这次螃蟹她请了厨师来料理，她只负责开酒，倒酒，给客人开门。

"欢迎，欢迎。"她站在门边对他们微笑，还提前为他们准备好了拖鞋。

是那种酒店拖鞋，鞋底薄软，许玉银脚上穿的也是，感觉穿完这一次就会被扔掉。

方晶晶猜许玉银大概很少在家长住，这房子对她来说估计还没有酒店熟悉。

不过地板还是亮得可以照出人影来。

"其实可以光脚，今天阿姨刚来打扫过。"许玉银边说边引他们走向餐桌，"坐吧，螃蟹早就熟了。"

三人落座，方晶晶和周黎云坐在了一起。

许玉银说："对了，晶晶是第一次到我家来吧？"

方晶晶笑道："对，终于有机会来了。"

周黎云端起杯子问："这是什么酒？"

许玉银道："黄酒。"

周黎云抿了一口道："味道不错。"

许玉银道："晶晶你是不是喝不了这个？要不要给你来点别的？葡萄酒？香槟？"

方晶晶说："不用不用，可乐就行，有冰的吗？"

许玉银笑起来："这个还真没有，果汁要吗？"

方晶晶点头说好，许玉银起身去冰箱拿了盒果汁给她满上。

倒完之后，许玉银又对着周黎云道："小云，要不你也喝果汁算了？你是开车来的吧？"

周黎云道："没关系，可以叫代驾。"

"小云？"方晶晶傻笑起来。

周黎云解释道："我妈妈喜欢黎明，我爸爸喜欢赵云，两人灵光一闪，就给我取了这个名字。"

许玉银道："寓意是，你才是他们的最爱。"

周黎云道："寓意是，他们俩只能对我胡闹。"

许玉银哈哈大笑，周黎云也笑起来。

方晶晶也在笑，但又不确定他说的是不是真的。不过她发现周黎云和许玉银的关系比她想象的更好，两人东拉西扯，就算她一句话不说也不会冷场，她吃得很安心。

许玉银只吃了两口蟹黄就放下了，蟹腿都没拆，酒倒是喝了好几杯。

周黎云也只吃了一只就停下了，之后他就一边聊天一边慢条斯理地拆螃蟹，拆完全放到了方晶晶盘子里。

方晶晶受不了，螃蟹可比龙虾麻烦得多，这样的体贴叫她觉得自己该付钱。

"不用了，我自己来。"她连忙道。

周黎云说："这壳很硬。"

方晶晶道："没事没事，我掰得开。"

周黎云道："小心，别划伤手。"

方晶晶道："放心吧，我——拆蟹专家。"

许玉银随口道："对，你从小就爱吃螃蟹。"

方晶晶一喜，追问："你怎么知道的？"

许玉银对她眨眨眼，没说话，又喝起了酒。

方晶晶立刻知道了答案，她闭上嘴，仿佛什么都没说一样，低头专心对付螃蟹。

周黎云将两人的神情尽收眼底，却不动声色。

桌上静了下来。

此时，门铃突然响了起来。

方晶晶立刻抬起头，许玉银也放下酒杯，她站起身看着方晶晶道：“我去开门。”

周黎云感觉不妙，望着许玉银的背影皱起了眉。

许玉银走到门口，直接打开了门。

而后高垣走了进来，周黎云冷笑一声。

“哎呀，你们怎么在这儿？好巧。”

高垣摘下墨镜和他们打了个招呼，他还特地对周黎云点了点头，以显示他们已经冰释前嫌。

周黎云却稍微冷淡了点，没笑也没点头，只说了句：“确实很巧。”

高垣立刻道：“别误会，我是陪人来的。”

他看了看身旁的女人，对许玉银道：“林茵找你有事。”

林荫？还是林音？

方晶晶分神想，她其实已经偷看了这位林小姐半天，她不认识对方，但有预感自己不久将会在电视上见到这张脸。

“这螃蟹是胡覆辙送来的吧？”高垣饶有兴致地问。

许玉银问：“他也给你送了？”

高垣摇头：“他叫我直接去他那儿吃。”

林茵终于开口，说：“胡总给我送了。”

高垣转头问她：“你喜欢吃这个？”

林茵回答：“还行。”

高垣对许玉银道：“那你下次也请我们来尝尝。”

许玉银摇头道：“你们没这个时间。”

她一说完，周黎云就道：“既然如此，那择日不如撞日，林小姐要是不介意，可以坐下来跟我们一起吃，还有很多。”

方晶晶扫了一眼桌子上的螃蟹，确实，还有很多。

因为只有她一个人在吃！

林茵还没说话，高垣就抢着应道："好啊！大家坐下来一起吃，人多，吃起来也香一点。"

周黎云微微一笑，看着高垣拉着林茵走过来坐下了。

许玉银也跟在他们身后慢慢踱过来了，她坐到了另一边，说了一句："幸好我家桌子够大。"

没人应她，桌上此刻局势有些险，高垣和周黎云面对面，方晶晶和林茵面对面。

方晶晶先对林茵笑了下，然后林茵才对她露出微笑。

高垣从进门起就一直脸上带笑，周黎云却不似以往那样客气，他眼神很冷。

高垣却不介意，拿起一只螃蟹转头问林茵："要我帮你剥吗？"

林茵道："不……不用。"

高垣垂下眼："你的指甲不方便。"

方晶晶也看向林茵的手，她做了隆重的美甲，勾勾嵌嵌的，一看就不能出力。

但林茵还是说不用。

方晶晶忍不住插嘴道："有蟹八件，你会用吗？"

高垣还是看着林茵。

林茵摇了摇头。

方晶晶笑道："那就让高垣帮你吧，他有的是力气。"

"噗！"

许玉银发出了点怪动静，惹得几人都看过来。她若无其事地放下酒杯，又抽出纸巾优雅地擦了擦嘴。

"喝太急了，呛了下。"她解释道。

周黎云不冷不热道："看来学姐今晚喝得很尽兴。"

许玉银笑道："确实尽兴，你呢？吃得开不开心？"

周黎云没回答，只是看着她，表情多少带点怨气。

许玉银装傻，又对方晶晶问道："晶晶，螃蟹味道怎么样？"

方晶晶虔诚道："好吃！个儿大，黄儿多，又鲜又甜，蘸料也刚刚好，哎，这个料是买的还是现调的啊……”

“咔！”

一声炸响，方晶晶差点以为桌子腿断了。

回过头，她发现高垣沉着脸，手里抓着四只螃蟹腿，一把全折断了。他松开手，几截断腿摔在盘子上，丁零当啷，颇为惨烈。

许玉银望着盘子，一脸肉疼。

林茵则出神地看着高垣的手。

高垣道：“不好意思，突然想起来有件急事要办，下次再聚。”

“还有下次？”周黎云轻声道。

高垣仿佛没听见，对周黎云道：“上次的事我很抱歉，下次我来做东，请你吃饭。”

周黎云微微一笑，尽是嘲讽。

高垣视而不见，转头对许玉银说：“我先送林茵回家。”

许玉银冲他举起杯，意味不明。

最后，他转向方晶晶。他今晚根本没看她，此刻的视线也是落在她面前堆起来的螃蟹壳上，说：“你少吃点吧，别……”

别什么？

高垣没说完就走了。

方晶晶却觉得自己知道后半句是什么。

上车后，高垣和林茵道歉，说：“不好意思，等他们走了我再送你上去。”

林茵是真找许玉银有事，她今天和高垣一起拍杂志随口和助理提了一句，原话是“许姐好像叫我过两天去找她谈谈新戏的事”，但高垣听了后就非要今天陪她来，一收工就往这儿赶。

林茵当然看得出来他另有目的，但她还是来了，她好奇他的目的。

林茵没理会高垣的道歉，她伸出手，将高垣搭在方向盘上的手翻了过来。

“你的手流血了。”林茵道。

高垣低头看去，这才发现自己的手掌上一片红，掌心的三道细沟中都是堵塞的血。

林茵说："估计是刚才被螃蟹壳扎破了。"

高垣一笑："是吧，是我太没用了。"

高垣走后，周黎云也提出了告辞。

许玉银提了一袋螃蟹出来给方晶晶，还对她说："下次再来。"

周黎云应了声"好"。

方晶晶没作声，她觉得他们俩都在说反话。

"其实我不该来的。"高垣说。他又回到了许玉银家里，林茵已经走了。

许玉银仍旧坐在餐桌旁，手里还拿着酒杯。她打了个哈欠，随口道："我更好奇，你刚才为什么突然走了？你要我把人请到家来结果你也不理人家，你到底在打什么主意？"

"我也不知道！"高垣想起刚才自己在方晶晶面前的举动又懊恼又沮丧。

他喃喃道："她跟周黎云看起来很好……"

许玉银问："所以你就对林茵大献殷勤？"

高垣不说话。

许玉银喝口酒摇了摇头。

片刻后，高垣道："我不想言而无信。"

"什么言而无信？"

"我说了放手，还祝她幸福。"

许玉银诧异地看着他："你认真的？"

高垣郑重地点了点头。

许玉银苦笑："那你今天弄这一出干吗？"

"对不起。"高垣跟她道歉。

许玉银感觉很怪异，问："你真的放弃了？不是曲线救国，也不是以退为进，是真的放手了？"

"对。"

“你怎么想开的？跟我说说。”许玉银笑道。

高垣答：“我的人生还很长，我会遇到很多人，我还会爱上别人的，时间能治愈一切。”

许玉银道：“说得好。”

高垣问她：“我是不是变好了很多？跟从前不一样了吧？”

许玉银重重点头，鼓掌道：“你长大了。”

高垣深吸口气，矜持地一笑。

一周后，许玉银在办公室里看了一个视频，是高垣和林茵一起录的那期综艺节目，昨晚播了，热搜也上了。

许玉银点开词条看了看，大部分是讨论高垣的，夸他帅，有绅士风度，聪明（因为他玩游戏都赢了……）。对林茵的评价则是木讷，呆，不说话，没有效果。有警醒的粉丝提起她和高垣的绯闻，不知道要证明什么但总之适得其反，大家这才后知后觉，原来这是一对绯闻男女！于是越看越有鬼。很快，林茵和高垣的互动就被剪出来了，播放量轻易破万，热度还在持续上升，两人的名字排在一起上了热搜。

这真是意外之喜，许玉银很满意。

“俊男美女站在一起确实养眼，看着舒心。”

方晶晶看着视频，身后忽然传来声音。

她回头一看，发现边上的同事不知何时凑到了她身边，一边看一边“啧啧”道：“女明星跟我们真的不是一个物种，头也太小了！”

方晶晶顺手摸了摸同事的脑瓜：“你的头也不大。”

同事嗤道：“大也不怕，我一头的智慧。”

方晶晶道：“我一头的问号。”

同事长长地“嘁”了一声，抓起她桌子上的一袋零食，乘着椅子滑走了。

方晶晶一笑，视频已经放完了，她退出播放，回到了刚才的聊天界面。

史红艳给她发来一段牛牛的视频，里头牛牛穿了一身新衣裳，史红艳说是高垣买的，买了好几套。

史红艳为难道：“小高跟我说，是真的想认牛牛做干儿子，不是客套，他还说他给牛牛准备红包。”

“什么红包？”

“改口红包。”

“……我就说了他是傻子吧。”

“你才傻。”史红艳道，“要不是为了你，我早就让牛牛认他做干爹了。小高哪儿不好，有他做我们牛牛的干爹，我不知道多乐意。”

方晶晶委屈：“他做干爹跟我有什么关系？”

“傻子。”史红艳笑道，“你是牛牛的表姑，他要做也只能做牛牛的表姑父，怎么能做牛牛的干爹？那不乱了辈分了。”

方晶晶听得想笑，史红艳这是彻底向高垣倒戈了，先前那些话原来是在给他拉票呢。

史红艳还在说：“这个小高啊还给我和你舅舅寄了礼物，还给你爸妈也寄了。”

方晶晶一惊：“他怎么知道我家地址？”

“他问我，我就告诉他了。”

方晶晶都无奈了。

史红艳道：“人家寄的都是好东西，又不是炸弹。”

方晶晶很不满：“我爸妈怎么没告诉我啊？真是的。”

史红艳道：“都跟你学的。”

方晶晶无法反驳。

和史红艳聊完，方晶晶一个电话打回了家。

然后没等她问，她妈妈就把高垣寄东西来的事一五一十地说了。

高垣寄来的都是些补品，燕窝、人参、花胶什么的。

她爸妈知道这是高垣寄过来的之后都很蒙，她妈妈问：“你们不是分手了吗？他这是什么意思啊？”

方晶晶还没说话，就听到她爸爸在旁边小声说道：“是不是寄错了啊？”

“寄错你还吃！那燕窝你都吃两瓶了！”她妈妈嫌弃道。

方晶晶傻眼：“你们吃都吃了？”

她妈妈忙道：“你爸吃了，我没吃。”

她爸爸急了：“你怎么没吃！那个燕窝我明明给你倒了半瓶！”

“哪有半瓶，就两勺！”

听两人争了起来，方晶晶赶紧打断：“好了好了，吃了就吃了，没事儿。”

“真没事儿？”她妈妈问。

方晶晶无奈道：“真没事儿。”

“那你和高垣又谈上了？”

方晶晶说：“那倒没有。”

“那他就是寄错了嘛。”她爸爸又嘀咕起来。

方晶晶道：“应该……也不是寄错了。”

她妈妈都听糊涂了：“那你们又没谈，他又给我们寄礼物，他什么意思啊？”

方晶晶正要回答，她爸爸突然道：“我知道了！”

话里还夹着一声清脆的巴掌声。

方晶晶很淡定，这是她爸爸拍大腿的声音，她爸爸一激动就爱拍，激动狠了一巴掌能把腿拍肿。

她爸爸喊：“这就是封口费！”

方晶晶心情很复杂，她不知道她爸爸是从哪儿听到“封口费”这个词儿的，但是……

谁用燕窝封口啊！谁用人参封口啊？

而且……你女儿的口就这么好封吗？

高垣还是蛮红的好嘛！

“爸……唉。”方晶晶叹口气，正准备好好给她爸爸解释一下什么叫封口费时，她妈妈又说话了。

她妈妈还是比她爸爸见多识广，方晶晶想，她妈妈肯定懂这个。

果然，她妈妈语气严肃道：“晶晶，你放心，这些东西我们再也不会吃了。”

方晶晶一愣。

“我明天就把它们提到药店去折现！”

挂了父母的电话之后，方晶晶就立刻给高垣发去了信息。

她问他又在作什么妖。

过了很久高垣才回复，他发来一个问号。

方晶晶回了他三个感叹号。

高垣秒回一个表情包——一条狗……在笑。

方晶晶怒气大涨，正准备发个三十秒的纯享语音，结果高垣又断断续续发来数条。

高垣：按错了。

高垣：在拍摄。

高垣：电话聊！

高垣：等等。

两个小时后，方晶晶终于接到了高垣的电话。

他说：“你好晶晶，好久不见，你好吗？”

方晶晶觉得他的声音听起来很奇怪，有种特意压低放缓的感觉，说话语气也不对劲儿，格外昂扬，正能量过剩。

“你在忙什么？拍戏吗？”方晶晶忍不住问。

高垣回答：“新戏宣传片，下个月播。”

“哦……你感冒了吗？”方晶晶还是觉得怪。

高垣否认，问：“你找我有什么事吗？有事尽管说。”

方晶晶皱眉问：“你给我爸妈寄礼物干吗？”

高垣笑道：“原来是这件事啊。”

方晶晶难受极了。

高垣道：“我没有别的意思，只是出于礼貌。”

“你是练喉音吗？”方晶晶忍无可忍道。她发现这个彬彬有礼的高垣比原来那个肆无忌惮的高垣更能惹毛她。

高垣却仿佛全无感觉，她越暴躁，他反而越舒缓。

“你说什么？”他每句话好像都是带着笑说出来的。

方晶晶努力平静下来：“没什么，我听说你要给牛牛做干爹。”

“是的。”

“……为什么？”

“我很喜欢牛牛，还有……”高垣顿了下，“我觉得我亏欠他。”

“亏欠谁？”

“牛牛，他妈妈是我粉丝……”

“没到那程度。”

“……她一直想见我，但我一直没去，我越想越觉得难受，心里不舒服，过意不去。”

方晶晶脑海中浮现方永爱的脸，她叹道：“好吧，你说的我虽然理解，但又觉得不至于，最大的原因是不是因为，她是我表姐。”

高垣安静了几秒，回答：“是。”

方晶晶奚落道：“你现在思路很曲折。”

“不曲折。”高垣道，“如果我做不成牛牛的干爹，那你能不能认我当叔叔？”

“什么？”方晶晶傻了。

“我想做你叔叔。”高垣言辞恳切。

方晶晶大怒：“你怎么不做我爹呢！”

“我不是在开玩笑。”

“那你就是在找揍！”

“我当你叔叔这对我们俩都好。”

“好在哪儿？”

“我能关心你，用一种对亲人的方式，你也不会再觉得我别有用心。”

“高垣，你自己听得懂你在说什么吗？”

方晶晶听到了一声叹息。

“晶晶，我在为我们俩找一个更舒适的关系，我也在为自己找一个更合适位置，我真的想你好，我想看着你好。”

方晶晶思索半晌，她懂高垣这句话的意思。

“那也不用非要做我叔叔吧！”

高垣道：“有个辈分在，我也能彻底死心了。”

这思路……竟然有些合理。

方晶晶觉得自己快被高垣带偏了，她匆匆道：“你还是去做牛牛的干爹吧，牛牛正缺你这个爹！”

高垣还在争取：“其实我更想做你叔叔，那样更亲。相信我，我会是个好叔……”

方晶晶再也听不下去了，果断挂了电话，并把手机调成了静音。

不过手机能静，她的脑子却没那么容易静下来。

这一下午，她一直在想着这场荒唐的对话，先是可气，接着越想越想笑。

太荒唐了，方晶晶想，这么荒唐的主意也就高垣能想出来。

而且他还很认真。

还做了叔叔就能死心，死什么心，又不是亲叔叔！

“傻子。”方晶晶边笑边摇头，她拿起手机，再次点开了刚才的视频。

多看傻子，长长脑子。

高垣最近送礼送上了瘾。

几天后，周黎云将方晶晶叫进办公室。方晶晶看到他桌子上放着一个盒子，里头装了双鞋。

周黎云手里还夹着张纸，他看了她一眼，念道：“小小礼物，以表歉意，高垣。”

方晶晶真的一点都不惊讶，她一看那鞋盒子就猜到了，这是高垣最喜欢的牌子，他老穿。

周黎云问：“高垣这是什么意思？”

方晶晶道：“道歉啊，他不是说了吗？”

周黎云道：“我不知道他原来会道歉。”

方晶晶点头：“我也刚听说，既然送来了你就收下吧。”

周黎云拿起只鞋看了看，笑道：“他连我的鞋码都知道，他怎么会知道？”后一句他不是在问方晶晶。

方晶晶道：“看来他这个道歉很有诚意。”

“呵，我受宠若惊。”

周黎云说完就把盒子盖上了，然后塞到了桌子底下。

方晶晶有些惊讶，她发现周黎云似乎真的很讨厌高垣，以往他虽然不喜欢高垣，但从没有这么明晃晃地表现出来。

她猜这双鞋会被扔掉。

“今晚有空吗？能否赏脸一起吃顿饭？”周黎云问。

“不好意思，有约了。”方晶晶笑道，“不过你想来拼个桌应该也可以。”

周黎云一笑：“学姐约了你？”

“答对了！”

周黎云问：“只有你们俩？”

方晶晶反问：“不然还有谁？”

周黎云微微一笑：“你们约在哪儿？我送你过去。”

周黎云将方晶晶送到餐厅门口，方晶晶问他要不要进去和许玉银打个招呼，周黎云说了句“不用”就走了。

进了餐厅后，方晶晶把周黎云收到鞋子的事告诉许玉银，又问：“他的鞋码是不是你告诉高垣的？”

许玉银说是，她又道：“高垣说要给他送礼赔罪，跑来问我送什么好。”

“你就让他送鞋？”方晶晶问。

许玉银摇头：“我让他送酒，他却突然说要送鞋。”

方晶晶愣了下，突然笑起来。

“你笑什么？”许玉银问。

方晶晶摆摆手，不肯说。

许玉银又问：“高垣给你送了什么？”

结果方晶晶笑得更厉害了。

许玉银一脸疑惑地看着她。

方晶晶忍住笑道："他什么都没给我送，不过……他说要给我外甥当干爹。"

许玉银这下也笑了，叹道："真有他的。"

"不过他最近真的洗心革面了。"许玉银道，"也不闹脾气了，也不跟我阴阳怪气了，跟修了十年佛似的，古井无波，让干吗干吗，对谁都笑，把助理吓得不轻。"

方晶晶道："这是好事。"

许玉银笑了笑，没有再说什么，两人又聊起了别的。

许玉银问她和周黎云发展得顺不顺利。

方晶晶如实道："我也不知道。他很优秀，成熟稳重，和他一起我什么都不用操心，他会把一切都安排好，也会尊重我的意见，但是……我觉得我们还是差一点。"

许玉银道："差点什么？"

方晶晶道："差一点感觉吧。"

许玉银感慨道："感觉？这玩意儿虚无缥缈，但又不可或缺。"

方晶晶强调："他人真的很好。"

许玉银啜着酒道："你也很好，他嘛，算不上宝。"

方晶晶笑起来，两人碰了个杯。

"其实高垣也不算宝。"许玉银道。

方晶晶道："垣贵人愚蠢，但实在美丽。"

许玉银揶揄道："只是美丽吗？"

方晶晶认真道："特别美丽。"

许玉银哈哈大笑，两人又碰了个杯。

分别时，半醉的许玉银邀请方晶晶下周来参加一个宴会。

"把周黎云也带来，我有几个人要介绍给他认识。"

第二天到了公司，方晶晶就把许玉银的话转述给了周黎云。

周黎云听完之后说："谢谢，沾你的光了。"

方晶晶道："错，是沾许姐的光。"

周黎云表情冷淡："她的光可不好沾。"

方晶晶笑道："怎么了？你们吵架了？"

周黎云一愣，抬头看着她。

方晶晶表情很坦然。

周黎云笑起来，说："没有。今晚你有空吗？可以和我约会吗？"

"不行。"高垣道，他放下手里的项链，仍旧不满意。

导购二话不说，又给他拿了另一条。

高垣看了看，皱起眉，还是看不上。

他说："算了，不看项链了，看……手链吧。"

助理小声道："手链也都看过了。"

高垣一愣："看过了吗？"

助理道："都看过了，耳环也看过了，手镯也看过了，就剩戒指还没看。"

导购适时道："戒指今年的新款也不少，您要看看吗？"

高垣却摇了摇头："戒指……就不看了。"

导购忙道："有时装款，平时也可以戴的。"

高垣对她一笑："不用了，我目前没有送戒指的对象。"

导购面带微笑，心道：警惕性好高。

从店里出来后，高垣给许玉银打了个电话，请许玉银上他家来。

许玉银一到，就看见沙发上堆满了大大小小的购物袋。

"怎么买了这么多？"许玉银问助理。

助理小声道："还有一堆没送来呢。"

许玉银坐下来，问高垣："你又要给谁送礼？"

"给大家，人人有份。"高垣道。

助理一惊："我也有吗？"

高垣爽快道："当然有。"

助理笑开了花："垣哥你真好。"

许玉银看过来，助理连忙闭上嘴，做忏悔状。

高垣见状道："别瞪人家了，我给你也买了。喏，喜欢吗？"

高垣捡起放在脚边的一个袋子，许玉银接过来，里头是个包。

许玉银瞟了眼，面无表情。

高垣道："你这什么反应，这好像是我第一次送礼物给你吧？"

许玉银笑眯眯道："谢谢。"

高垣道："……算了。"

许玉银笑容不变。

高垣突然扭捏起来，慢慢说："其实……我还给晶晶买了礼物。"

许玉银问："猜到了。买了什么？"

高垣转头左右看看道："这些都是。"

他双眼发亮，好像还在求表扬。

许玉银夸不出来，只好对他竖了个大拇指。

高垣兴冲冲地指着袋子一个一个地数："有衣服、首饰、包包，还有护肤品，还有……"

许玉银打断了他，她半真半假道："那么麻烦干什么？你干脆送套房子算了，正好将来给她当婚房用。"

高垣愣住了，轻声问："她……晶晶……要结婚了？和周黎云？"

许玉银眼神一闪，她扫了眼满沙发的袋子，又看了看高垣。

"那是好事。"昨晚方晶晶评价高垣近来的变化。

许玉银可不这么想，对她来说，高垣最好一成不变，他的任何一点改变对她来说都会增加不确定性，而且高垣变得太快，这不自然。

将一根弹簧按到底只有两种后果，要么剧烈地反弹，要么彻底失去弹性……

许玉银打定了主意，她模棱两可道："他们发展顺利，迟早要走到这一步的。"

果然，高垣误会了。

他前言不搭后语道："真的？这是好事啊！恭喜她，你和她见面了吗？她亲口告诉你的吗？"

许玉银道："前天晚上见了一面。"

"哦……是吗？真好，真好！"

高垣语气亢奋，好像结婚的是他自己。

许玉银想了想道：“她看上去是挺好的，很开心，笑个不停。”

高垣笑得脸变形：“要结婚了，当然开心了。”

许玉银说：“你也替她开心？”

“当然！”高垣道，“我好久没见她了，你说我要不要亲自去恭喜她？”

许玉银还没回答，高垣又说：“算了，我还是别去了，她现在肯定没空见我，也不想见我……”

他的声音抖了起来。

许玉银兴味盎然地看着他，她好想拿手机录个视频。以前有个导演说高垣帅是帅，但没有灵魂，演不了复杂的角色，看看看看！这表情生不生动，这灵魂明不明显？都呼之欲出了！

高垣道：“还是打电话吧，打电话不会打扰到她，要不发信息也可以。”

许玉银回过神，问道：“你准备和她说什么？”

“说什么？”高垣深吸口气，声音里的颤抖消失了。

许玉银暗自点头，这情绪！收放自如。

高垣道：“能说什么？当然是恭喜，恭喜她，祝福她。”

许玉银问道：“那这些礼物你还送吗？”

高垣摇摇头：“不送了，这些都不够好，我要再去挑一个给她做新婚礼物，到时候请你转交给她。”

许玉银问：“你不准备见她？”

高垣道：“见或不见有什么区别，只要她幸福就好。”

许玉银悄悄翻了个白眼，起身就走。

走了几步，她又停下来了。她转过头怀疑地看着高垣，问道：“你不会真的打算送房子吧？”

高垣没回答，瞟了她一眼就起身进了卧室。

许玉银没跟进去，她叫来助理叮嘱道：“你盯着你垣哥，要是他去买房子，你跟我说一声。”

助理答应了，又嘟囔道：“垣哥爱买就买呗，又不是买不起……”

许玉银哭笑不得道：“你傻啊，我是想亲自带他去，我得去给他挑个好的。”然后再送给晶晶。

第九章 终场

大厅内香气浮动，乐声飘扬。

正中间巨大的水晶吊灯在地上投出一片透明的影子，如同一圈向外扩散的波纹，乍一看厅内众人似乎踏在水面上。

水面上的高垣噙着笑，举着杯，穿着一身合体的西装，身姿像树，脸庞如光，将所有目光都汇聚在身上，他却仿佛毫无感觉，一举一动都极其自然，又动人。

“这种自然也是经过练习的。”许玉银告诉林茵。

林茵不敢相信：“我以为他天生就这样。”

许玉银笑道：“他也是练出来的，一个人和一群人的目光是不同的，被注视和被观赏的感觉也是不一样的，无论别人是哪种目光，你都得自然。”

林茵若有所思地点点头。

许玉银又道：“不过高垣的确有点天赋，他一直知道别人为什么看他，所以那些目光对他来说根本没有分量，他从来不在乎。”

那谁的目光对他来说有分量呢？林茵很想问。

但高垣已经朝她们走过来了。

一过来，高垣就先夸起了她们俩今天的着装。

林茵说了声“谢谢”，许玉银只是笑了笑，夸了句“好绅士”，说完又朝高垣身后瞟了一眼。高垣身后是大厅的入口。林茵早就发现了，从刚才起许玉银就一直时不时朝门口张望，好像在等人。

高垣没注意到，他状态奇好，看着林茵道：“你准备一直站在这儿吗？”

林茵不知所措。

高垣热心道：“走，我带你去转转，那边有几个朋友人还不错。”

许玉银顺着高垣的目光看去，对林茵道：“去吧，那边几个都是制片人。”

于是，高垣抬起手臂让林茵挽住，带着她过去了。

许玉银望着林茵的背影，心里默默想：这也是另一项需要练习的本领——在真假变幻之间，如何守住自己的心。

“许姐！”

许玉银回过神，她看向门口，看到了自己一直等的人。

她露出微笑，快步走了过去。

“学姐。”周黎云先打招呼。

方晶晶站在他身边道：“不好意思许姐，路上耽误了一下。”

许玉银笑道：“没关系，来了就行。”

方晶晶扫了一圈周围，叹道：“人来得不少啊。”

“胡磊发力了。”许玉银凑到她耳边道，“你喜欢的那个男演员也来了，待会儿带你去和他合影。”

方晶晶和她道谢。

许玉银又道：“那你自己先玩会儿，我带小云去见几个人。”

方晶晶道：“没问题，你们去吧。”

于是，许玉银就带走了周黎云，走之前许玉银又朝她左边指了指，说：“那边有点心。”

方晶晶笑着点点头，看着二人相携而去。

他们走后，方晶晶在原地站了一会儿就朝许玉银刚才指的方向走去。她看到了一些熟悉的脸，但更多的还是陌生人，不过不管是陌生还是熟悉，这些人她都不感兴趣。她有点感慨，她已经很久没有来这种场合了，它怎么还是这么无聊？

不过，幸好她现在不必再加入其中。

方晶晶提起裙子，步伐轻快地走到离她最近的桌子旁，上头摆满了洁白的瓷托盘，托盘里放着小巧精致的甜品。

但是没人吃。

方晶晶在心里喊道：别担心，我来吃你们了！

她当然要吃。

现在她没有义务也没有心情再扮演新时代女巫了。

小腹凸起来就凸起来吧，她要吃！口红沾到牙齿上也不犯法，她必须吃！

虽然她周围站了不少张嘴几千万闭嘴上亿的大佬，但他们制造的金色空气不能填饱她的肚子，也不能慰藉她的心灵，只有她手里的食物能。

方晶晶捧起一个甜品，情不自禁地露出笑容。

高垣突然愣住了，林茵轻轻叫了他一声，他朝她看过来，过了几秒才又露出笑容。他神色如常，再次加入谈话。

但林茵能感觉到高垣的心不在焉，他的眼神偶尔会越过对面的人，落到不知名的地方去。林茵不知道他在看什么，但他每一眼都让她觉得心口悸动，一根烧热的针刺过他的双眼，带着他的高温烫进她的胸口。

“不好意思，我先失陪一下。”

谈话再一次告一段落后，高垣走开了，走之前他朝林茵点点头，示意她留在原地，他马上就会回来。

林茵不信，但她不会跟上去。她站在原地，看着高垣去找那根刺穿他们的针。

“晶晶？”

方晶晶遗憾地看了一眼手里的甜品，接着转过了身。

高垣正站在她身后，正含笑看着她。

方晶晶打量了他一番，笑道：“你好。”

高垣笑容更灿烂，方晶晶这句话的语气很像周黎云。

高垣问：“你怎么在这里？”

方晶晶道：“陪人来的。”

高垣没有问她是陪谁来的，猜也猜得出来。

他望着方晶晶，想说点什么，可又觉得词穷。

他该表的真心已经表过了，该送的祝福也已经送过了……他还有什么可以送给她呢？

高垣突然想起来，他还应该送她一份新婚礼物。

他忙道：“许姐已经跟我说了，我给你挑了一份礼物，本来打算叫她转交给你，没想到今天会在这里碰见你，早知道我就亲手送给你了。”

高垣一脸憾意，方晶晶却只觉得他前言不搭后语。她问：“什么礼物，又有礼物？你最近兼职圣诞老人吗？”

高垣笑道：“可惜你家没有烟囱。”

说完，他又脸色一肃，摆出很失礼的模样，轻声说：“对不起。”

方晶晶忍住笑：“没关系，高垣，你现在……很好，真的很好。”

她给予肯定，高垣笑容不变，说：“谢谢，多亏你，你在吃什么？”他看着她一直捧在手里的点心。

方晶晶低头看了看道：“奶油杯？我也不知道，你要吃吗？”

高垣先摇头，又点头。

方晶晶很惊讶，再三问道：“你真要吃？你不是说奶油又甜又腻，热量还高？”

高垣道：“偶尔吃一口也不错。”

方晶晶随口道：“那你吃完又要跑几圈。”

高垣道：“跑就跑吧。”

他直直地盯着她手里的点心。

方晶晶只好把手里的甜品递给了他。

“别人手里的东西就是香，是吧？”她嘲笑他。

高垣一口将点心塞进嘴里，一边嚼一边点头，嚼了两下，他就往下咽，噎得他眉头紧皱，眼眶发胀。

“你慢点吃。”方晶晶皱起眉。

高垣用拳头抵着嘴，清了清嗓子道：“没事。”

“你饿了多久啊？”方晶晶问。

高垣笑道：“很久……最近在减肥。”

方晶晶随口问：“又减肥？要进组了吗？”

“嗯。你最近怎么样？”

“就那样，不好不坏。”

“心情好吗？”

“不错。”

“工作忙吗？”

“还行。”

方晶晶说着说着又笑起来，高垣不明所以，问道：“怎么了？”

方晶晶摆摆手：“没什么没什么，你接着说。”

高垣被她的笑晃了神，他梦游般说：“看见你现在这么幸福……我真的很开心。”

方晶晶笑着看他，不发一语。

她的双眼是因为谁而闪亮呢？

方晶晶看到高垣的脸上一闪而过的阴郁。

她正要开口，高垣忽然道：“上次我说让你认我做叔叔那件事……”

“你看我手上拿的是什么？”方晶晶动作优雅地拿起了一只奶油杯。

高垣道：“你拿的……是我刚才吃的那个东西？”

他边说边困惑地看着她。

方晶晶笑眯眯道：“它好吃吗？”

高垣迟疑道：“还不错。”

方晶晶道：“它其实是块洗脸皂。”

“什么？”高垣吓了一跳。

方晶晶微笑道：“你想试试吗？”

高垣明白了她的意思，立刻道歉，并保证再也不提“叔叔”两个字。

方晶晶满意地对他点了点头，然后咬了一口手里的奶油杯。

“好吃。”她道。

高垣看着她，周遭海一般寂静。

直到周黎云出现在他眼前。

周黎云直直地朝他们走来。

周围的声音随着他的靠近一起入侵。

高垣绝望地看着他。

“你好，谢谢你的礼物。”周黎云一过来就伸出手来。

高垣笑着握住，轻轻晃了晃就马上放开了。

“不客气。”高垣顿了顿，“顺便，恭喜。”

周黎云皱了皱眉，慢慢道：“谢谢。”

周黎云说完忽然朝许玉银看去，她不知道何时已经走到了高垣身边。

周黎云眼神渐冷。

“你们先聊，那边还有朋友在等我。”高垣的眼神在方晶晶脸上停了一瞬，接着笑道，“再见，下次再聊。”

方晶晶只漫不经心地朝他看了一眼，她还在吃东西。

高垣没有犹豫，转身离开。

许玉银追了上去。

“高垣？高垣？你没事吧？”她拉住他问。

高垣没有转身，他轻声说：“我没事，你记得明天把礼物给她。”

许玉银不放心道：“你真没事？”她绕到高垣面前，高垣却用手扶着额头，顺便挡住了脸。

许玉银忽然觉得有些不安。

“我真没事。”

高垣放下手，脸上的笑容牢不可摧。

他拍了拍许玉银的肩，笑道：“你去忙吧，不用管我，我很好。”

说完，他就走到了人群中。

在人群里，他仍然是最耀眼的。

高垣在宴会上玩得很开心，他聊了很多天，又和许多人拥抱，他感觉很好，舍不得走，可最后大家还是走了，只剩下他一个。许玉银拉他走，他不肯，干脆往地上一躺。他看到头顶的吊灯在转着，反射出来的光十分刺眼，他看得入迷，几个人围过来，站在他身边弯腰看着他，还有人踢了踢他的腿。

他听见胡覆辙问："他醉了吗？"

许玉银怪里怪气道："人没醉，心醉了。"

"胡说！"高垣大声反驳，接着就一个鲤鱼打挺，从地上蹦了起来，他得意扬扬地看着众人。

"这个核心力量练得不错。"胡覆辙捧场道。

高垣笑了笑，接着指着吊灯问他："我要这个？哪儿有卖的？"

胡覆辙抬头看了看吊灯劝道："这个太大了，你家挂不住，会把顶坠塌的。"

高垣不听劝，坚持说挂得住。胡覆辙拗不过，只好答应过几天就去给他买个来。

高垣这才满意了，许玉银道："现在可以走了吧？"

来到门外后，高垣和众人一一拥抱，上车后，他又摇下车窗和他们挥手拜拜。

"我看他挺好的。"胡覆辙道。

许玉银匪夷所思道："你怎么看的？"

胡覆辙道："你看他笑嘻嘻的，多开心啊。"

许玉银听完没说话，看了他一眼就转身走了。

胡覆辙喊着"小玉"追了上去。

此时车已经开出众人的视线，高垣靠在车窗上，他闭着眼，仿佛已经睡着了。

已经十一点了，但方晶晶一点都不困，她感觉今晚的睡眠已经离她远去了。

从宴会出来后，周黎云就问她要不要找个地方去坐坐，她欣然同意，于是周黎云就把她到了一个茶馆……

大半夜的喝茶，当然是越喝越精神了。

方晶晶都觉得对面的周黎云喝得眼睛放亮了，脸色也比刚才好了很多。

周黎云说：“比起酒我还是喜欢茶。”

方晶晶道：“我喜欢奶茶。”

周黎云笑道：“晶晶，你真的很有意思。”

方晶晶举起茶杯道：“谢谢老板夸奖。”

周黎云笑容一顿，望着她。

方晶晶不急不缓地喝口茶。

周黎云说：“晶晶，有话可以直说。”

方晶晶笑道：“也没有什么话。”

周黎云双眼炯炯有神地看着她，像只猫头鹰。

方晶晶道：“好吧，其实我有一个问题一直憋在心里想问你。”

周黎云问：“什么问题？”

方晶晶道：“你喜欢看《绯闻女孩》吗？”

听到这句话，周黎云僵住了，但他脸上的表情既不是惊讶，也不是生气，而是……失落。

但也就失落了那么一会儿，他就恢复常态了。

他回答：“我不喜欢，但我的前女友很喜欢，我们是大学同学，大三那年她去美国留学了，后来我们就分手了。”

“能问一下为什么分手吗？”

“不能。”

方晶晶一愣，周黎云笑起来：“开玩笑的。”

“其实分手的原因很简单——我变了心，我喜欢上了别人。她人很好，知道后决定回来，我告诉她不用，因为我知道这和异地没有关系。”周黎云道，“我告诉她，我只是不想为她冒险，我能为她付出的东西只有那么多，就算她现在回来，以后只要再遭遇一点挫折，我也有可能再次放弃她。”

周黎云说完，方晶晶表情复杂，委婉道：“你还挺诚实的。”

周黎云坦然道：“这可能是我唯一的优点。”

方晶晶道："我还有一个问题。"

周黎云无奈道："问吧。"

方晶晶问："你后来有和那个你喜欢的人在一起吗？"

周黎云笑道："没有，那个人一早就看穿了我的真面目。"

方晶晶"呵呵"一笑，内心大叫：爽啊！

周黎云忽然道："晶晶，其实我也有问题要问你。"

方晶晶大方道："可以，礼尚往来嘛。"

"你为什么喜欢高垣？说实话，我看不出来他有什么优点。"周黎云话说得很不客气。

方晶晶没生气，笑道："他很好看。"

"就是因为脸？"

"我很肤浅。"

"好吧，除了好看，他性格一般，脾气不好，脑子也不好，当了明星后还添了重度的自恋自怜，但是他……"

方晶晶的话被桌上尖叫的手机打断了。

来电显示是许玉银。

她和周黎云对视一眼，接了起来。

"许姐，什么……"方晶晶还没说完就被打断了。

许玉银道："高垣自杀了，你快到医院来。"

"我早就看出来他今晚不对劲儿了，所以让助理晚上留在他家陪着他、看着他，我还打了电话问了几遍，刚开始还好好的，后来……"

一到医院，许玉银就把前因后果跟方晶晶说了，她脸色沉重，把方晶晶送到病房后，只叮嘱了一句"你好好劝劝他"就匆匆走了。

许玉银走了后，方晶晶站在门口半天没动，她脑子里莫名出现自己最后一次见到方永爱时的情景。

也是在医院，她推开门，方永爱躺在床上，身上罩着白布……

方晶晶摇摇头把脑子里的画面甩掉，她在心里默默道：不可能，高垣不可能出事，他这样的人怎么会这么容易……

方晶晶没敢说出那个字，她握住门把手，一阵寒意从她手心爬上来，她不自觉地咬紧牙，而后推开了门……

门里一片光明，还有一点香气。

方晶晶看见……高垣正盘腿坐在床上，一只手挂着吊水，一只手拿着瓶水在吸，虽然脸色苍白，但人看着还是很清醒，看见她的时候还愣了一下，一副想叫她又不敢的样子。

方晶晶在门边看了他好一会儿才慢慢走了过去，她靠近他，刚要说话，但他居然把头扭到了另一边。

他叼着吸管，假装看不见她。

王八蛋！

方晶晶一下子就火了，抬手照着他的背就狠狠打了上去。

“啪！”

“啊！”高垣痛呼一声，回过头来。

“你……”

他刚说了一个字，方晶晶就一击制胜。她问：“你为什么自杀？你是不是想……”她不想说那个字。

谁知，高垣反应激烈，嚷嚷道：“胡说！谁说我自杀了？”

方晶晶道：“许姐说的……”

“她造谣！”高垣急忙否认，“我就是睡不着，所以吃了几粒安眠药！”

“一口酒一口药？”

“葡萄酒！胡覆辙说这个喝了助眠，我每天晚上都喝一点！我最近一直睡不着，所以才……”

方晶晶听得火冒三丈，怒道：“你是猪吗？不对！猪都比你聪明！你到底有没有常识？安眠药不能和酒一起服！你差点永远睡过去了你知道吗？”

高垣不说话了，哀哀地望着她，脸色更白了。

方晶晶还想给他一巴掌，她忍了忍，转身就走。

她刚迈开步子，背后的高垣就又叫起来了。

他说：“你弄死我吧，方晶晶！”

方晶晶回过头狠狠瞪他。

高垣平静道："你要想结婚，今天就弄死我。"

方晶晶傻了："你又在演什么？"

"我说真的！"高垣喊，脸色突然红润了点，可能是喊缺氧了。

他道："我不装了！去他的绅士风度！去他的成熟理智！我就是出尔反尔了！我就是言而无信了！什么'爱一个人就是要处处为她考虑'，呸！虚伪！狗屁！办不到！我告诉你，你不跟我好，我就……我就一哭二闹三上吊！我大闹特闹！谁都别想好！"

方晶晶皱眉望着他，一言不发。

高垣这回是彻底现原形了，他叫嚣道："我实话跟你说吧，上次我那些个祝福都不是真心的，你和我在一起我才开心，你和我在一起我才能幸福，让我远远看着你和别的男的过日子，不如直接把我杀了埋你家床底！"

"我家床底可埋不下你。"方晶晶道。

高垣用力抹了下眼睛，昂头挺胸道："埋得下，我刚给你买了一套大平层给你当婚房……呜呜呜……我真是世界第一大傻子。"

高垣哭了起来，他哭得越大声，方晶晶越想笑。

她在心里长长地叹口气，不自觉地伸出手，按在了高垣的脑袋上。

方晶晶想起自己刚才没说完的话，她告诉周黎云，高垣性格一般，脾气不好，脑子也不够用，但是……他的心坦荡荡。他不怕陷入被动，不介意被观看，不在乎被评估，一些掂量计算他未必不懂，但他不在乎，他的心和他的脑容量一样小，他在意的，谁都看得到。

方晶晶以前受教说恋爱该像健身一样，吭哧出力，哼哈收益，每爱一次就受训一回，经验增长，眼光更清，但是后来她实践几场，渐渐觉得不对劲儿。

对方和她受到一样的教导，他们友好交流，忍耐吃苦，试图化解一切矛盾，但迈一步都很迟疑，流露情绪就是不成熟，体面是无上美德，体面到恋爱第一天，就在想分手的朋友圈该怎么发。

说到底，聪明人虽然周到，但水晶玻璃小心眼儿确实更稀少。

方晶晶忍着笑，慢慢问："谁告诉你我要结婚的？"

高垣抬头看着她，总算感觉到了一点不对劲儿，他止住哭声道：“是许姐说的……”

方晶晶自言自语道：“咱俩迟早被她卖了还替她数钱……”

高垣终于精神一振，他猛地从床上跳下来跑到她跟前，他问：“所以你根本没打算结婚？”

方晶晶没好气道：“结什么婚啊。”

高垣一听，明明眼泪还挂在脸上，嘴已经咧开了。

方晶晶一看，他赤脚踩在地上，手上的针头也被扯掉了。

她连忙又把他推回了床上，怒道：“你能不能别蹦跶了。”

“那你能在这儿陪我吗？”高垣打蛇随棍上。

方晶晶握紧发痒的拳头：“……可以，但你不准再闹。”

“好。”高垣马上点头，“刺溜”往床上一躺，还不忘把毯子盖上。

方晶晶叹口气，坐在了床边。

高垣闭上了眼。

方晶晶忽然问道：“要是许姐没跟你说我要结婚，你会怎么样？”

高垣立刻睁开眼道：“大概……我还能再装一会儿。”

方晶晶笑起来，高垣眼都不眨地望着她。

方晶晶收起笑，喝道：“闭眼！”

高垣听话地闭上眼，但眼皮底下一直在颤。过了一会儿，他的手从毯子下伸出来，摸索着，最后握住了她的……一根手指。

方晶晶低头看了看，他用整个手包住了她的一根手指头。

她没有挣脱，也挣脱不了。

片刻后，高垣真的睡着了，还打起了呼。这是他近几个月来，睡的第一个好觉。

高垣醒来时，方晶晶已经不见了，他身边坐着的是许玉银。

“方晶晶呢？她来没来过？”高垣问。

许玉银道：“你失忆了？她有事先走了。”

高垣松口气，他害怕之前都是自己的一场梦。

许玉银将水递给他，高垣没接。

“明天就能出院了。”许玉银道。

高垣点点头，他坐在床头，想着心事，没有看她。

许玉银等了会儿，高垣还是一句话都不说。

许玉银奇怪道：“你怎么不发火？真失忆了？”

高垣看向她：“为什么要发火？因为你骗我说晶晶要结婚？”

许玉银道：“我预计你要指着我，大骂我没安好心。”

高垣道：“我只想知道你为什么会撒这个谎。”

许玉银一笑，柔声道：“当然是因为关心你，见不得你受苦。”

高垣笑道：“得了吧，你不如直接说是怕我这棵摇钱树倒了。”

许玉银道：“我从没为一棵树费这么多心思。”

她说完这句话，高垣半天没开口。

有些人不是只靠利益就能绑定的，还需要一点真心。

许玉银经历过三个阶段，第一阶段她是真心大过天，是人之为人的根本，第二阶段是真心狗屎不如，第三阶段她发现真心不是狗屎，也不是不可再生资源，在某些她值得的事或人上，她仍能投放一点真心，只是更加谨慎，不再白送。

“谢谢。”高垣终于别别扭扭地开口。

许玉银道：“不用谢，只要你茁壮成长，结更多钱就好。”

高垣撇撇嘴，最后却朝她伸出了手。

许玉银笑起来，握住了他的手。

高垣郑重道：“合作愉快。”

许玉银笑道：“越来越愉快。”

握完手，高垣马上就要给方晶晶打电话，结果打了几遍，那边都提示“您拨打的电话已关机”。

高垣觉得有点不对劲儿，此时许玉银才慢悠悠道：“对了，还有件事忘了说，晶晶让我转告你，她走了。”

高垣一愣：“走了？走去哪儿了？”

许玉银摊开手：“不知道，她没说。”

高垣傻眼了，方晶晶竟然又一次不告而别了。

这一次方晶晶跑得比较远，她回了老家。

到家第二天，她就去了舅舅那儿，史红艳见到她就问："怎么一个人回来了？又和小高吵架了？"

方晶晶连忙否认，史红艳也不再问，只一直悄悄打量她。

方晶晶全然不觉，只顾着逗牛牛。

史红艳道："这孩子现在好动得很，放在床上就往地上爬，放在地上就往床上爬，我天天什么都干不成了，就盯着他。"

方晶晶听得直笑，她假装伸手要抱牛牛，没想到这小子竟然像认识她，居然真的往她怀里爬。方晶晶受宠若惊，连忙接住他。不过等真到了她怀里后，牛牛却又往后仰，好像又忘了她是哪位。

史红艳就在旁边教牛牛："傻小子，这是姑姑，来，叫姑姑，姑——姑。"

牛牛很给面子，还真张嘴嚷了几声，不过不是姑姑，而是"嘟嘟"，他嘟起好大一个口水泡，炸得方晶晶脸湿了半边。

方晶晶赶紧道："好了好了，不用叫了，姑姑听到了，牛牛真棒！"

牛牛一听高兴地在她怀里直蹦。

方晶晶陪牛牛玩了一上午。中午舅舅下厨，她多吃了一碗饭，舅舅很得意，方晶晶没好意思说，其实不是饭好吃，是陪牛牛玩实在太消耗体力了……

吃完午饭后，史红艳带着牛牛去睡午觉，舅舅骑个电动车钓鱼去了，方晶晶坐了会儿，拿了瓶矿泉水，跟史红艳打了个招呼，出门去爬山了。

这个山就在舅舅家后头，原本挺大，后来修路建房炸了半边，剩下的半边，低处种了菜，高处……则是五步一个坟。

方永爱就埋在这上头。

方晶晶非常讨厌爬山，她体力不行，爬几步就喘，身上的汗"哗哗"地流，以前爬山的时候都是高垣连拖带拽地把她拉上去的，这还是第一次一个人爬山。

不过一个人爬也有好处，你想停就停想歇就歇，没人等你，也没人要你追。方晶晶就顺着心意，爬一会儿歇一会儿，席地而坐，喝口水，看看风景……最后她也到了，只是多费了一些时间。

不过还是累，和以前一样累，比以前更累！

方晶晶龇牙咧嘴地坐在方永爱的坟前气喘吁吁道：“姐……我先跟你说一声……以后……我一年顶多来三回，你要想我了，你就来看我，我那儿有……有电梯！”

“嘎！”

方晶晶说完忽然听到一声鸟叫，吓了她一跳。

她回头一看，身后树上停了只黑老鸹。方晶晶不满道：“你乱答应个啥？跟你有关系吗？”

老鸹歪着脑袋看她，居然又叫唤了两声。

方晶晶心里一动，一人一鸟对视了会儿，方晶晶试探道：“姐，是不是你，要是你，你就再叫一声。”

她话音刚落这黑老鸹就飞走了，边飞边叫。

“嘎！嘎！”

这到底是“是”？还是“不是”啊？

方晶晶呆望着它远去的身影，觉得自己好像被一只鸟戏弄了。

她叹口气，转过去看着方永爱的墓碑道：“姐，你学坏了。”

山上寂静无声，阳光无遮无挡，有热风扫过，吹得坟上幡子飘来荡去。

方晶晶打了个哈欠，她往前挪了挪，一边扯着墓碑前的杂草，一边道：“姐，牛牛现在就在家里呢，你去看过了吗？他越长越像你了，舅舅出去钓鱼了，舅妈现在没时间打牌了，给你带娃呢，我爸妈最近催我找对象，烦死了……”

“你没跟他们说你有对象了吗？”有人突然道。

方晶晶一回头，这次不是老鸹了，是高垣。他目光灼灼地看着她，脸上的神情却有几分委屈。

方晶晶看见他却一点都不惊讶，她笑道：“你还真找来了。”

“你去哪儿我都找得到。”高垣走过来一屁股坐在她身边。

方晶晶问：“你怎么知道我在这儿？”

高垣道：“舅妈告诉我的。”

方晶晶道：“其实你应该叫她阿姨。”

高垣说：“舅妈叫得更顺口。”

方晶晶叹口气，正要再开口，高垣忽然问：“这是表姐的墓吗？”

方晶晶看了墓碑一眼，点点头。

高垣一听就站了起来，他先起身，接着跪了下去，然后朝方永爱的墓磕了三个头。

方晶晶默默看着。

磕完头后，高垣双手合十跪在那儿开始自我介绍。

他说：“表姐，你好，我是高垣，我们本来早该见面的，对不起。我知道你放心不下牛牛，你放心，我会照顾好他的，还有舅舅、舅妈……”

“打住！”方晶晶赶紧喊停，“你这怎么越说越不对劲儿呢？”

高垣想了想道：“我的意思是，我会和晶晶一起好好照顾他们的，以后他们就是我的亲人。”

方晶晶点点头道：“对对对，他还说要做牛牛的干爹，给我做叔叔……”

“咳咳咳！”高垣连忙打断她的话，“表姐，干爹是真的，叔叔不算数了。”

方晶晶“啧啧”道：“姐，这人说话不能信。”

高垣哀怨地看了她一眼，又转头对着墓碑虔诚道：“表姐，我说的都是真心的，你肯定都知道，求你保佑……保佑今后我和晶晶之间顺顺利利，再不分离。”

方晶晶哭笑不得道：“目的性太强。”

高垣没作声，只默默磕了三个头，磕得“印堂发灰”，头发上沾了一撮野草。

方晶晶把野草给他摘了，看见太阳也开始往山下走了，连忙带他下了山。

回去后，史红艳见到高垣还故作惊喜，问：“哎呀！小高怎么来了？什么时候来的？”

方晶晶笑而不语。

高垣是自己开车过来的，开了三个小时，他明天上午还有工作，所以今天晚上就要赶回去，方晶晶于是蹭他的车一起回去。走之前，她把高垣带回家露了下面，把她爸妈吓得满屋子乱窜，还要高垣留下来吃饭，高垣立即答应了，结果方晶晶拿了个苹果往他手里一塞就把他赶上了车……

等车开到市区时已经是深夜了。

高垣把方晶晶送到楼下，然后死皮赖脸地问她，他能不能上去。

方晶晶当机立断："不能。"

高垣解释道："我就是想陪着你，不是要干别的……"

方晶晶忍不住翻了个白眼，丢下一句"谁用你陪"就走了。

进屋后，方晶晶先去洗了个澡，然后又把家里简单收拾了一下。收拾完了后，她披着半湿的头发，穿着睡衣，提着一袋垃圾下了楼。

一到楼下，她就看见长椅上坐着个人，她也没在意，结果经过那人身边时，冷不丁听到了一声"晶晶"。

方晶晶差点把垃圾甩过去，等看清那人时她还是想把垃圾甩过去。

"你怎么还在这儿？"方晶晶问。

高垣只是笑。

方晶晶也没再问，径自去扔了垃圾，扔完就往楼里走，完全没有留下的意思。高垣也没有叫住她，只默默地看着她。

方晶晶都走到了电梯口，又返回来了。

她气鼓鼓地转回头，脚上的破拖鞋踢踢踏踏，她坐在了他身边。

高垣这时仰起头，月亮在他们的斜角上，被高楼遮挡，只露出半扇，但他还是情不自禁道："今晚月亮真美。"

方晶晶看了他一眼道："说点新鲜的。"

"什么？"高垣不解地看向她。

方晶晶一笑，嘟囔了一句"傻子"。

高垣默默看着她。

方晶晶问："为什么不走？"

高垣道："不知道。"

"真这么想上去？"

"在这儿坐着也很好……只要你陪着我。"

方晶晶问："为什么非得是我？"

高垣想了半天道："因为……感受过爱的心不会再完整，它始终有一部分在别处，我那部分，就在你这儿。"

…………

方晶晶忍了又忍，最后还是爆笑出声。她道："你这又是从哪儿抄来的？"

高垣不肯说，只坚持道："反正这话说出了我的心声，只有跟你在一起我才觉得平静，我才觉得开心，我才……我才是我。"

方晶晶随口道："那你不怎么样。"

高垣愣住了。

方晶晶道："我很喜欢你高垣，从我们遇见第一天起我就喜欢你，刚开始是因为你长得好看，后来是因为你……"方晶晶皱了皱眉，又笑起来，"因为你像条小狗，开心就闹，不高兴了就闹我，你喜欢谁就对谁撒娇，我从来不用猜你，也不用在你面前装。每次我和你吵架，吵完了你都会来问我原因，我从来不告诉你，但我喜欢你来问……虽然你会说一些傻话气我，但从来不骗我，你是透明的，在我眼里。"

"你知道我什么时候开心，什么时候不开心，你说我不开心的时候闻起来像下雨天的草坪，开心的时候闻起来像五毛钱一根的棒棒糖，这个真的很像狗。"方晶晶笑道。

这时，高垣靠近她，小声道："我还闻得到。"

高垣将脸埋在她肩膀上，道："即使被高楼挡住了一角，即使我暂时看不到了，我也知道，晶晶，你就在那儿。"

方晶晶望着月亮，感觉到脖子上有热热的液体流下，她伸出手，摸了摸他的头发，又软又凉，她看到脚下慢慢变亮，树影逐渐浓郁，拉长。

"抬头。"她说。

高垣抬起头，顺着她的指引，看见月亮升到楼顶上。

方晶晶此时将头靠到了他的肩上，她说："高垣，我从来不相信我们能永远，我劝自己聚散终有时，别强求。但你好像不这么想，你总是在强求，你一会儿这样一会儿那样，好像没什么大不了，你让我觉得自己是杞人忧天，你让我觉得我是个胆小鬼，原来我不是豁达，我只是害怕，我害怕变化。

“但人都会变……最后你变了，我也变了。”

方晶晶说到这里忽然抬起了头，她往后挪了挪，望着高垣，一本正经道：“现在，让我们重新认识一下。”

高垣傻傻看着她。

方晶晶笑容满面道：“你好你好，我是说走就走，擅长不告而别的方晶晶，你是？”

高垣张着嘴道：“你……你好……我、我是……”

他还没说完就把她抱进了怀里。

方晶晶捶他的背：“喂？你还没介绍完呢？”

高垣将她搂得更紧，半晌他亲了亲她的发顶，回答道：“我是你失而复得的小狗。”

（正文完）

番外一 智者不入爱河

“我一早就说过，我们似乎差一点缘分。”

周黎云搅着咖啡，忽然想起一句歌词——苦海，翻起爱恨。

方晶晶今天约他喝茶，喝到半途，她和他说明了自己和高垣目前的关系。周黎云还能说什么呢？他一点都不惊讶，早在那天他和高垣打架时他就心里清明了。

但方晶晶还说：“其实你也不是非我不可，你对我更多的只是好奇。”

方晶晶说这话时绝无他意。

但周黎云想到当时的情景，还是觉得自己有点……难堪。

所以他要找一个比他更丢脸的人笑话。

“唉，没想到高垣居然能做到这个地步，居然为情自杀使苦肉计，真是……”周黎云话里难掩鄙视，虽然他没有说出那个词，但还是惹到了他对面的人。

许玉银用小勺敲了敲咖啡杯，追问道：“真是什么？”

她咄咄逼人，周黎云也不退让了，他笑笑道：“真是丢人。”

许玉银看他一眼，低着头道：“我看你就是嫉妒。”

“我嫉妒他？”周黎云不服气了，“他有什么值得我嫉妒的？我是嫉妒他的漂亮脸蛋，还是他的花瓶演技？还是他那没有鸟屎大的脑子？”

许玉银皱起眉道：“哎呀，怎么有股酸味？小云，你闻到没？”

周黎云不接茬，反而一脸认真道：“学姐，一点儿都不好笑。”

许玉银充耳不闻，不客气道：“你这个人是真没意思，怪不得晶晶不选你。”

“那还不是全因为学姐你在中间帮忙。”周黎云半真半假地埋怨。

许玉银没说话，只慢慢地啜着咖啡，悠哉得叫人冒火。

周黎云还耿耿于怀，说：“高垣除了脸其他的我都不认同。”

许玉银曼声道：“你不是觉得他不配跟你比吗？”

“但你……”周黎云顿了一下，“但你们，你和方晶晶都选了他，我知道你跟方晶晶说了什么，学姐，你拉偏架！”

“我拉什么偏架了？”许玉银不接受指控，反驳道，“你难道觉得方晶晶是傻子？我说什么她都信？放心吧，你和高垣绝对是公平竞争。”

“哼，公平竞争。”周黎云冷笑。

许玉银笑道：“你要是不服气就接着去挖墙脚啊。”

周黎云没好气道：“我挖得过吗？高垣跟条疯狗一样，今天晶晶和我见面，一顿饭的工夫高垣就打了几个电话过来。”

许玉银问：“你怎么知道是他打来的？”

周黎云开怀道：“晶晶后来接生气了，骂他‘高垣！你要是再打我就把你拉黑’。”

许玉银大笑起来：“你现在真是他的心病，他怕你，昨天他一听说晶晶要来见你，就给我打电话，问我该怎么办。”

周黎云好奇：“那你支了什么招？”

许玉银道：“我让他按兵不动，以不变应万变。”

“显然他没听你的。”周黎云幸灾乐祸道。

许玉银不以为然：“他除了晶晶的话谁都不听。”

周黎云笑道：“他俩看来这辈子都分不了了。”

许玉银道：“只要晶晶不松手，他们俩就分不开。晶晶是握着线的那个人，只要她在，高垣就算飘得再远飞得再高，都能回来。”

周黎云听着摇摇头，带着反感道：“太被动了，我永远不会陷入这样的关系里。”

许玉银点点头：“是，你不会，我也不会，因为我们成熟理智，会权衡利弊，因为我们都知道，那种处境有多危险。”

周黎云望着她，眼里的光又逐渐暗了下去。

许玉银指指周黎云又指指自己，笑道：“所以，智者不入爱河。”

“说得对。”周黎云微微一笑，望着杯子里的“苦海”道，“那就祝笨蛋们游到终点。”

番外二 回家

今年过年方晶晶带着高垣回了家。

一到家门口，她就看见她爸妈，还有她舅妈、她姨妈、她姑姑、她表妹，都站在门外迎接他们。

“好大的排场啊大明星。”方晶晶捅了捅高垣对他坏笑。

高垣摘了口罩，对众人微笑。

方晶晶对他介绍：“这是我妈，丁腊梅女士。这是我爸，方强同志。这是我舅妈，你见过的。这是我姨妈，这是我姑姑，这是我姑的女儿，这是我小表妹……”

高垣和众人一一打过招呼，他叫方父方母“叔叔阿姨”，叫其他中年女士都是“阿姨”，小表妹首次不用大人催，非常积极地和人打招呼，她叫高垣“哥哥”。

叫完一轮后，一行人终于要进屋了，方晶晶随口问：“舅舅他们呢？没来吗？”

丁腊梅笑道：“都在屋子里等着呢。”

方晶晶进屋后一看，才知道她妈妈为什么要笑。

她舅舅、姨父、姑父三人排排坐在沙发上，见到他们进来立刻站起身，表情看起来都比较紧张，但方晶晶扫了他们一眼之后觉得完全没必要，他们今天赢面很大。

方晶晶猜舅舅的穿搭灵感可能是来自许文强，他穿了一套浅色西装（上次他穿西装还是女儿结婚），西装外面披了件深色的长大衣，领带围巾都齐全，脚上的皮鞋也锃亮，细节都有兼顾到，方晶晶给他打八十五分。

至于姨父，方晶晶觉得他今天是三人里风格最强烈的，他上身穿了件黑色夹克，酷劲儿十足！下身选择一条驼色灯芯绒长裤，裤腿微微拖地，再加上他的高帮马丁靴，哇喔！

九十分！必须九十分！

方晶晶记得以前姨妈跟她说姨父年轻的时候会扛着收音机去广场跳霹雳舞，她每次看姨父那肚子都觉得姨妈可能在编故事。

这回，她信了！

最后是姑父，姑父今天穿了一身唐装，明黄色的，上面绣了龙。

方晶晶二话没说，决定将今天的最佳着装奖颁给他，这舍他其谁啊！

方晶晶欣赏完长辈们，又看了高垣一眼。

高垣今天穿得……也很不同，他上身一件长款的黑色羽绒服，下身是条灰色运动裤，脚上穿了一双雪地靴。

这一身除了保暖，没有其他值得可以说的地方。

方晶晶猜他可能因为考虑到要见长辈才特地穿得如此大方朴素，一点都不像他平时的风格。

“你输惨了。”方晶晶小声笑他。

高垣显然听懂了她的话，他没有理她，只忙着和几位斗志满满的男性长辈打招呼。

高垣走过去，先夸舅舅这个领带好看，接着惊呼姨父的夹克他有同款，最后对姑父最恭敬，姑父说一句话，他就点头道是。

方晶晶笑得靠在了她妈妈身上。

方强同志不屑道：“真是爱作怪。”

方晶晶问：“你今天怎么不打扮打扮？”

方强同志一脸淡泊道：“我不需要。”

丁腊梅女士翻了个白眼，凑近女儿得意道：“还是高垣最帅，他看着比电视上还高一些，脸比你都小。”

小表妹也凑过来道：“他今年不是说要上春晚吗？”

“春晚？小高要上春晚？”史红艳一声惊呼。

这下所有人都看向了高垣。

“你要上春晚？”舅舅问。

“你上哪个台的春晚？”姨父问。

“你上春晚表演什么？”姑父问。

方晶晶也惊讶地看向高垣，显然她也不知道这件事。

“你真要上春晚？”她问。

“是收到了邀请，但我已经跟许姐说了不去。”高垣道。

小表妹马上道：“是不是因为你要和晶晶姐一起回来过年，所以才不去的？”

高垣对她笑道：“我一直想跟你晶晶姐姐回来过年，好不容易她今年终于答应了，我怕错过了就没机会了。”

高垣说完，一家人齐齐可惜起来。

“还是应该去上的，明年过年再回来嘛。”姑父道。

姨父也道：“对啊，上春晚，光荣啊。”

舅舅问：“明年你能上吗？”

高垣笑道：“不知道。”

此时外头突然响起炮仗声。

高垣问道：“这里能放炮？”

方晶晶见高垣一脸跃跃欲试，于是拉着他走到了窗户边朝外头看，原来是两个大人领着孩子在玩摔炮，孩子手里还抓着一捧烟花棒。

高垣看得目不转睛。

明天就是三十了。

三十晚上，高垣像个跟屁虫一样一直跟在方晶晶身后，方晶晶受不了，就指挥他去厨房端菜，她则忙着搬椅子。高垣将菜端到桌上后，又在方晶晶的指挥下把酒杯摆好。方晶晶家是个四方桌，她每一方放两张椅子，最上方只放一张，放完后，丁腊梅从厨房端着几碗饭出来，一一摆好。

高垣不解地问道："我们才四个人，为什么要摆这么多椅子和饭啊？"

方晶晶道："这些不是给我们吃的。"

那是给谁吃？

高垣还没问，就见到方强从卧室里的衣柜里拿出了两件旧衣裳，他把衣服先叠好，然后就往地上铺，丁腊梅从厨房拎出来一口铁锅，和一把火钳。

高垣完全糊涂了，戳戳方晶晶，急道："这到底是在干吗？"

方晶晶道："烧纸啊。"

"烧什么纸？"

"给先人烧纸钱啊，你家没有这个习俗？"

高垣摇头："真没有！"

方晶晶道："那桌子上的饭也是给先人吃的，等他们吃完，我们才能吃。"

高垣看了看桌子，上头的米饭正在冒着热气。

他喃喃道："你们家年味儿真浓。"

这时蹲在铁锅前的方强对他们道："晶晶，小高，你们也来烧。"

高垣连忙跟着过去。

方强将手里的黄纸分给方晶晶和高垣，自己就又去忙别的了。高垣跟着方晶晶学，将一折纸钱摊开，对折后再引燃，等烧到中段再放进锅里。

烧了一会儿，他们面前就纸灰飞扬。

锅里的火也越来越旺，高垣被烤得脸也烫，耳朵也热。

但他不敢说话，怕有什么禁忌。

没想到，方晶晶突然开口道："你往后退一点，小心火星子蹦到身上。"

高垣一听忙往后退了一步，怯怯道：“我还以为不能说话呢。”

方晶晶一笑。

高垣望了望飞到头顶上的纸灰道：“这会不会飘到饭里？”

方晶晶道：“飘到饭里也没事儿，这都是钱。”

高垣又问：“这些钱能花多久啊？”

方晶晶道：“不知道，反正十五还要烧。”

高垣道：“多烧点，花不完可以存起来吧？”

方晶晶道：“当然可以，下面也有银行。”

高垣欣慰地点了点头，安静了一会儿又道：“我们给永爱姐也烧点吧？”

方晶晶一笑：“舅舅舅妈今天肯定给她烧了不少，不过……你确实应该给她烧。”

“为什么？”高垣问。

方晶晶没说话，她想起那天在方永爱墓碑前见到的那只鸟。

那天其实是方永爱的阳历生日，方永爱一年要过两次生日，一次阴历，和家里人一起过，一次阳历，只有她们姐妹俩，每次吹蛋糕时她们俩都抢着许愿。

那天在山上，她对方永爱许了一个愿，她请方永爱替她做个决定，如果今天高垣能找到这里，那么她就再给他一次机会，如果高垣没出现，那么她也明白了方永爱的意思。

“因为她真的保佑了你。”方晶晶道。

高垣愣了下，继而表情认真道：“我也觉得是。”

他将手里的纸钱折好，边烧边道：“姐，以后每年我都给你烧，烧最大的、最新的，我说话算数。”

方晶晶深深看他一眼，故意道：“是吗？”

高垣一点儿都不心虚地点头：“当然！”

“那你要是忘了怎么办？”

“忘了就让表姐把我带走！”高垣信誓旦旦。

方晶晶冷笑：“好，今晚我就叫她来。”

高垣惊恐地看着她。

后头两人你一句我一句的，说着说着声音就越来越小，肩膀挨得越来越紧，谁都没注意到锅里的一撮纸灰慢慢打着旋儿，绕着他们的头顶，缓缓上升。

番外三 锚

从老家回来后，高垣忽然问方晶晶要不要去见见他父母。

“他们不是在国外吗？”方晶晶问。

高垣道：“他们今年回来了，目前住在酒店。前天他们打电话过来，约我见面，你想去见他们吗？”

方晶晶回答说要想一想，但第二天，高垣的父母就过来了。

他们在酒店等不到人，就直接打电话给许玉银。许玉银一接到电话，立刻就把他们领了过来，还告诉他们，高垣一会儿就回来。

高垣父母却像是没听到她的话一样，他们进屋后就没说几句话，脸色也很严肃，方晶晶和他们打招呼，他们只是对她点了点头。

许玉银见状忙道：“她是高垣的女朋友。”

高父态度冷淡道：“我知道。”

许玉银笑道：“那你们好好休息，我先走了。”

高父高母都没反应，方晶晶连忙去送她。

在门口，许玉银对她悄声道：“你之前见过他们吗？”

方晶晶摇头，压低声音道：“高垣似乎和他父母关系不好？”

许玉银问：“他告诉你的？”

方晶晶道："我猜出来的，他很少跟我提起他们。"

许玉银蹬上鞋道："家家有本难念的经呀。"

她留下这句让人不安的话就走了，方晶晶在门口踌躇了一会儿，才回到客厅。

她一进去，高父高母就齐齐望向她，他们正在等着她。

方晶晶以为要面临严酷审问，谁知道高母突然对她展露笑颜，招呼她道："你是晶晶吧？你过来坐吧。"

方晶晶只好走过去坐在了她旁边。

一坐下，高母就握住了她的手，说："我们一直想来见见你，但前几年太忙，也回不来，所以才拖到了现在。"

方晶晶只能点头微笑。

一直沉默的高父此时突然开口道："你是做什么工作的？你也是在他们那个圈子里的吗？"

那个圈子？

方晶晶不卑不亢道："我现在在一家设计公司上班。"

"哦？你在上班？"高父语气缓和了一些，"那你怎么会认识高垣？"

方晶晶道："工作场合认识的，我认识他的时候，他还没有入行。"

"入行？"高父似乎嗤笑了一声，"这是什么行？"

方晶晶望着他，高父又问："你是哪所大学毕业的？"

"C 大。"

高父皱了皱眉："学的什么专业？"

"动画。"

高父又皱了皱眉，方晶晶觉得他皱眉时的神态，和高垣很像。

"你和高垣在一起多久了？有考虑过结婚吗？"高父问。

方晶晶说："考虑过，但近期没有计划。"

高父没有再说话，后头高母负责和方晶晶聊天。高母态度比高父柔和得多，但方晶晶仍然和她聊不来，高母问她平时喜欢做什么、家里人是干什么的、将来有什么计划。

方晶晶越听越觉得好像在参加面试，高母和蔼得如同一个公事公办的人事经理。

正当方晶晶应付得有点不耐烦时，高垣终于回来了。

他一出现，方晶晶明显感觉到屋子里的气氛为之一冷。

高父板着脸，高母则欲言又止地看着儿子，他们眼中透出一个同样的情绪，方晶晶认了出来——这种情绪叫“失望”。

方晶晶站了起来，她刚要走到高垣身边，高垣忽然走了过来。

他走到她身边，将她往身后拉了拉。

“还是这副鬼样子。”高父嫌弃地打量着儿子。

高垣默不作声。

高母道：“先坐下吧。”

高垣看向她道：“我本来是打算今晚带着晶晶去看你们的。”

“我们在酒店里等了两天。”高母道。

高垣道：“最近工作很多，要拍……”

高垣还没说完，高父就道：“不用跟我们说你的工作，我不感兴趣，其实我对你的生活也不感兴趣，但是出于责任和义务，我不得不来。”

“老高。”高母望向丈夫，脸上是不赞成的神色。

高父道：“我说错了吗？我一开始就和他说了，他要做这行，我就当没他这个儿子。”

高垣道：“你说得很清楚。”

高父一下怒了，质问道：“你这是什么语气？你在这个圈里都学了什么？目中无人、嚣张跋扈吗？”

高母叹口气。

高垣道：“我对你说好话，你也不会觉得我尊老爱幼。”

高父气得说不出话来。

高母开口劝道：“垣儿，你怎么还是这么叛逆。我们都是为你好，你爸爸他也是为你忧心……”

高垣道：“他只是为自己的面子忧心而已。”

“你这个逆子！”高父突然大吼。

方晶晶吓得一激灵，她看着气到脸变形的高父实在想说一句，叔叔您知不知道，您发脾气时真的和你儿子很像，他身上的戏剧性其实是传自您。

“你看看你现在的样子，穿着奇装异服，整个人都男不男女不女的？你到底在干什么？”高父说着说着痛心疾首。

高垣却很冷静，说：“我在拍广告。”

“拍广告？”高父愣了下，蓄力三秒，然后爆发道，“你拍的什么广告！你这就是以色侍人！你知道你这在以前叫什么！叫戏子，三教九流中的末流！”

方晶晶听不下去了，高垣却还是很淡定，方晶晶觉得他可能是没听懂，高父骂人用词很古典，也很恶毒。

方晶晶刚要开口，高垣道：“你们走吧。”

高父立刻就朝门口冲去，高母迟疑了片刻也跟在了他身后。

在经过他们身边时，高母停了下来，她手握着儿子的手臂，仰头看着他说：“我昨晚梦见了你小时候的样子，醒来的时候，枕头都被眼泪打湿了。”

方晶晶神情古怪地看着高母，她现在确定这对夫妇确实是高垣的亲生父母了。

高母说完，高垣无动于衷，他望着高母，好像还在等着她的下一句。

下一秒，高母说：“你现在这副模样，真的让我很失望，我从来没想过，你会成为如今这样的人。”

说完这一句，高母翩然离去。

方晶晶不敢置信，她看着一脸沉寂的高垣不知该说些什么。

他一定很难受吧？

方晶晶想了想，准备用行动代替语言，狠狠抱一抱他。

谁知她刚伸出手，高垣就转头对她一笑。

他说：“晚上你想吃什么？”

方晶晶正蒙，外头又传来敲门声，她打开门，许玉银又来了

许玉银无奈道：“他们不要我送，我只好给他们叫了个车。”

高垣听了只“嗯”了一声，接着说了句“我先去卸妆”就转身进

了洗手间。

他一走，许玉银就问：“他们刚才吵架了吗？”

方晶晶说：“没吵起来，高垣很冷静，他爸很狂躁。”

许玉银随口道：“他爸一向狂躁，我第一次见到他时他就把我臭骂了一通。”

方晶晶不解：“我不懂他们为什么这样？儿子做明星有什么见不得人的？”

许玉银叹道：“你知道高垣他父母做什么的吗？”

方晶晶道：“高垣没细说，只说他爸爸天天追着人跑，他妈妈天天追着鸟跑。”

许玉银道：“他爸爸是人类学教授，他妈妈是鸟类学家，他们俩给高垣规划的路就是做学术，和他们一样，从来没想过他会做明星，他俩觉得娱乐圈鱼龙混杂，里头的人都是不走正道的，高垣进这行，大概在他们看来和卖身差不多吧。”

方晶晶喃喃道：“他爸爸刚才的确是这么说的。”

许玉银苦笑道：“他爸爸估计看我就是个老鸨。”

高垣出来时，许玉银已经走了，方晶晶一个人在客厅里走来走去，边走边皱着眉头。

“想什么呢？”高垣问。

方晶晶一惊，这才看见他。

高垣走过来将她抱住，他屈着腿，让她闻他的脸，还问她：“我香不香？”

方晶晶拨开他的头发，深吸口气道：“香，好闻。”

“那要不要亲一下？”高垣嘟起嘴。

方晶晶一笑，凑过去，本来只是一触即离，高垣却将她捉住了。

他捧着她的脸，深深吻她。吻了一会儿，方晶晶开始推他，他倒是一推就走，但嘴唇仍然在她脸上四处辗转，将她弄得一脸湿哒哒。

“够了！”方晶晶忍无可忍。

高垣得意地道：“不够，我要给你腌透，让你闻起来和我一样，香香哒。”

“恶心！”方晶晶扯住他的脸皮，将他推开后转身就跑。

高垣又从背后抱住了她。

方晶晶吓得乱叫，高垣却只是抱着她，头窝在她的肩膀上，并没做什么。

方晶晶挣扎起来，想回头看看，但高垣将她按在怀里，不准她动。

“就这么抱一会儿。”他说，“就这么抱一会儿就好了。”

方晶晶摸了摸他搭在她肚子上的手。

高垣轻声道：“我很好，只要你在，我就会好，你是我的锚。”

“我是你的什么？猫？”方晶晶没听清。

高垣没有回答她的问题，而是将她抱得更紧。

方晶晶只好自己想，是猫？还是毛？还是帽子？

大概是猫吧，她想，正好跟狗对照。

“我们养只猫吧？”高垣忽然道。

方晶晶想都没想就拒绝了：“不行，家里的畜生只能有一个。”

新增番外 去她的婚礼

高垣一抬头，看见前头站着的方晶晶，她脸色红润，笑容满面，正在和别人说话。

高垣刚要起身过去找她，忽然听到了一声熟悉的叹气。他回过头，发现胡覆辙坐在他身边。

见他一脸困惑，胡覆辙就笑起来，笑得和平时非常不一样。

“早点睡觉，别熬夜。”胡覆辙没头没脑地说了这么句话。

“我早睡了。”高垣答完，看着胡覆辙面前的空酒杯，问他，“你怎么不喝酒了？”

胡覆辙摆摆手：“不能喝了，对身体不好，我以后只喝茶。”

高垣点点头，又转过头去看方晶晶。

方晶晶已经走到了旁边，变成了背对着他，她头发长长了很多，看着柔韧可攀爬，高垣跃跃欲试，在底下仰望着她。

胡覆辙又叹了口气。

高垣又回过头去看胡覆辙，他稍有不耐烦，胡覆辙却还是笑呵呵的，神色祥和。

“你叹什么气？”高垣终于问。

胡覆辙没回答，反问他：“你来这儿干什么？”

“什么？”高垣愣了一下，不由得又仰头看向方晶晶，越看越远，越看越怯。

他伸出手，擦过她的发尾。

胡覆辙拂开他的手，又问了一遍：“你到这儿来干什么？是她叫你来的吗？”

她？

高垣想不起来，他摇头，又点头，又看看方晶晶，他越发困惑，于是问：“这是哪儿？”

胡覆辙笑而不语，拿起了面前的杯子喝了一口。

他的杯子满了。

“你不是戒酒了吗？”高垣问。

胡覆辙回答：“这不是酒。”说完，他吧唧吧唧嘴，像在回味。

“这就是酒！”高垣笃定。

胡覆辙再次摇头，说：“你要不要喝一口试试？”

高垣拒绝了，他这才看见自己面前连杯子都没有。他再看看胡覆辙，胡覆辙面前有杯子有盘子有碗。他再环顾四周，这才发现自己置身在一个大厅内，周围还有很多人，但没有谁多看他一眼，他们的目光都在方晶晶身上，他们看着她，面带笑容。

高垣打了个抖，胡覆辙悠悠地再次叹了口气，这口气如一缕烟，盘旋在高垣眼前。

他看得出神，直到胡覆辙出声问他：“你空手来的？”

高垣立刻否认，他低下头，看见自己脚边摆着一个袋子，他不知道这个袋子是哪儿来的，但他知道是自己的。他提起袋子，放在了桌子上。

“里头是什么？”胡覆辙问。

高垣不知道，他默默拉开拉链。

胡覆辙探头去看，里面装的是钱。

“这是给她买房子的。”高垣脱口而出，眼前仍是一团迷雾。

胡覆辙问："为什么要给她买房子？"

"因为……"高垣苦苦思索，胡覆辙笑容荡漾。

高垣忽然脸色一变，烟雾散开，他急切道："因为她要结婚了！"

"对喽。"胡覆辙满意地点头，凑近他道，"你现在就在她的婚礼现场。"

"咚！"

高垣感觉被人迎面一拳。

方晶晶竟然又要结婚了？

哎？为什么要说"又"？

愣怔间，高垣又听到一个熟悉的声音。

那个声音说："你不该来。"

高垣再次转过头，这次他看见了许玉银，她坐在他左手边，一手拿着鸡腿，一手握着筷子，嘴里边嚼边说话。

她也不太一样，高垣暗道。

"你这就是自讨苦吃，世界上没有后悔药卖。鸡腿老了。"许玉银前言不搭后语，喋喋不休，一个劲儿地对他翻白眼，似乎恨不得拿筷子敲他的头。

高垣生怕她的油手碰到自己，他往外躲着，问道："你怎么也在这儿？"

"我是伴娘。"许玉银叫嚣道。

高垣这才注意到她身上穿的淡蓝色的长裙，胸前还别着红花。

"真俗气。"高垣感叹。

许玉银将鸡腿敲在他头上。

高垣听见"咔吧"一声脆响，慌忙去摸后脑勺，又惊恐地看着许玉银。

许玉银瞟着他，脸色很凶恶，好像真想打死他。

高垣很害怕。

许玉银冷哼一声，逼问道："说！你到底有什么居心？"

高垣张张嘴，他也不知道自己居心何在。

"你们已经分手了，你还来骚扰她！"许玉银提醒他，又像是警告他。

高垣胸口胀气，他想不起来自己和方晶晶分手了，但是他知道许玉银说的是真的。

“分手了就该保持距离。”胡覆辙在旁扇风。

许玉银对他微笑，点头：“我同意。”

胡覆辙脸色冷淡，好似不愿意和她说话。

高垣左右看看，眼前的两人都是又熟悉又陌生。

“你不会是来抢婚的吧？”许玉银忽然问，语气很激动。

高垣还没说话，胡覆辙就淡淡道：“不会吧。”

他们盯着高垣，一个恐吓，一个微笑，都叫人发毛。

高垣只得说：“我没有这个想法，我不会，我是公众人物。”他说完矜持地撩了撩头发。

许玉银做呕吐状，她咬了一口鸡腿道：“这样最好，其实你抢也没用，晶晶是不会再跟你走的，你的机会用完了。”

她说完抬起头看了看，自言自语道：“好像要下雨了。”

高垣张嘴欲辩驳，但胡覆辙又抢了他的话，他附和道：“对，你完了。”

两人又一齐望着他。

高垣很气愤，表明：“我早就把她忘了，我和晶晶分开很久了！”

“也没有很久。”许玉银算起来，“大概五年。”

五年？

高垣大惊！不是才几个月吗？

“还有，她要我转告你，不要再叫她晶晶。”胡覆辙笑眯眯地补充。

“为什么？”

“因为你过期了。”

高垣恼羞成怒，大力拍了一下桌子，站起来就要走，他再也不想见到这两个人了。

但他刚起身，身后就传来一声轻柔的呼唤。

高垣转过头，看到了方晶晶。

她的头发盘起来了。

高垣的心猛地一跳，差点就挣破了胸腔。

他抓住椅子，勉强站住，眼睛望着方晶晶，她身披白纱，周身柔光笼罩，好像马上要死掉，又好像已经死掉了。

她是他的回忆杀。

高垣的眼泪流下来了。

但没人在乎。

方晶晶直直对他伸出手。

高垣不想握，手却不听使唤，他紧紧地握住了她。

“观众朋友们，这就是他们此生最后一次亲密接触了。”胡覆辙拿起话筒严肃播报。

“下雨了。”许玉银欢天喜地，撑开了蘑菇伞。

天花板降下大雨，高垣低头一看，他已经站在水里。

“想游泳吗？”方晶晶问。

高垣抬起头看着她。

方晶晶神色静谧，脸庞发出月亮般的荧光。

高垣呆呆望着她，她身后空荡荡，白茫茫。

“你怎么来了？”方晶晶也这么问。

高垣还是回答不出来，他也不明白他怎么会在这里。

但来都来了。

“你结婚怎么不通知我？”他佯作无事道，“我给你准备了大礼。”

方晶晶甜笑：“谢谢。”

高垣望着她的脸颊，脚底湿凉发烫。

他们还握着手，不对，是他攥着她不放。

方晶晶道：“今天来的人很多，你可以先走，免得被拍到。”

高垣摇头：“没关系。”

方晶晶问：“你不忙吗？”

高垣说：“还好。”

“他没戏了。”许玉银一语双关，“他笑不出来，哭不出来，脸僵得像块木头，还发了腮，我已经准备改行。”

高垣无动于衷，方晶晶很惊讶，柔柔地说：“怎么会，你不要放弃。”

不要放弃。

高垣觉得这句话是个暗示。

他刚要接应，肩膀上忽然重重地搭上一只手。他慌忙转身，只看见方晶晶和一个男人相携的背影，她脚步轻快，挽着男人的手臂，走上了撒着花瓣的红毯。

高垣拔腿就想去追，可这长长的红毯不断在他脚下堆叠，他一步都迈不过去。

“莫回头，回头一切是空。”胡覆辙敲着木鱼叮咛。

许玉银在红毯尽头大喊：“淹死人了！快醒醒吧！”

高垣不理会他们，只一心向前奔跑，他要拦住她！她不能和别人结婚！

“方晶晶！方晶晶！你回来！你快回来！”高垣边跑边哭，可没有人看他一眼，方晶晶也越走越远，她站在花墙前，和那个面目模糊的男人面对面，对着那个男人微笑，那个男人握着她的手，向她倾身。

“你敢！”高垣急得大喊，他突然腾空而起，脚下众人都惊讶地仰头望着他，他来不及喜悦，下一刻就急速下坠！

“咚！”

高垣一脚蹬在床上，醒了。

他睁开眼，发现自己躺在床上，眼睛湿答答的，手紧握成拳，心口越跳越急。直到他转过头，看见了枕边人的脸，心里才终于一松。

方晶晶还在他身边。

她睡得很熟，高垣放缓呼吸，小心地侧过身去，和她面对面。

感受着她的呼吸吹到他面上，他的心里渐渐安定下来。

梦果然是反的，他心道，又悄悄伸出一根手指，戳了戳方晶晶的脸。

她仍在酣睡。

不知道她在做什么梦。

高垣好奇，她的梦里会有他吗？他希望她的梦里悬挂着一幅巨大霓虹招牌，上面是他的侧脸，二十四小时常亮，照耀半边天。

但是没有也没关系。

反正他一直在她身边。

高垣彻底放松下来，他望着方晶晶，半闭着眼，跟着她的呼吸，进入了另一个梦里。

（全文完）